古典詩歌研究彙刊

第三二輯

龔鵬程 主編

第 **7** 冊

《東坡詩話》析探(下)

簡 維 儀 著

國家圖書館出版品預行編目資料

《東坡詩話》析探（下）／簡維儀 著 -- 初版 -- 新北市：花
木蘭文化事業有限公司，2022〔民111〕
目 2+184 面；17×24 公分
（古典詩歌研究彙刊 第三二輯；第 7 冊）
ISBN 978-986-518-914-3（精裝）
1.CST：（宋）蘇軾 2.CST：詩話 3.CST：詩評
820.91   111009764

ISBN-978-986-518-914-3

9 789865 189143

古典詩歌研究彙刊
第三二輯　第七冊　　　　　ISBN：978-986-518-914-3

《東坡詩話》析探（下）

作　　者　簡維儀
主　　編　龔鵬程
總 編 輯　杜潔祥
副總編輯　楊嘉樂
編輯主任　許郁翎
編　　輯　張雅淋、潘玟靜、劉子瑄　美術編輯　陳逸婷
出　　版　花木蘭文化事業有限公司
發 行 人　高小娟
聯絡地址　235 新北市中和區中安街七二號十三樓
　　　　　電話：02-2923-1455／傳真：02-2923-1452
網　　址　http://www.huamulan.tw 信箱 service@huamulans.com
印　　刷　普羅文化出版廣告事業
初　　版　2022 年 9 月
定　　價　第三二輯共 11 冊（精裝）新台幣 22,000 元　　版權所有 · 請勿翻印

《東坡詩話》析探（下）

簡維儀　著

目

次

第四章 《東坡詩話》的闡釋方式

　　詩話多載錄詩人信手拈來的閒話漫談，隨口說出，隨意收住，不拘形式地自在言詩，使詩話內容紛雜，然細觀其文，大抵仍不出「論事」及「評詩」兩個主要的方向。《東坡詩話》收錄東坡對於詩歌作品及創作理念的各種表述，內容涵括東坡的詩學觀點與其對詩歌的研究與詮釋，在閒談隨筆間蘊含豐富內容。《東坡詩話》所錄的東坡論詩之言，涵攝甚廣，詩歌論述看似零散瑣碎，然細究其內容，仍不脫傳統詩歌闡釋的主要方式。本節擬就《東坡詩話》中，東坡對詩歌作品及作家的評述與闡釋，分從以意逆志、意象批評及詩文考辨等三個傳統詩歌評論的方式〔註1〕，探討《東坡詩話》在文學批評上的價值。

〔註1〕張伯偉《中國古代文學批評方法研究》中，將傳統文學的批評方式，歸納出三個主要方向：一是「以意逆志法」；二是「推源溯流法」；三是「意象批評法」。(參張伯偉：《中國古代文學批評方法研究》〔北京：中華書局，2002年〕，頁8。)《東坡詩話》所錄之東坡詩評，未有作品與作品間推源溯流的探討，故本章就「以意逆志法」及「意象批評法」進行分析。此外，蔡鎮楚《詩話學》將詩話先析分為「論事」及「論辭」兩大類，「論辭」又細分出四類：一為闡述詩歌的「闡釋型」；二為考訂詩歌名物、用事的「考據型」；三為評論詩人、詩歌的「評論型」；四是專論某家、某朝、某地、某體等的「專門型」。(參蔡鎮楚：《詩話學》〔湖南省：教育出版社，1990年〕，頁83。)因詩歌的「闡釋」及「評論」可涵括於前述之「以意逆志法」及「意象批評法」中論述，而《東坡詩話》中並未針對某一家、某一地、某一詩體等進行專門性的評論，故本章僅從其所析類別中，擇「考

第一節　以己之意，逆追詩人之志

「以意逆志」語出《孟子·萬章》，孟子以此途徑詮解《詩經》文句，其文云：

> 咸丘蒙曰：「舜之不臣堯，則吾既得聞命矣。《詩》云：『普天之下，莫非王土；率土之濱，莫非王臣。』而舜既為天子矣，敢問瞽瞍之非臣，如何？」曰：「是詩也，非是之謂也；勞於王事，而不得養父母也。曰：『此莫非王事，我獨賢勞也。』故說詩者，不以文害辭，不以辭害志。以意逆志，是為得之。」
> 〔註2〕

先秦時期，賦詩、引詩、說詩乃「社會文化行為」〔註3〕，對於《詩經》文句，時人多採「賦詩斷章，余取所求」〔註4〕的態度，闡釋詩文則「斷取一章，唯取所欲，不泥其本義」〔註5〕，故咸丘蒙言《詩經·北山》時，亦「斷章賦詩」而忽略原詩本義。〔註6〕孟子為了避免如咸丘蒙般，斷章取義、以偏概全的文本誤讀，提出「以意逆志」的詮詩觀點。

據型」一類加以分析，而另成「詩文考辨」一節。因此，本章將《東坡詩話》的詩歌評述，類析為「以意逆志」、「意象批評」及「詩文考辨」等三個方式。

〔註2〕〔漢〕趙岐注；〔宋〕孫奭疏：《孟子注疏》（參〔清〕阮元：《十三經注疏附校勘記》〔臺北：大化書局，1982年〕，頁2735）。

〔註3〕顏崑陽：〈論先秦「詩社會文化行為」所展現的「詮釋範型」意義〉，《東華人文學報》第8期（2006年1月），頁55。

〔註4〕〔晉〕杜預注；〔唐〕孔穎達疏：《左傳注疏》（臺北：藝文印書館，1973年，嘉慶二十年重刊宋本），卷38，頁654。

〔註5〕〔晉〕杜預集解；竹添光鴻會箋：《左傳會箋》（臺北市：廣文，1967年），卷18，頁55。

〔註6〕《詩經·北山》云：「陟彼北山，言采其杞。偕偕士子，朝夕從事。王事靡盬，憂我父母。溥天之下，莫非王土。率土之濱，莫非王臣。大夫不均，我從事獨賢。」其中「大夫不均，我從事獨賢」為詩旨，〈詩序〉言此詩乃「役使不均，己勞於從事，而不得養其父母焉」。（〔唐〕孔穎達疏：《毛詩正義》〔臺北市：中華，1966年〕，卷13。）而咸丘蒙僅就「率土之濱，莫非王臣」便提出「敢問瞽瞍之非臣，如何」的疑惑，此乃「斷章賦詩」而忽略原詩本義。

　　面對「斷章賦詩」致使詩歌詮解脫離創作本意的社會文化現象，孟子提出「以意逆志」的詩歌闡釋方式，為詩歌解讀提供了不同的方向，「以意逆志」也成為後世重要的詩歌闡釋理論。

　　「以意逆志」是逆追創作心志的文學闡釋方式，漢‧趙歧言：「志，詩人所欲之事；意，學者之心意也。」又言：「以己之意，逆詩人之志，是為得其實矣。」〔註7〕「以己之意，逆詩人之志」是詩歌闡釋者以自我生命的感悟，追溯揣摩創作者的創作原意，闡述者所逆追探求的作者之「志」，乃創作者融合自我之思想、情感及種種的生命體驗，所做出的綜合性表達。優秀的詩歌作品，往往內蘊複雜深沉的創作心志，欲闡述詩人創作的原始本意，以正確解讀詩歌所指意向，闡釋者須對詩人及其詩歌作品具有深切的理解及全面性的掌握，方能跨越時間、空間與歷史背景的阻隔，正確詮解詩人創作之「志」。

　　詩歌文字表現出作者的創作心志，「文」與「志」乃「形存影附，相與為二」〔註8〕。但是，因語言文字具有表達的侷限性，詩歌作品在有限的語文形式中，不免有「言不盡意」之處，欲自有限的詩歌文字中探索詩人的創作原意，闡釋者須具備超越時空阻隔而能遙接千載的詮解能力，正如東坡所言：「世之工人，或能曲近其形，而至於其理，非高人逸才不能辨。」〔註9〕闡釋者欲辨析創作本意從而正確掌握詩文之理，須具備「高人逸才」的豐厚學養及敏銳感知。

　　東坡學問淵博，創作精妙，加之一生閱歷豐富，由此轉化而來的心得領會，於閱詩、解詩的歷程中，有助於將自我的闡釋思路與作者的創作心志，進行正確接軌，從而推敲出詩歌的原始語意與詩人的創作意圖。因此，當東坡讀詩，運用「以意逆志」之法，逆追詩人創作本意時，能在詩歌文字的表述中，融用自我的學養與生命感知，深入探索詩

〔註7〕〔漢〕趙歧：《孟子注疏》（北京：北京大學出版社，1999年），頁253。
〔註8〕〔晉〕歐陽建〈言盡意論〉（參〔清〕嚴可均輯：《全晉文》〔北京：中華書局，1995年〕，卷109。）
〔註9〕〔宋〕蘇軾〈淨因院畫記〉（參〔宋〕蘇軾：《蘇東坡全集‧上》，頁381。）

人的創作心志，再轉化為簡練的詩歌評述，經由簡短文字，將詩人或詩歌的誤讀加以扭轉，還原創作本意，在《東坡詩話》中即可見東坡此類詩歌闡釋方式。

《東坡詩話》收錄東坡評詩之語，自其評詩語言中可略窺東坡的生命經驗，亦可推知東坡的思想理念。觀其所評諸多詩作中，東坡於〈書韓李詩〉中對韓退之「倔強」之論，在〈書樂天香山寺詩〉中對白樂天的「悲憫」之評，較能展現「以意逆志」的評述特質。東坡既不拘泥於詩文字句，又不斷取文辭句義，以自我的生命體驗與認知，確切領會韓退之與白樂天的創作情感與詩歌本意，從而破解世人對此二人作品及性格的誤讀，跳脫詩歌語言的侷限，以全面性的整體架構解讀詩歌文句。

本節擬從「以意逆志」的角度，探討東坡在詩歌評述中，如何以自我的生命涵養，感知韓退之與白樂天的性格本質與創作原意，從而瞭解東坡何以能確切體會詩文內涵，進而與詩人「以心揆心」〔註10〕。

一、體知退之心志

韓退之為唐朝著名之思想家、文學家與政治家，自唐以降稱頌不斷，唐朝劉禹錫譽其「三十餘年，聲名塞天」〔註11〕；宋朝歐陽脩言其文、其道乃「萬世所共尊，天下所共傳」〔註12〕；東坡讚其曰：「文起八代之衰，而道濟天下之溺」〔註13〕；清朝章學誠更言：「八家莫不步趨韓子」〔註14〕。退之以「文章盟主」之姿，備受景仰。

〔註10〕 王逸於《楚辭章句》言：「以心揆心為恕。」（參〔漢〕王逸：《楚辭章句》〔臺北市：藝文，1974 年〕，卷 1。）
〔註11〕 〔唐〕劉禹錫〈祭韓吏部文〉（參〔唐〕劉禹錫著；瞿蛻園箋證：《劉禹錫集箋證》〔上海：上海古籍出版社，1989 年〕，頁 1537。）
〔註12〕 〔宋〕歐陽脩〈記舊本韓文後〉（參〔宋〕歐陽脩：《歐陽脩全集》〔河北：中國書店，1992 年〕，頁 537。）
〔註13〕 〔宋〕蘇軾〈潮州韓文公廟碑〉（參〔宋〕蘇軾：《蘇東坡全集・上》，頁 627。）
〔註14〕 〔清〕章學誠〈與汪龍莊書〉（參〔清〕章學誠著；倉修良編：《文史通義新編》〔上海：上海古籍出版社，1993 年〕，頁 155。）

（一）汲汲仕進之非議

韓退之雖「手持文柄，高視寰海」〔註15〕，受世人推崇，但也因其汲汲仕進，而頗受非議。退之言己求仕之路：「四舉於禮部乃一得，三選於吏部卒無成」〔註16〕，雖屢試不第，卻不減其仕進之心，其後又 3 次上書宰相〔註17〕，望得薦舉，仍無所得。及至貞元十二年（796 年），「會董晉為宣武節度使」，退之「表署觀察推官」〔註18〕，始步入仕途。任官後，退之曾因排佛而上疏〈論佛骨表〉，遭貶潮州，卻於貶潮後又書〈潮州刺史謝上表〉責己狂愚，望能乞上憐憫而寬宥己罪，且力頌憲宗，甚而建議「宜定樂章以告神明，東巡泰山，奏功皇天」〔註19〕。退之於貶潮後的極大轉變，使人不禁有「摧挫獻佞，大與諫表不侔」〔註20〕之感。

退之對於仕宦之途，先是「汲汲於進」，「每自進而不知愧焉，書亟上，足數及門，而不知止焉」〔註21〕。迨其仕進不順而遭貶潮州後，又「誠惶誠恐，頓首頓首」〔註22〕，伏惟君主哀憐，如此似「不避恥以求進」的態度，自宋以降，文人多所非議。北宋司馬光論退之曰：「汲汲於富貴，戚戚於貧賤如此，彼又烏知顏子之所為哉？」〔註23〕南宋

〔註15〕 〔唐〕劉禹錫〈祭韓吏部文〉（參〔唐〕劉禹錫著；瞿蛻園箋證：《劉禹錫集箋證》，頁 1537。）

〔註16〕 退之於唐德宗貞元二年（786 年）參加進士科考試，連續 3 次均名落孫山，至貞元八年（792 年），第 4 次應試，方中進士。其後參加吏部「博學宏辭科」的授官考試，歷經三次銓選，均未通過。故其於〈上宰相書〉言：「四舉於禮部乃一得，三選於吏部卒無成」。（〔唐〕韓愈著；馬通伯校注：《韓昌黎文集校注》〔臺北市：華正，1975 年〕，頁 89。）

〔註17〕 貞元十一年（795 年），退之「上宰相書求仕，凡三上」，分別為正月二十七日〈上宰相書〉、二月十六日〈後十九日復上書〉及三月十六日〈後二十九日復上書〉。（〔唐〕韓愈撰；馬通伯校注：《韓昌黎文集校注》，頁 89～95。）

〔註18〕 〔宋〕歐陽脩：《新唐書·韓愈傳》（東京都：明德，1987 年），卷 110。

〔註19〕 〔唐〕韓愈撰；馬通伯校注：《韓昌黎文集校注》，頁 358。

〔註20〕 〔宋〕洪邁：《容齋隨筆》（上海：上海古籍，1998 年），頁 915。

〔註21〕 〔唐〕韓愈撰；馬通伯校注：《韓昌黎文集校注》，頁 95。

〔註22〕 〔唐〕韓愈撰；馬通伯校注：《韓昌黎文集校注》，頁 357。

〔註23〕 〔宋〕司馬光〈顏樂亭頌〉（參〔宋〕司馬光：《溫國文正司馬公文集》〔臺北市：臺灣商務，1967 年〕，卷 68。）

朱熹言其「時俗富貴利達之求」〔註24〕，清潮劉開則評退之云：「上書於執政，唯急於干祿而求效力當時，故君子譏其躁進。」〔註25〕退之孜孜以求的「戀闕」之心，不免貽人訾議，或譏其躁進，或諷其干祿，甚有「豪勇之氣，銷鑠殆盡」〔註26〕的感嘆。

　　退之曾於〈爭臣論〉言：「君子居其位，則思死其官」〔註27〕，此「居位死官」之思，真如世人所訾議般，乃為「富貴利達之求」，以致退之措心言行「或多戾乎規矩，不能造顏、孟之域，為賢者指笑」〔註28〕？《東坡詩話》錄有東坡評韓之言，東坡經由退之的詩歌文句，以己意逆追其心志，將退之「不避恥以求進」、「居其位，則思死其官」等，狀似求官干祿的言行，賦與不同的價值及意義。

（二）觸類而思以追其意

　　《東坡詩話》所錄東坡之言，何以能詮解退之「不避恥以求進」的本心，實因兩人有相近之處。《東坡詩話補遺》嘗錄東坡之言曰：「退之詩云：『我生之辰，月宿南斗。』乃知退之得磨蝎為身宮，而僕乃以磨蝎為命，平生多得謗譽，殆是同病也。」〔註29〕東坡由退之〈三星行〉〔註30〕的自述中，推衍退之的身宮落在磨蝎，依宋朝時人之見，

〔註24〕　〔宋〕朱熹〈王氏續經說〉（參〔宋〕朱熹：《朱文公文集》〔臺北市：廣文，1979 年〕，卷 67。）

〔註25〕　〔清〕劉開〈上萊陽中丞書〉（參〔清〕劉開：《劉孟塗文集》〔上海市：上海古籍，1995 年，續修四庫全書集部・別集類 1510 冊〕，卷 3。）

〔註26〕　〔宋〕俞文豹撰；張宗祥輯補並校：《吹劍錄全編・吹劍錄》（臺北市：世界書局，1965 年），頁 13。

〔註27〕　〔唐〕韓愈撰；馬通伯校注：《韓昌黎文集校注》，頁 65。

〔註28〕　〔明〕方孝孺：《遜志齋集》（臺北市：臺灣商務，1968 年），卷 10，頁 292。

〔註29〕　近滕元粹編：《螢雪軒叢書》，卷 7。

〔註30〕　韓退之於〈三星行〉云：「我生之辰，月宿南斗。牛奮其角，箕張其口。牛不見服箱，斗不挹酒漿。箕獨有神靈，無時停簸揚。無善名已聞，無惡聲已讙。名聲相乘除，得少失有餘。三星各在天，什伍東西陳。嗟汝牛與斗，汝獨不能神。」（〔唐〕韓愈撰；錢仲聯集釋：《韓昌黎詩繫年集釋》〔上海市：上海古籍出版，1984 年〕，卷 6，頁 659。）
　　　　　案：憲宗元和二年（807 年）退之自貶謫之地——陽山，受召回返朝

身宮若為磨蝎，則屬命格不好〔註31〕，東坡以此慨嘆退之生平多遭毀
譽，又回思己身亦如退之一般，多遭讒毀謗議。因兩人的「同病」之命，
當東坡見諸多關涉退之的負面評價，更能感同身受，也更知曉如何理
性判斷，以正確解讀對於韓退之的正、反不同評議。

1. 李、韓比較

退之兩次遠謫嶺南〔註32〕，而東坡亦曾遠貶，因此東坡更能深刻
理解退之一生堅持的「居位死官」，其本心究竟為何。退之一生積極奮
進，努力追求功名事業，雖孜孜以求而有「自鬻」〔註33〕之譏，雖汲
汲於仕而有「躁進」〔註34〕之諷，然東坡因生命境遇與退之略有相似，
且剛毅性格也頗為相通，故能於閱讀韓詩的歷程中，追溯其生平、理解
其心志。在《東坡詩話》所錄之〈書韓李詩〉一文中，東坡曰：

> 李太白詩云：「遺我鳥跡書，飄然落巖間。其字乃上古，讀之
> 了不閑。」戲謂柳生，李白尚氣，乃自招不識字，可發大笑。
> 不如韓愈倔強，云：「我寧屈曲自世間，安能隨汝巢神仙」也。

廷，擔任國子博士，其後又遷升都官員外郎，然因遭謗議，又貶為國
子博士。退之有感，而作此詩。詩中妙用譬喻，以牽牛星無法拉車，
斗宿亦無法舀取美酒，僅見箕星獨顯神力地張大其口，不斷簸揚米糠，
以此婉轉表達己身不斷遭謗的無奈。

〔註31〕宋朝時人以命宮為「磨蝎」，屬於不好的命格，廖藤葉便依《全唐詩》
中對韓退之〈三星行〉的註解而言：「『磨蝎』即是今日大家所熟悉魚
尾山羊形象的『摩羯』，亦曾被寫為『磨羯』、『磨碣』。由詩與註可見
唐、宋時期認為出生時『月亮在箕斗牛』位置的人『命格』不好，所
以韓愈哀傷自身遭到許多毀謗。」（參廖藤葉：〈從東坡摩羯命格談黃
道十二宮在中國的流播〉，《東海大學圖書館館訊新》143期〔2013年
7月〕，頁63。）

〔註32〕貞元十九年（803年），關中百姓因遭逢旱災而失收，退之上〈禦史臺
上論天旱人饑狀〉請求減免賦稅，觸怒德宗，因而貶任陽山縣令。唐
元和十四年（819年），退之上書憲宗諫迎佛骨，貶潮州任刺史，時年
已51歲。故退之遠謫嶺南凡二次。

〔註33〕黃震於〈上宰相三書〉言退之曰：「世多譏其自鬻」。（參〔宋〕黃震：
《黃氏日抄》〔上海市：上海古籍，1987年，景印文淵閣四庫全書707
冊〕，卷59。）

〔註34〕〔清〕劉開〈上萊陽中丞書〉（參〔清〕劉開：《劉孟塗文集》，卷3。）

東坡經由李太白〈遊太山六首・其二〉:「遺我鳥跡書,飄然落巖間。其字乃上古,讀了不閑。」及韓退之〈記夢〉:「我寧屈曲自世間,安能隨汝巢神仙」二詩的對比,得出太白「不如韓愈倔強」之論。

　　東坡評賞李太白及韓退之詩歌的視角,與宋朝文士常見的論點不同,具有其「知人論世」的獨特眼光。《蘇軾詩話》載錄東坡〈六一居士集序〉,文中東坡言歐陽永叔「論大道似韓愈」、「詩賦似李白」,且於文後曰:「此非余言也,天下之言也」〔註35〕,關於宋朝文士對李太白及韓退之二人的詩評,從歐陽永叔的觀點或能略窺一、二。歐陽永叔對李太白及韓退之均極為推崇,其於《六一詩話・論韓愈語》中讚揚退之詩歌「敘人情、狀物態,一寓於詩,而曲盡其妙」〔註36〕,又言:「余獨愛其工於用韻也。蓋其得韻寬,則波瀾橫溢,泛入傍韻,乍還乍離,出入回合,殆不可拘以常格,如〈此日足可惜〉之類是也。得韻窄,則不復傍出,而因難見巧,愈險愈奇。」〔註37〕歐陽永叔讚賞退之詩歌的創作技巧,欣賞他雄奇而不拘常格的藝術獨創性。

　　對於太白,永叔亦喜其踔拔凌厲的「橫放」筆力〔註38〕,如劉攽曾於《中山詩話》言永叔對於李白「甚賞愛,將由李白超趄飛揚,易為感動也。」〔註39〕邵博也於《邵氏聞見後錄》云:「歐陽公每哦太白『三山半落青天外,二水中分白鷺洲』之句,曰:『杜子美不道也。』」〔註40〕永叔更得意於己作而曰:「吾〈廬山高〉〔註41〕,今人莫能為,

---

〔註35〕 吳文治編:《宋詩話全編》,頁707。
〔註36〕 何文煥編:《歷代詩話》(北京:中華書局,1981年),頁272。
〔註37〕 何文煥編:《歷代詩話》,頁272。
〔註38〕 《王直方詩話》載歐陽永叔之言曰:「『清風明月不用一錢買,玉山自倒非人推。』然後見太白之橫放。」(參〔宋〕阮閱編;周本淳校;郭紹虞編:《詩話總龜》〔北京:人民文學出版社,1987年〕,頁90。)
〔註39〕 〔宋〕劉攽:《中山詩話》(上海:上海古籍出版社,1987年),頁269。
〔註40〕 〔宋〕邵博:《邵氏聞見後錄》(北京:中華書局,1983年),頁139。
〔註41〕 〔宋〕歐陽脩〈廬山高贈同年劉中允歸南康〉:「廬山高哉幾千仞兮,根盤幾百里,截然屹立乎長江。長江西來走其下,是為揚瀾左里兮,洪濤巨浪日夕相舂撞。雲消風止水鏡淨,泊舟登岸而遠望兮,上摩青蒼以晻靄,下壓后土之鴻厖。試往造乎其間兮,攀緣石磴窺空谾。千

惟李太白能之。」〔註42〕太白一空依傍而變化莫測的雄奇筆法，永叔甚為激賞。歐陽永叔欣賞李太白及韓退之雄奇奔放、不受拘執的詩歌創作，且其於創作上也是「學退之，又學李白」〔註43〕而深有所得，《蘇軾詩話·六一居士集序》即錄東坡評永叔之言曰：「效法李白，寫得自由奔放，頗有豪放之氣」。〔註44〕

　　歐陽永叔曾以「翰林風月三千首，吏部文章二百年」讚賞王介甫，對於永叔以李太白及韓退之表達對自己的肯定與期許〔註45〕，介甫則云：「欲傳道義心猶在，強學文章力已窮。他日若能窺孟子，終身何敢望韓公。」〔註46〕介甫之言，似婉轉表明心慕孟子而欲傳承儒家之道，至於文學創作，則非其力學之主要目標。甚而有人自介甫詩中，解讀出「荊公不以退之為是」〔註47〕的觀點，如介甫曾以「力去陳言誇末俗，

巖萬壑響松檜，懸崖巨石飛流淙。水聲聒聒亂人耳，六月飛雪灑石矼。仙翁釋子亦往往而逢兮，吾嘗惡其學幻而言哤。但見丹霞翠壁遠近映樓閣，晨鐘暮鼓杳靄羅幡幢。幽花野草不知其名兮，風吹露濕香澗谷。時有白鶴飛來雙。幽尋遠去不可極，便欲絕世遺紛厖。羨君買田築室老其下，插秧成疇兮，釀酒盈缸。欲令浮嵐暖翠千萬狀，坐臥常對乎軒窗。君懷磊砢有至寶，世俗不辨珉與珍。策名為吏二十載，青衫白首困一邦。寵榮聲利不可以苟屈兮，自非清泉白石有深趣，其氣兀健何由降？丈夫壯節似君少，嗟我欲說安得巨筆如長杠！」（參〔宋〕歐陽脩：《歐陽脩全集》〔北京：中華書局，2001年〕，頁84。）

〔註42〕〔宋〕葉夢得：《石林詩話》（上海：上海古籍出版社，1987年），頁29。

〔註43〕丁福保輯：《歷代詩話續編》（北京：中華書局，1983年），頁452。

〔註44〕吳文治編：《宋詩話全編》，頁707。

〔註45〕王介甫據唐人所任官職而認為永叔所言之「翰林」為李太白，「吏部」為韓退之，然永叔所指之「吏部」，或有人言「非韓退之」，如《能改齋漫錄·辨悟》曰：「歐陽文忠公〈寄荊公〉詩云：『翰林風月三千首，吏部文章二百年。』吏部，蓋謂《南史》：『謝朓於宋明帝朝，為尚書吏部郎，長五言詩。沈約嘗云：「二百年來，無此詩也。」』文忠之意，直使謝朓事。」因本段著重於分析介甫詩評，故不針對永叔詩中「吏部」所指為何進行探討。（參〔宋〕吳增：《能改齋漫錄》〔臺北市：廣文，1960年〕，卷3。）

〔註46〕〔宋〕王安石：《臨川先生文集》（臺北市：華正書局，1975年），卷22。

〔註47〕〔宋〕吳增：《能改齋漫錄》，卷10。

可憐無補費精神」〔註 48〕，批評退之太過雕琢字句而無法真正落實經世致用之道。介甫雖對退之略有批評，然其詩歌在接受退之作品的歷程中，經由退之詩歌的潛移默化，翻轉出自我風格，邵博《聞見後錄》即云：「王荊公以『力去陳言誇末俗，可憐無補費精神』薄韓退之矣。然『喜深將策試，驚密仰簷窺』，又『氣嚴當酒暖，灑急聽窗知』，皆退之雪詩也。」〔註 49〕王介甫實以其自身的創作實踐，表達對退之詩歌的欣賞。

王介甫對退之詩歌略有批評，卻在詩歌接受的歷程中受到退之創作的影響，而有似韓之作。至於李太白，王介甫雖對太白之高才有所讚譽，而言：「其才豪俊，亦可取也」〔註 50〕，但是對於太白詩作，則以其識見低下，而有所批評。如《苕溪漁隱叢話》曾引《鐘山語錄》曰：「荊公次第四家詩，以李白最下，俗人多疑之。公曰:『白詩近俗，人易悅故也。白識見汙下，十首九首說婦人與酒。』」〔註 51〕介甫編選《四家詩》，以杜子美居首，歐陽永叔、韓退之次之，李太白居後，由此可推知介甫對太白詩歌的評價，不似歐陽永叔般推崇。介甫曾於〈和王微之秋浦望齊山感李太白杜牧之〉中言太白「平生志業無高論」〔註 52〕，李太白「豪俠使氣，狂醉於花月」〔註 53〕的豪邁灑脫，無益於國計民生，介甫著眼於「文以用世」的角度，認為太白之作，詩格不高。〔註 54〕

歐陽永叔創作兼容各家之長，具有文學的包容性，因此他既欣賞退之「奇險」的藝術獨創，也讚賞太白「橫放」的變化莫測。歐陽永叔

〔註 48〕〔宋〕王安石：《臨川先生文集》，卷 34。
〔註 49〕〔宋〕邵博：《聞見後錄》（臺北市：廣文書局，1970 年），卷 18。
〔註 50〕〔宋〕胡仔：《苕溪漁隱叢話》（北京：人民文學出版社，1982 年），頁 359。
〔註 51〕〔宋〕胡仔：《苕溪漁隱叢話》，頁 359。
〔註 52〕〔宋〕王安石：《臨川先生文集》，卷 19。
〔註 53〕〔宋〕羅大經：《鶴林玉露》（北京：中華書局，1983 年），頁 341。
〔註 54〕宋朝范正敏《遯齋閒覽》記荊公之言曰：「白之歌詩，豪放飄逸，人固莫及。然其格止於此而已，不知變也。」（參〔明〕陶宗儀纂；張宗祥集校：《說郛》〔臺北市：新興書局，1972 年〕，卷 32。）

從文學獨特的創造性欣賞詩歌，對李、韓二人給予高度的正面評價。而以政治改革家自許的王介甫，雖然接受退之詩歌的創作手法而有似韓之作，卻也不免因退之的過度雕琢而有「無補費精神」的批評。對於太白詩歌，介甫雖稱許其「才高」，卻也因「文采為世用」的創作觀，而認為太白詩歌識見低下。歐陽永叔及王介甫因文學觀點的差異，對於李太白及韓退之的詩歌各有所見，而二人不同的評述角度，呈現出宋朝文士在李、韓詩歌評賞上的常見視角。

宋朝文士評李、韓詩歌，或以文學角度分析其詩歌憂劣，或從經世致用的角度，探討內在的創作思想，對於李、韓二人或有高低不同的分判，然其評詩觀點多如歐陽永叔及王介甫般，有既定的文學視角。《東坡詩話》所錄之〈書韓李詩〉，東坡則從性格推導二人之異，展現出東坡獨特的詩評眼界。

宋朝李綱於〈讀四家詩選四首‧其三〉中讚韓退之曰：

> 毅然倔強姿，揮此摩天手。立朝著大節，去作潮陽守。驅掃雲霧開，約束鮫鰐走。位雖不稱德，妙譽垂不朽。〔註55〕

韓退之終身實踐儒家道統，身處順境如此，遭貶受挫亦如此，如其自言：「孜孜矻矻，死而後已」〔註56〕。韓退之縱使貶刺潮州，依舊卓然不屈，縱使遭逢兵亂，困頓無食〔註57〕，依舊「聊固守以靜俟兮」〔註58〕。

〔註55〕 傅璇琮等編：《全宋詩》（北京：北京大學出版社，1991～1995 年），頁 17573。

〔註56〕 〔唐〕韓愈〈爭臣論〉（參〔唐〕韓愈：《昌黎先生文集》〔上海：上海古籍出版社，1994 年〕，卷 14。）

〔註57〕 貞元 16 年（800 年），徐州兵亂，韓愈「復脫禍亂」，於〈與衛中行書〉中言：「窮居荒涼，草樹茂密，出無驢馬，因與人絕。」（參〔唐〕韓愈撰；〔宋〕朱熹考異：《朱文公校昌黎先生集》〔臺北市：臺灣商務，1967 年〕，卷 17。）後又作〈閔己賦〉，其文補注云：「公嘗佐董晉於汴，未幾晉薨，復佐戎徐州。徐帥，張建封也。建封又薨，公罷去，來居於洛，時貞元十六年也。」（參〔唐〕韓愈撰；〔宋〕朱熹考異：《朱文公校昌黎先生集》，卷 1。）

〔註58〕 〔唐〕韓愈〈閔己賦〉（參〔唐〕韓愈撰；〔宋〕朱熹考異：《朱文公校昌黎先生集》，卷 1。）

韓退之攘斥佛老，堅守以儒家為核心的道統，以天下為己任的入世精神，正是宋朝文士理想中的儒者典範。東坡於〈六一居士集・序〉嘗言：

> 自漢以來，道術不出於孔氏，而亂天下者多矣。晉以老莊亡，梁以佛亡，莫或正之。五百餘年而後得韓愈，學者以愈配孟子，蓋庶幾焉。〔註59〕

宋人對於韓退之的看法，多與東坡此說相類，失墜千載的儒家之道，因韓退之而得以接續，甚至認為韓退之幾可與孟子比肩。

　　積極的入世精神為宋代文化的重要特點，宋代文士體現出經世濟民的淑世情懷，而這種淑世情懷賦予文士極高的使命感與責任感，期能於現實社會中建功立業，實現自我價值，因此，宋朝文士普遍嚴謹地以道德自律作為自我要求。韓退之「欲自振於一代」〔註60〕，堅守儒家積極入世的拯世濟民，這正是宋朝文士入世精神的投射，韓退之成為宋人尊崇、仿效的儒者典範，其形象也在宋人的尊奉中更趨完美而崇高，自宋神宗以其配饗孔廟後，歷朝多尊韓退之為儒家聖哲。

　　宋代文士「以名節相高，廉恥相尚」，相較於飄然灑脫的李太白，自言「我寧屈曲自世間，安能隨汝巢神仙」的韓退之，更符合宋朝尚理內斂的文化特質，故東坡於〈書韓李詩〉中認為，太白「不如韓退之倔強」。退之的「倔強」當是固守於人世的「孜孜矻矻」，宋人對韓退之的尊崇與學習，正是宋朝文化入世精神的表徵。

2. 屈曲世間的「倔強」

　　《東坡詩話》所收錄的東坡詩評中，〈書韓李詩〉摘錄李太白與韓退之的詩歌進行比較，推導出「李太白不如韓退之倔強」。恣意馳驟而不受束縛的李太白，其人任俠俊爽，其詩飛揚超逸，其才乃「天授神

〔註59〕　〔宋〕蘇軾著；張志烈等校注：《蘇軾全集校注》（石家莊：河北人民出版社，2010年），頁978。

〔註60〕　〔後晉〕劉昫等奉敕撰：《舊唐書》（臺北市：藝文印書館，據清乾隆武英殿刊本影印，1972年），卷160。

詣」〔註61〕，以謫仙般的高妙詩筆，書寫幽微神妙的浩蕩之作，後世僅能以「神品」歡賞其詩，以「謫仙」盛讚其才，如明朝胡應麟言太白詩乃「字字神境，篇篇神物」〔註62〕，後人縱欲學之，亦無式可依，無法可循。太白氣高而才逸的灑脫不羈，劉師培《論文雜記》言其「超然飛騰，不愧仙才」〔註63〕，是唐朝「複雜而進取」的文化表徵，於「轉趨單純與收斂」的宋朝文士思維中，反較不為宋人所賞。如蘇轍於〈詩病五事〉中直言太白詩歌「類其為人，駿發豪放，華而不實，好事喜名，不知義理之所在也」〔註64〕。相較唐人對太白「言出天地外，思出鬼神表」〔註65〕的極力嘆賞，太白在宋朝反有受抑之感。

　　東坡自韓退之〈記夢〉〔註66〕詩所言之「我寧屈曲自世間，安能隨汝巢神仙」，歸結出退之「倔強」的觀點，頗能逆迎退之的創作本心。東坡能以此簡勁二字，精準評述退之蘊含於詩歌中的創作心志，實源於東坡與退之在際遇及性格上有部分相近，退之成為東坡的「形象比照和精神支持」〔註67〕，此乃東坡「以意逆志」而能體知韓詩的關鍵。

〔註61〕〔明〕胡應麟：《詩藪‧內編》（臺北市：廣文書局，1973年），卷6。

〔註62〕〔明〕胡應麟：《詩藪‧內編》，卷6。

〔註63〕劉師培：《論文雜記》（參劉師培：《劉申叔先生遺書（二）》〔臺北縣：大新書局，1965年〕，頁856。）

〔註64〕〔宋〕蘇轍著；曾棗莊等校點：《欒城集》（上海：上海古籍出版社，1987年），頁1552。

〔註65〕〔唐〕皮日休著；蕭滌非整理：《皮子方藪》（北京市：中華書局，1959年），頁42。

〔註66〕韓愈〈記夢〉：「夜夢神官與我言，羅縷道妙角與根。挈攜陬維口瀾翻，百二十刻須臾間。我聽其言未云足，舍我先度橫山腹。我徒三人共追之，一人前度女不危。我亦半行蹋骩骫，神完骨蹻腳不掉。側身上視溪谷盲，杖撞玉版聲彭硎。神官見我開顏笑，前對一人壯非少。石壇坡陀可坐臥，我手承頷肘拄座。隆樓傑閣磊嵬高，天風飄飄吹我過。壯非少者哦七言，六字常語一字難。我以指撮白玉丹，行且咀嚼行諧盤。口前截斷第二句，綽虐顧我顏不歡。乃知仙人未賢聖，護短憑愚邈我敬。我能屈曲自世間，安能從女巢神山。」（參〔唐〕韓愈著；錢仲聯集釋：《韓昌黎詩繫年集釋》〔上海市：上海古籍出版，1984年〕，頁652～653。）

〔註67〕劉智航：〈起衰濟溺韓昌黎——解讀蘇軾話語體系中的韓愈〉，《順德職業技術學院學報》第9卷第4期（2011年10月），頁55。

劉勰《文心雕龍・知音》言：「知音其難哉！音實難知，知實難逢，逢其知音，千載其一乎！」〔註68〕欲闡釋詩文，正確理解作者創作心志，須能深入體察創作者的生命感知與人生態度，方能經由詩歌文本，追迎真正的創作心志，而「知音」便是其中關鍵。東坡可謂退之「千載難逢其一」的「知音」，而東坡何以能成為退之的「知音」，深刻理解退之隱含於詩文中的本意，「觸類而思」乃其主要因素。王弼於〈老子指略〉言：「故使同趣而感發者，莫不美其興言之始，因而演焉。」又言：「夫途雖殊，必同其歸；慮雖百，必均其致。而舉夫歸致以明至理，故使觸類而思者，莫不欣其思之所應，以為得其義焉。」〔註69〕王弼之言雖用以說明對《老子》的闡述觀點，然亦適用於詩歌之詮解。東坡之於退之詩作，正是「同趣而感發」的「觸類而思」。

東坡閱讀退之「我寧屈曲自世間，安能隨汝巢神仙」後，認為太白「不如韓愈倔強」，「倔強」二字，既言退之詩歌，亦言退之心志，更可推至東坡本心，兩人於生命經驗及感觸思慮上，實有相通之處。子由嘗言東坡曰：

> 其於人見善稱之；見不善斥之，如恐不盡；見義勇於敢為，
> 而不顧其害。用此數困於世，然終不以為恨。〔註70〕

自蘇轍之言，可知東坡性格之剛直，嫉惡如仇的耿直性格，正如其所自言：「余性不慎語言，與人無親疏，輒書寫腑臟，有所不盡，如茹物不下，必吐出乃已。」〔註71〕守正不阿，言其所當言，正是東坡本性。而此一性格，退之亦有之，《新唐書・韓愈傳》言其「操性堅正，鯁言

〔註68〕〔南朝〕劉勰：《文心雕龍》（北京：中國經濟出版社，2002 年），頁45。

〔註69〕〔魏〕王弼撰；樓宇烈注解：《王弼集校釋》（北京：中華書局，2009年），頁 117。

〔註70〕〔宋〕蘇轍〈亡兄子瞻端明墓誌銘〉（參〔宋〕蘇轍撰；曾棗莊、馬德富校點：《欒城集》〔上海：上海古籍出版社，1987 年〕，頁 1414。）

〔註71〕〔宋〕蘇軾〈密州通判廳題名記〉（參〔宋〕蘇軾：《蘇東坡全集・下》，頁 369。）

無所忌」〔註72〕，退之亦嘗言：「自笑平生誇膽氣，不離文字鬢毛新」〔註73〕，東坡更讚其敢於「忠犯人主之怒」〔註74〕。正直敢言的磊落不屈，正是東坡在退之的言行中，投射出的自我性格。

遠謫嶺南仍不隱不退且忠心不改，亦是東坡與退之的相近之處。世人雖對退之貶朝後的卑委戀闕，多所非議，然亦身歷多次遠謫的東坡，深知「古之立大事者，不惟有超世之才，亦必有堅忍不拔之志」。〔註75〕東坡深刻理解退之隱忍待時的忠勇負重，因其自身亦歷經「骨銷讒口鑠，膽破獄吏酷」〔註76〕的讒陷下獄，遠貶後，雖不似退之般卑微自悔以求進，但不免自省而云：「反觀從來舉意動作，皆不中道，非獨今以得罪者也」，並有「不可勝悔」之言。〔註77〕東坡與退之相似的境遇，深化東坡對退之逆境忍辱的體知，理解退之隱忍乃為有用於天下國家，如退之所言：「臣有膽與氣，不肯死茅茨」。〔註78〕因此東坡對退之貶朝後的卑微隱忍，不置貶辭，反以「忠犯人主之怒」讚賞其忠勇之舉。

東坡因與退之有相似之處，自退之而回觀己身，進而能有「同趣而感發」的「觸類而思」。故其閱讀退之詩作，不僅觀詩，亦觀其人，並逆追其心志，因此能得出退之「倔強」之論。「以意逆志」乃「以己意逆詩人之志」〔註79〕，東坡與退之均性格堅正且鯁言無忌，如此耿

〔註72〕 〔宋〕歐陽脩、宋祁等撰：《新唐書》（上海市：漢語大詞典出版社，2004年），卷176，頁3857。

〔註73〕 〔唐〕韓愈〈奉酬振武胡十二丈大夫〉（參〔唐〕韓愈著；錢仲聯集釋：《韓昌黎詩繫年集釋》，頁934。）

〔註74〕 〔宋〕蘇軾：《蘇東坡全集・上》，頁627。

〔註75〕 〔宋〕蘇軾〈晁錯論〉（參〔宋〕蘇軾：《蘇東坡全集・下》，頁778。）

〔註76〕 〔宋〕蘇軾〈次韻高要令劉湜峽山寺見寄〉（參〔宋〕蘇軾：《蘇東坡全集・上》，頁515。）

〔註77〕 〔宋〕蘇軾〈黃州安國寺記〉（參〔宋〕蘇軾：《蘇東坡全集・上》，頁396。）

〔註78〕 〔唐〕韓愈〈送張道士序〉（參〔唐〕韓愈著；錢仲聯集釋：《韓昌黎詩繫年集釋》，頁701。）

〔註79〕 〔漢〕趙岐：《孟子注疏》，頁253。

介的性格又身備天賦高才，仕宦不免遭忌構陷，遭受讒陷遠貶後，卻又
心繫家國，期望能再有所作為，因此退之有委屈隱忍、自責自悔的言
行。而東坡於謫居黃州時，也嘗自省而言：「默自觀省，回視三十年以
來，所為多其病者」。〔註80〕因曾有相似的生命經驗，東坡更能於退之
作品中讀出真正的本心。

　　退之一生於仕途上孜孜以求的態度，雖世人有「急於干祿」、「譏
其躁進」等負面評價，然東坡將自我視域融入退之詩作中，藉由「我寧
屈曲自世間，安能隨汝巢神仙」的詩歌文句，解讀退之心志。其「屈
曲」於世間的種種委屈與遷就，乃源於積極的入世精神，儘管仕途坎
坷，仍艱難地選擇仕而不隱，縱使理想一時塞阻，仍願在困局中尋求出
路。退之如此，東坡亦然，所異者，乃在退之放低姿態，卑微以求進，
而東坡則放開胸懷，曠達以自適。不管調適的方式如何，強烈的政治使
命感，促使二人均堅定地固守於仕途之上，而東坡將此心志以「倔強」
二字表出，既精采闡釋退之詩文，亦深刻體知退之心志，更可於其中推
知東坡與退之共通的性格特質。正是兩人具有相通的生命經驗與性格
特質，東坡方能於品讀退之詩文時，以己意逆追出退之固守仕途的「倔
強」本意。

　　張高評認為宋人「追蹤發揚太白詩者蓋寡」〔註81〕，太白恣肆豪
放的性格特質及「不主故常」〔註82〕的寫作風格，較不符合宋朝平和
內斂的文化風尚。反觀〈書韓李詩〉中與太白並提相較的韓退之，雖無
「謫仙」之譽流傳於世，但以「我寧屈曲自世間」的「倔強」精神，獲
東坡讚賞，亦受宋人學習與景仰。酈永輝認為，便是宋人的推波助瀾
「使韓愈在儒學傳承中的地位被越抬越高」，最終把韓退之「塑造為儒

〔註80〕 〔宋〕蘇軾〈答李端叔書〉（參〔宋〕蘇軾：《蘇東坡全集・上》，頁
　　　　 367。）
〔註81〕 張高評：〈北宋讀詩詩與宋代詩學——從傳播與接受之視角切入〉，頁
　　　　 198。
〔註82〕 〔宋〕黃庭堅〈題李白詩草後〉（參〔宋〕黃庭堅：《山谷集》〔上海市：
　　　　 上海古籍，1987年〕，卷26。）

家思想的典範」〔註 83〕。宋人之所以推尊韓退之，進而從韓、學韓，甚至有「宋詩導源於韓」〔註 84〕的說法，其關鍵便在東坡所擇之韓詩——「我寧屈曲自世間」中，所透露出的思想，此為宋人尊韓、學韓的重要因素。

二、推知樂天本心

白樂天為中唐重要的代表性詩人，而《東坡詩話》中，錄有東坡評樂天詩文之言，其文曰：

> 白樂天為王涯所讒，謫江州司馬。甘露之禍，樂天在洛，適遊香山寺，有詩云：「當今白首同歸日，是我青山獨往時。」
>
> 不知者，以樂天為幸之，樂天豈幸人之禍者哉，蓋悲之也！

東坡何以於樂天〈九年十一月二十一日感事而作〉詩作中，有此感悟，其關鍵在於東坡閱詩不僅觀覽詩歌文字，更以己心體知樂天其人，故能讀出不同意味。

（一）仕、隱調和之「吏隱」

在唐型文化逐漸轉向宋型文化的歷程中，白樂天的思想理念及處事態度，具有重要的影響，尤其是「居官如隱」的「吏隱」思想，以進退裕如的從容態度，深受宋朝文士推崇，也成為文士仕宦遇阻時，自得保全的解脫之道。

仕宦與隱逸古來即是文人在出處進退上不同的兩種抉擇，孔子曰：「邦有道，則仕；邦無道，則可卷而懷之。」〔註 85〕孟子則言：「可以仕則仕，可以止則止。」〔註 86〕用舍行藏間，依政治環境的不同而擇以仕、隱，是文士在大我及小我間調和通變的兩種處世之道。

〔註83〕 鄺永輝：〈韓愈治潮：宋儒樹立的一個典型〉，《鹽城師範學院學報（人文社會科學版）》2014 年 06 期（2014 年 12 月），頁 53。（頁 53～57）

〔註84〕 黃濬：《花隨人聖盦摭憶》（上海：上海書店，1998 年），頁 364。

〔註85〕 劉寶楠：《論語正義》（北京：中華書局，1990 年），頁 617。

〔註86〕 焦循：《孟子正義》（北京：中華書局，1987 年），頁 215。

　　樂天仕宦之初極富政治熱忱，上書言事，以詩諷諫，曾就稅法、藩鎮、貢奉〔註87〕等諸多問題提出建議〔註88〕，《新唐書》言樂天「被遇憲宗時，事無不言，湔剔抉摩，多見聽可」。〔註89〕樂天早年仕宦，乃以耿耿忠心體察時政，心繫天下百姓。迨至元和十年（815年），宰相武元衡遇刺身亡，樂天先於群臣而上疏「請亟捕賊」，宰相認為樂天此舉「出位」而「不悅」，加之又有人言：「居易母墮井死，而居易賦〈新井篇〉，言浮華，無實行，不可用。」樂天乃「出為州刺史」，其後，中書舍人王涯上書言樂天「不宜治郡」，樂天追貶為江州司馬。〔註90〕元和十三年（818年），樂天奉詔而量移忠州，至元和十五年（820年）方得返京。

　　仕途的困阻，使樂天「以直道奮進」的滿懷熱忱，逐漸消弭於險惡的政治環境中，自我生命價值的自覺，隨之而起。樂天漸漸領悟「窮通順冥數」〔註91〕的通達之道，加上思想中儒、釋、道的兼容〔註92〕，

〔註87〕《新唐書》錄白樂天之言曰：「誅求百計，不恤雕瘵，所得財號為『羨餘』以獻」。中唐時，除國庫外，君王另設有私庫以收受群臣貢奉，官員為向君王進貢，以「羨餘」為名，巧立各種名目，收取百姓財物，百姓苦不堪言，有鑒於此，白樂天主張「稅外加一物，皆以枉法論」。（參〔宋〕歐陽脩、宋祁等撰：《新唐書》，卷119。）

〔註88〕白樂天早年任官，直言極諫，如《新唐書》曾載「四年，天子以旱甚，下詔有所蠲貸，振除災沴。居易見詔節未詳，即建言乞盡免江淮兩賦，以救流瘠，且多出宮人。憲宗頗採納。是時，于頔入朝，悉以歌舞人內禁中，或言普寧公主取以獻，皆頔變愛。居易以為不如歸之，無令頔得歸曲天子。李師道上私錢六百萬，為魏徵孫贖故第，居易言：『徵任宰相，太宗用殿材成其正寢，後嗣不能守，陛下猶宜以賢者子孫贖而賜之。師道人臣，不宜掠美。』……奏凡十餘上，益知名。」（參〔宋〕歐陽脩、宋祁等撰：《新唐書》，卷119。）

〔註89〕〔宋〕歐陽脩、宋祁等撰：《新唐書》，卷119。

〔註90〕〔宋〕歐陽脩、宋祁等撰：《新唐書》，卷119。

〔註91〕〔唐〕白居易撰；朱金城箋校：《白居易集箋校》（上海：上海古籍出版社，1988年），頁369。

〔註92〕樂天兼有儒、釋、道三家思想，除自命為「儒家子」外，其嘗言：「身委《逍遙篇》，心付《頭陀經》。」亦曾言：「身著居士衣，手把《南華篇》。」白居易兼容儒、釋、道三家思想，如其所言：「行禪與坐忘，同歸無異路。」三教的兼容並蓄，「外服儒風，內宗梵行」使白居易思

「外以儒行修其身,中以釋道治其心,旁以山水、風月、歌詩琴酒樂其志」〔註93〕,使樂天在仕途阻遏中,走出一條獨特的「吏隱」之路。

白樂天曾於〈江州司馬廳記〉提及「吏隱」,其云:

> 官不官,系乎時也;適不適,在乎人也。江州左匡廬,右江湖,土高氣清,富有佳境。刺史,守土臣,不可遠觀遊;群吏,執事官,不敢自暇佚;惟司馬,綽綽可以從容於山水詩酒間。由是郡南樓山、北樓水、澄亭、百花亭、風篁、石岩、瀑布、廬宮、源潭洞、東西二林寺、泉石鬆雪,司馬盡有之矣。苟有志於「吏隱」者,舍此官何求焉?案《唐典》,上州司馬,秩五品。歲廩數百石,月俸六七萬,官足以庇身,食足以給家。州民康,非司馬功;郡政壞,非司馬罪。無言責,無事憂。噫,為國謀,則尸素之尤蠹者;為身謀,則仕祿之優穩者。〔註94〕

樂天遠貶江州後,對政治險惡有了更為深刻的體驗,深重的憂患意識削弱了樂天的政治熱情,遠災避禍的自我保護意識,使樂天調整出「吏隱」的仕宦態度。「仕祿」而有俸錢,得以免受飢寒;「無事」而不受責,得以適性悠游。昔日憂國憂民的敢言直諫,逐漸轉變為「致身吉且安」〔註95〕的獨善其身,樂天愜意悠閒而「不勞心與力」〔註96〕的「吏隱」生活,展現了樂天權變自適的處事智慧,但也因太過重視自我的生命價值,使樂天遭受許多負面批評。朱熹便曾言:「樂天,人多說其清高,其實愛官職,詩中凡及富貴處,皆說得口津津地涎出。」〔註97〕樂天詩歌中多有「終歲無公事,隨月有俸錢」〔註98〕的生活自述,若僅著

想更為通達。(參〔唐〕白居易撰;朱金城箋校:《白居易集箋校》,頁110、342、373、863。)

〔註93〕〔唐〕白居易撰;朱金城箋校:《白居易集箋校》,頁3815。
〔註94〕〔唐〕白居易撰;朱金城箋校:《白居易集箋校》,頁2732。
〔註95〕〔唐〕白居易撰;朱金城箋校:《白居易集箋校》,頁1493。
〔註96〕〔唐〕白居易撰;朱金城箋校:《白居易集箋校》,頁1493。
〔註97〕〔宋〕黎靖德編:《朱子語類》(北京:中華書局,1986年),頁3328。
〔註98〕〔唐〕白居易撰;朱金城箋校:《白居易集箋校》,頁1493。

眼其所述之「無公事」及「有俸錢」，則對樂天不免有「愛官職」、「重富貴」等負面譏評。

　　樂天的「吏隱」生活實帶有知足常樂的喜悅，如其於〈江州赴忠州至江陵以來舟中示舍弟五十韻〉所言：「此心知止足，何物要經營」。〔註99〕然在體現知足喜悅的作品中，樂天常運用「下比有餘」的對比技巧進行創作。如其於〈狂言示諸姪〉中，欲言「況當垂老歲，所要無多物。一裘暖過冬，一飯飽終日」的「如我知足心」，詩前則先言：「世欺不識字，我忝攻文筆。世欺不得官，我忝居班秩。人老多病苦，我今幸無疾。人老多憂累，我今婚嫁畢。」〔註100〕其於〈醉吟先生傳〉中，欲言「先生安焉」，文中則云己「富於黔婁，飽於伯夷，樂於榮啟期，健於衛叔寶。幸甚！幸甚！」〔註101〕以「下比有餘」的比較方式，書寫知足的安適生活，有時不免使讀者心中產生疑慮，蘇子由便曾於閱讀樂天詩後，有感而言：「樂天每閑冷衰病發於詠歎，輒以公卿投荒僇死不獲其終者自解，予亦鄙之。」〔註102〕蔡寬夫亦言樂天「寵辱得失之際，銖銖較量，而自矜其達，每詩未嘗不著此意，是豈真能忘之者哉？亦力勝之耳。」〔註103〕樂天詩文作品中所展現的「下比有餘」，有時會使閱讀者接收不到「自足」的喜悅，反而解讀出「自矜」的快意。

（二）逆追樂天之志

　　《東坡詩話》所錄〈書樂天香山寺詩〉一則，東坡所評述的詩句，乃白樂天所作之〈九年十一月二十一日感事而作〉：「當今白首同歸日，是我青山獨往時」。詩中，樂天所感之事乃發生於唐文宗大和

〔註99〕　〔唐〕白居易撰；朱金城箋校：《白居易集箋校》，頁1140。
〔註100〕　〔唐〕白居易：《白居易集》（北京：中華書局，1979年），頁689～670。
〔註101〕　〔唐〕白居易：《白居易集》，頁1486。
〔註102〕　〔宋〕蘇轍：《欒城後集》（臺北市：臺灣商務，1983年），卷21。
〔註103〕　〔宋〕胡仔：《苕溪漁隱叢話·前集》（臺北市：長安出版社，1978年），卷11，頁123。

九年（835 年）的「甘露之變」。〔註104〕在「甘露之變」中，曾上書
言樂天「不宜治郡」，而致樂天追貶為江州司馬的王涯，亦遭戮而身
殞，後人閱讀樂天〈九年十一月二十一日感事而作〉時，便從字裡行
間推衍出樂天「下比有餘」的「幸災」之感。如蔡寬夫曰：

> 劉禹錫、柳子厚與武元衡素不諧，二人之貶，元衡為相時也。
> 禹錫為〈靖共佳人怨〉以悼元衡之死，其實蓋快之。子厚〈古
> 東門行〉云：「赤丸夜語飛電光，徼巡司隸眠如羊。當街一吅
> 百吏走，馮敬胸中函匕首。」雖不著所以，當亦與禹錫同意。
> 〈古東門〉用袁盎事也。樂天江州之謫，王涯實為之，故甘
> 露之禍，樂天亦有「當君白首同歸日，是我青山獨往時」之
> 句。〔註105〕

蔡寬夫以劉禹錫、柳子厚與武元衡在政治上的對立〔註106〕，推論劉禹
錫於武元衡遇刺身亡後，書寫〈代靖安佳人怨二首〉〔註107〕，雖似哀

〔註104〕「甘露之變」為唐文宗與李訓、鄭注等人謀誅宦官未果後，慘遭宦官
　　　　反噬，李訓、鄭注等人為宦官所殺，因此事受牽連而遭戮者達千餘人，
　　　　史稱「甘露之變」。

〔註105〕〔宋〕胡仔：《苕溪漁隱叢話・前集》，卷 21，頁 137～138。

〔註106〕劉禹錫、柳子厚與武元衡在政治上相互對立，柳子厚參與永貞革新時，
　　　　「宗元素不悅武元衡，時武元衡為御史中丞，乃左授右庶子」。永貞
　　　　革新失敗後，「禹錫、宗元等八人犯眾怒，憲宗亦怒，故再貶。制有
　　　　『逢恩不原』之令。然執政惜其才，欲洗滌痕累，漸序用之。會程異
　　　　復掌轉運，有詔以韓皋及禹錫等為遠郡刺史。屬武元衡在中書，諫官
　　　　十餘人論列，言不可復用而止。」（參〔後晉〕劉昫：《舊唐書》〔上
　　　　海市：漢語大詞典出版社，2004 年〕，卷 164。）

〔註107〕劉禹錫於武元衡遇刺身亡後，作〈代靖安佳人怨二首〉，其一為「寶
　　　　馬鳴珂蹋曉塵，魚文匕首犯車茵。適來行哭里門外，昨夜華堂歌舞人。」
　　　　其二為「秉燭朝天遂不回，路人彈指望高臺。牆東便是傷心地，夜夜
　　　　秋螢飛去來。」因劉禹錫詩中有「昨夜華堂歌舞人」句，加之其於〈代
　　　　靖安佳人怨二首・引〉言：「初，公為郎，余為御史，縣是有舊故。
　　　　今守於遠服，賤不可以誄」，既道與元衡「有舊故」，又以「今守於遠
　　　　服，賤不可以誄」謂己之遠謫貶斥，乃因元衡，故論詩者或言禹錫此
　　　　詩「似傷乎薄」，或如蔡寬夫般以其「蓋快之」。（參〔唐〕劉禹錫著；
　　　　瞿蛻園箋證：《劉禹錫集箋證》〔上海市：上海古籍出版，1989 年〕，
　　　　頁 1008。）

悼元衡，實乃「快之」。而子厚〈古東門行〉〔註 108〕因用典故、多隱語，故有「不著所以」之感，然蔡寬夫認為子厚「亦與禹錫同意」，心中當是「快之」。及言樂天所書「當君白首同歸日，是我青山獨往時」，雖未直言樂天心中之快，然以並列對舉劉禹錫、柳子厚詩作，並述及兩人與武元衡的關係，暗指樂天詩句中，對於王涯的身殞「其實蓋快之」。《詩人玉屑》中，亦錄有章子厚之言：「樂天識趣最淺狹，謂詩中言甘露事處，幾如幸災」。〔註 109〕章子厚從樂天與王涯有「私讎」的角度思考，也推導出樂天「幾如幸災」的負面意念。詩人的創作意向，若僅就隻字片語或片面事跡進行推論，易因讀者閱讀時「裁體衍義」的偏頗，無法解讀出正向的創作本義，而終如東坡〈書樂天香山寺詩〉所言：「不知者，以樂天為幸之」。

文學作品是創作者情感與思想的載體，詩歌中的簡短文字往往是繁複的生命經驗凝塑而成的生活感悟。宋朝徐鉉於〈蕭庶子詩序〉嘗言：「人之所以靈者，情也；情之所以通者，言也。其或情之深，思之遠，鬱積乎中，不可以言盡者，則發為詩。」〔註 110〕詩歌常用來抒發生活中「不可以言盡」的思想情感，詩中之真味，篇中之實意，須掘發於創作者真實的生命歷程與思想性格中，先能得作者之「志」，方能解詩歌之「辭」，如宋人饒節所言：「向來可與言詩者，得志方能不害辭」。〔註 111〕

〔註 108〕 柳子厚於〈古東門行〉寫道：「漢家三十六將軍，東方雷動橫陣雲。雞鳴函谷客如霧，貌同心異不可數。赤丸夜語飛電光，徼巡司隸眠如羊。當街一叱百吏走，馮敬胸中函匕首。兇徒側耳潛慆心，悍臣破膽皆杜口。魏王臥內藏兵符，子西掩袂真無辜。羌胡轂下一朝起，敵國舟中非所擬。安陵誰辨削礪功，韓國詎明深井裡。絕胭斷骨那下補，萬金寵贈不如土。」子厚詩中用典故，發隱語，以借古諷今的方式，表達其對武元衡遇刺的觀點。（參〔唐〕柳宗元：《柳宗元集》〔北京市：中華書局，1979 年〕，頁 1138～1140。）

〔註 109〕 〔宋〕魏慶之：《詩人玉屑》（臺北市：臺灣商務，1972 年），卷 16。

〔註 110〕 〔宋〕徐鉉：《徐公文集》（臺北市：臺灣商務，1967 年），卷 18。

〔註 111〕 〔宋〕饒節：《倚松詩集》（上海市：上海古籍，1987 年，《欽定四庫全書》本），卷 2。

對於樂天詩中之「志」，東坡可謂體知甚深且與其志相通，宋人王十朋即言：「出處平生慕樂天，東坡名自樂天傳。」〔註112〕周必大更言：「本朝蘇文忠公不輕許可，獨敬愛樂天，屢形詩篇。蓋其文章皆主辭達，而忠厚好施，剛直盡言，與人有情，於物無著，大略相似。」〔註113〕東坡與樂天於出處形藏、生命經驗及思想理念等各方面，多有相似之處。

東坡與樂天於仕宦之初均滿懷政治熱忱，盡施濟世之才。其後，樂天因〈新井〉詩而貶江州，東坡則因烏臺詩案而貶黃州。遠貶後，又兼容佛、道思想，使自身於重大阻遏後，能超越憂患，達到心靈的閒適自在。東坡慕樂天、學樂天，也在走過重重困阻後，深刻體察到自己「似樂天」，且時以詩文作品表述兩人的相似，如其嘗於〈次京師韻送表弟程懿叔赴夔州運判〉云：「我甚似樂天」〔註114〕；於〈軾以去歲春夏侍立邇英而秋冬之交子由相繼入侍次韻絕句四首各述所懷·其四〉言己「定似香山老居士」〔註115〕；於〈贈善相程傑〉中則曰：「我似樂天君記取」。〔註116〕東坡與樂天際遇上的相似，使東坡解讀樂天詩歌時，能更貼近樂天的真實生命，也更能覺察樂天隱含於作品中的創作心志。

以孟子所言之「以意逆志」闡釋詩文時，須輔以「知人論世」之法，王國維於〈玉谿生詩年譜會箋序〉言：

> 善哉，孟子之言《詩》也！曰「說詩者，不以文害辭，不以辭害志，以意逆志，是為得之」。顧意逆在我，志在古人，果何修而能使我之所意不失古人之志乎？此其術，孟子亦言之

〔註112〕〔宋〕王十朋：《梅溪後集》（上海市：上海古籍，1987年，《欽定四庫全書》本），卷15。

〔註113〕〔宋〕周必大：《二老堂詩話》（參何文煥：《歷代詩話》〔北京：中華書局，1981年〕，頁656。）

〔註114〕〔宋〕蘇軾：《蘇東坡全集·上》，頁254。

〔註115〕〔宋〕蘇軾：《蘇東坡全集·上》，頁229。

〔註116〕〔宋〕蘇軾：《蘇東坡全集·上》，頁252。

曰：「誦其詩，讀其書，不知其人，可乎？是以論其世也。」
是故由其世以知其人，由其人以逆其志，則古詩雖有不能解
者寡矣。〔註117〕

「知人論世」乃詩歌闡釋能夠「以意逆志」的關鍵，詮解詩文須先「知
其人」方能正確地「逆其志」。東坡生命經驗及思想情感與樂天有相似
之處，袁中道更言兩人「是其同心也」，而其心同於何處？袁中道認為
「樂天、子瞻為人，大約真實醇篤，不立城府」。〔註118〕因兩人相似的
際遇及思想，東坡當是深解樂天的「同心」知音。對於樂天，東坡並無
「愛官職」、「重富貴」的評議，以「真實醇篤，不立城府」的本心，深
入理解與自己相似的白樂天，進而言其云：「死生窮達，不易其操，而
道德高於古人。」〔註119〕東坡深知樂天其人，當東坡以自己的本心逆
追樂天心志，展現的是「先得我心之所同然耳」〔註120〕的「性善」觀，
在其以此觀點「以心揆心」後，對於樂天〈九年十一月二十一日感事而
作〉詩中的「當今白首同歸日，是我青山獨往時」，並無樂天與王涯「私
讎」的聯想，也無「快之」、「幸災」的負面感知，單純以自己所知的「樂
天之人」去解讀「樂天之詩」，在詩歌裡解讀出的是「樂天豈幸人之禍
者哉，蓋悲之也！」

張載於《經學理窟‧詩書》言：「古之能知詩者，惟孟子為『以意
逆志』也。」〔註121〕知人推心而能「以意逆志」，是詩歌詮釋的重要方
法，其所逆之「志」，應是「詩人之心的內斂淨化，使其心『真』到純
粹之境。」〔註122〕東坡闡釋樂天〈九年十一月二十一日感事而作〉，不
作多餘的聯想關涉，沒有莫名的臆測曲解，單純地以「己心」逆「樂天

〔註117〕 王國維：《王國維遺書》（上海：上海書店，1996 年），頁 577。
〔註118〕 〔明〕袁中道：《珂雪齋集》（上海：上海古籍，1989 年），頁 532。
〔註119〕 〔宋〕蘇軾：《蘇軾文集》（北京：中華書局，1986 年），頁 345。
〔註120〕 〔宋〕朱熹：《四書章句集注》（臺北：國立臺灣大學出版中心，2016
年），頁 462。
〔註121〕 〔宋〕張載：《張載集》（北京：中華書局，1978 年），頁 256。
〔註122〕 張伯偉：《中國古代文學批評方法研究》，頁 18。

之志」，從「我甚似樂天」的同感相知，領會樂天詩中悲天憫人的君子品格，此即袁中道所言：「真實醇篤，不立城府」。

東坡歷經生命種種磨難後，沉潛悲苦，超越憂患，更見真純本心，己心如此，見他人亦然，這正是孟子「以意逆志」中，以「善」為本的核心思想。〔註 123〕東坡閱詩，帶著內蘊的真純心性與高超的品格修養，以此轉化而來的閱讀所得，流露出正向的人性本質，既感知作品內的悲憫，又照見心性中的良善，實踐了孟子「以意逆志」的善性本質。

第二節　以象為喻

早自《詩經》即有「吉甫作誦，穆如清風」〔註 124〕之言，以具體意象進行直覺式的閱讀聯想，構成傳統文學中飽含審美意蘊的詩歌評賞方式，此種「以象為喻」的評論方式，亦見於《東坡詩話》中。對於此種評賞方式，歷來有諸多不同稱謂：郭紹虞稱其為「象徵的批評」〔註 125〕，羅宗強謂之「形象性概念」〔註 126〕，羅根澤稱為「比喻的品題」〔註 127〕，葉嘉瑩言其為「意象式的喻示」、「意象化的品評」〔註 128〕，曹旭則稱之為「形象喻示法」〔註 129〕等。無論其稱謂為

〔註 123〕孟子所言之「志」，奠基於「人性本善」的理念，具有倫理教化的正向力量，如《孟子·盡心上》所載：「王子墊問曰：『士何事？』孟子曰：『尚志。』曰：『何謂尚志？』曰：『仁義而已矣。』」（參〔宋〕朱熹：《四書章句集注》，頁 503。）
〔註 124〕屈萬里：《詩經詮釋》（臺北市：聯經，1983 年），頁 534。
〔註 125〕郭紹虞：《中國文學批評史》（上海：上海古籍出版社，1979 年），頁 152。
〔註 126〕羅宗強〈我國古代詩歌風格論中的一個問題〉（參《文學評論叢刊》第五輯〔北京：中國社會科學出版社，1980 年〕，頁 191。）
〔註 127〕羅根澤：《中國文學批評史》（上海：上海古籍出版社，1984 年），頁 234。
〔註 128〕葉嘉瑩〈鐘嶸詩品評詩之理論標準及其實踐〉（參葉嘉瑩：《迦陵論詩叢稿》〔北京：中華書局，2005 年〕，頁 310～312。）
〔註 129〕曹旭：《詩品研究》（上海：上海古籍出版社，1998 年），頁 166。

何，「以具體化之意象來喻示抽象之風格」〔註130〕乃此種評論方式之特質，「意象」的類推與聯結，是表達閱歌感悟的主要方式，故本文採張伯偉之說，稱此評論方式為「意象批評」〔註131〕。

　　張伯偉於《中國古代文學批評方法研究》中說：「意象批評法，就是指以具體的意象，表達抽象的理念，以揭示作者的風格所在。」〔註132〕運用具體的意象進行直觀式聯結，以此闡述較難理解的抽象概念，為傳統文學常見的思維方式與創作技巧。在語言文字表意的過程中，「言」與「意」之間，有時不免有「言之所不能論，意之所不能察致」〔註133〕的情況，為使心中意念能夠更清楚地表達，《易傳》便有「聖人立象以盡意」〔註134〕的觀點，對此王弼亦曾云：「言生於象，故可尋言以觀象。象生於意，故可尋象以觀意。意以象盡，象以言著。」〔註135〕具體意象與抽象概念間的類推比附，是傳統文學中重要的思維特質，也是文學藝術常見的表達方式，而讀者閱詩後的心靈感知，也常以「比物取象」的方式表達，以期使難以言說的閱詩體悟，能更深刻具體地為人所解。以具體可感的「意象」，輔助說明抽象的閱詩體悟，使評述之「言」與心中之「意」兩者間的關聯獲得強化，隱含於「象」中的「本意」也更容易被讀者所掌握與解讀。

　　「意象批評」具有「以小見大、以少總多」〔註136〕的特點，以寥寥數語即能飽含豐富意蘊，故常見於詩歌評述中。如《南史》曾載鮑照

〔註130〕葉嘉瑩〈鍾嶸詩品評詩之理論標準及其實踐〉（參葉嘉瑩：《迦陵論詩叢稿》，頁310。）
〔註131〕張伯偉：《中國古代文學批評方法研究》（北京：中華書局，2002年），頁198。
〔註132〕張伯偉：《中國古代文學批評方法研究》，頁198。
〔註133〕〔清〕王先謙：《莊子集解》（長沙：嶽麓書社，1996年），頁125。
〔註134〕李學勤：《周易正義》（北京：北京大學出版社1999年），頁291。
〔註135〕〔魏〕王弼撰；樓宇烈校釋：《周易略例》（北京：中華書局，1980年），頁609。
〔註136〕敏澤：〈中國古典意象論〉，《文藝研究》1983年第3期（1983年6月），頁56。

評論謝靈運與顏延之曰：「謝五言如初發芙蓉，自然可愛；君詩如鋪錦列繡，亦雕繢滿眼。」〔註137〕謝、顏兩人由眾多詩作所形成的風格差異，僅以「初發芙蓉」及「鋪錦列繡」兩種意象，便能清楚表達。「意象批評」的精要簡練與含蘊深廣，是其他的文學批評方式較難以達到的，也十分符合詩話言簡意賅的論詩方式，因此，「意象批評」亦廣泛運用於詩話的評述之中。

　　意象批評富有極強的藝術表現力，廣泛地運用於詩文創作與文學批評。及至宋朝，隨著詩話作品的盛行，意象批評亦成為詩話常用的評述方式，劉偉於〈宋代詩學視野中的意象批評〉一文中便說：「綜觀宋代大量的詩話著作，意象批評涉及了詩歌風格特徵、創作手法、讀者閱讀等諸多方面的問題」。〔註138〕意象批評以其豐富的表現力，或言詩風，或評詩人，或論技巧，或抒感悟，以多元面貌散見於宋代諸多詩話作品中，如胡仔於《苕溪漁隱叢話》中引用呂本中評東坡詩作之言曰：「東坡長句，波瀾浩大，變化不測，如作雜劇，打猛諢入卻打猛諢出也。」〔註139〕對於東坡「以奇趣為宗，反常合道為趣」〔註140〕的詩歌創作，呂本中先喻之以浩大波瀾的變化莫測，再比之為雜劇的出乎意料〔註141〕，使東坡作品的奇思妙想更為具體深刻。「立象以盡意」的意象批評，以直覺感悟的想像擬喻，對詩歌作品開展全方位的論述，其感

〔註137〕〔唐〕李延壽撰：《南史》（北京：中華書局，2000 年），頁 586。

〔註138〕劉偉〈宋代詩學視野中的意象批評〉，《語文學刊》2012 年第 12 期（2012 年 12 月），頁 7。

〔註139〕〔宋〕胡仔：《苕溪漁隱叢話・前集》，卷 42，頁 285。

〔註140〕〔宋〕輝惠洪：《冷齋夜話》（南京：鳳凰出版社，2009 年），頁 67。

〔註141〕對於此類雜劇之喻，周裕鍇認為可以使人「退思有味」，他說：「在『打猛諢入』和『打猛諢出』完全背離的語境中，獲得一種嘗橄欖似的『苦過味方永』的審美快感。」（參周裕鍇：《宋代詩學通論》〔成都：巴蜀書社，1997 年〕，頁 475。）張高評則進一步闡述說：「或透過安慰贊揚，以見自我解嘲，深沈憤慨；或藉窮賤易安、知足常樂，以見豁達胸襟；或因日暮途窮，而抒發慶幸與欣慰，其中之頓挫跌宕，頃刻變化，與雜劇打諢之『戲言而近莊，反言以顯正』，亦自有相愜。」（參張高評：《宋詩之新變與代雄》〔臺北：洪葉出版社，1995 年〕，頁 388。

性藝術的形象化比喻，為「以資閒談」的詩話評述添加想像趣味，也使其論辭更為具體可解。

詩話言詩多自在隨意而不拘形跡，東坡言詩，亦多於透徹解詩後，隨性漫談，展現東坡的哲思妙悟。在東坡靈動鮮活的諸多評述中，擇取適切意象以闡釋閱詩所感的「意象批評」，以具體可感的意象，聯結東坡靈妙的詩歌體悟，使東坡的論詩觀點能栩栩如生地重現眼前，讀者得以「循象以觀意」〔註142〕，進而以具體意象闡發的意義，深刻理解東坡的論詩觀點。

《東坡詩話》所收錄的東坡論詩之言，亦可見意象批評的評述方式。本節就《東坡詩話》所載之言，將其運用意象批評者析分為二：一是以意象的比擬譬喻，表達東坡的論詩觀點；一是徵引所評詩歌的原文，將其詩文轉化為意象，經由想象聯結進行「再創造」，以「其言」評「其詩」，從而體會東坡於「再創造」中翻轉而出的深刻性與趣味感。

一、意象譬擬

東坡常以具體意象進行直覺性的類比與聯想，曾棗莊說：「蘇軾很善於用一些淺顯、生動、貼切的比喻，闡明一些深刻的道理。」〔註143〕《東坡詩話》收錄的詩評作品中，運用意象譬擬閱詩感受，因豐富的感官聯覺與文化意蘊，使東坡此類評述鮮活有趣且餘味無窮。

東坡擅以飲食意象設喻，使其詩文評論更為深刻具體，如《東坡詩話補遺》載錄東坡欲譏杜默詩作，便譬擬其詩歌豪氣乃「東京學究飲私酒，食瘴死牛肉，飽後所發者也」〔註144〕；而東坡欲讚顏太初詩文「必中當世之過」，則以「鑿鑿乎如五穀必可以療饑」〔註145〕為喻。東坡以意象譬擬閱詩感知，以其生動想像，而為人所喜。

〔註142〕〔魏〕王弼撰；樓宇烈校釋：《周易略例》，頁609。
〔註143〕曾棗莊：《蘇軾評傳》（成都：四川人民出版社，198年），頁258。
〔註144〕勝元粹編：《螢雪軒叢書》，卷7。
〔註145〕〔宋〕蘇軾著；孔凡禮點校：《蘇軾文集》（北京：中華書局，1986年），頁313。

（一）「象外之意」的解讀

以具體「意象」類比抽象「感知」,「意象」與「感知」間的關聯,並無精準的概念聯結,亦無準確的理性解析,多為創作者個人直覺性的心理認知,因此,吳果中認為意象批評「是通過追求『象外之象』的審美意境而實現自我價值和自我感受的文學批評樣式」〔註146〕。意象批評藉由物象表達自我的閱詩感受,譬擬的具體物象可以引導讀者從自我的生活經驗中,迅速調動相關的認知與感受,進行想象聯結,解讀出詩文評論所欲表達的意義。然因生活經驗的差異,當讀者將自身經驗投入文本之中,以此解讀詩文評述所蘊含的意象之義時,從文本意象聯結而出的「象外之象」或「象外之意」便會形成不同的詮解。「以象釋意」的詮釋過程,「意象」與「感知」的聯結,容易產生意義的未定性,使意象批評的解讀,在闡釋時形成意義的發散與想像的多元,東坡在〈書黃魯直詩後〉的「蠔蚌、江瑤柱」之喻,便在不同的想像聯結中,闡發出不同義涵。

「蠔蚌、江瑤柱」為海錯奇珍,肉厚鮮甜的「江瑤柱」更是文人心中的珍奇美味,宋朝王十朋即言:「海味正思瑤柱美」〔註147〕,員興宗更嘆道:「鮮鮮眼中瑤,玉柱出珍抱。吾家天萬里,識君恨不早。」〔註148〕即至清朝,袁枚仍以江瑤柱之珍奇,比喻創作的別出心裁,其有詩言:「盤餐別有江瑤柱,不在尋常食譜中。」〔註149〕蠔蚌、江瑤柱雖然味道鮮美而為歷朝文士所喜,然就中醫養身保健的角度而言,卻不宜多食,故東坡以此意象喻魯直之詩,使後世接受者,從不同角度對東坡之意進行解讀。

〔註146〕 吳果中:〈象喻批評的淵源探辨〉,《湖南商學院學報》2004 年第 3 期（2004 年 5 月）,頁 102。

〔註147〕 〔宋〕王十朋〈拾荔枝核欲種之戲成一首〉（參〔宋〕王十朋:《梅溪後集》〔上海市:上海古籍,1987 年,欽定四庫全書本〕,卷 14。）

〔註148〕 〔宋〕員興宗〈詠江鰩〉（參〔宋〕員興宗:《九華集》〔上海市:上海古籍,1987 年,欽定四庫全書本〕,卷 1。）

〔註149〕 〔清〕袁枚〈仿元遺山論詩〉（參〔清〕袁枚撰;周本淳標校:《小倉山房詩集》〔上海市:上海古籍出版社出版,1988 年〕,卷 27,頁 595。）

（二）意象的不同詮解

東坡與魯直因天賦秉性不同，創作態度亦異，兩人雖齊名而並稱「蘇、黃」，實則詩歌之體貌風格各有所異，呂本中於《童蒙詩訓》云：

> 自古以來語文章之妙，廣備眾體，出奇無窮者，唯東坡一人；
> 極風雅之變，盡比與之體，包括眾作，本以新意者，唯豫章
> 一人，此二者當永以為法。〔註150〕

東坡不拘一格的縱橫奔放，魯直語奇法嚴的險峭雄豪，兩人的風格不同，人或等齊觀之，而有「莫不好也」〔註151〕之言。然因其相異，自不免有優劣高低的評議，陳善於《捫虱新話》曰：「魯直嘗言東坡文字妙一世，其短處在好罵爾。予觀山谷渾厚，坡似不及。」〔註152〕而朱弁則於《風月堂詩話》云：「東坡文章至黃州以後，人莫能及。唯黃魯直詩時可以抗衡。晚年過海，則雖魯直亦若瞠乎其後矣。或謂東坡過海雖為不幸，乃魯直之大不幸也。」〔註153〕南宋時人，或以為魯直詩作較佳，或認為東坡詩歌更善，而在尊蘇、崇黃的不同觀點中，又另衍伸出「蘇、黃爭名」的推論。

張高評在〈趙翼《甌北詩話》說宋詩──以蘇軾、黃庭堅詩為討論核心〉一文中說：「南宋開始，文壇則喜言『蘇黃爭名說』。」於此背景下，時人觀東坡以「螃蚶、江瑤柱」喻魯直詩，便易有此類聯想，胡仔《苕溪漁隱叢話》中曾有相關記載，其云：

> 元祐文章，世稱蘇、黃。然二公當時爭名，互相譏誚，東坡
> 嘗云：「黃魯直詩文，如螃蚶江珧柱，格韻高絕，盤飧盡廢，
> 然不可多食，多食則發風動氣。」山谷亦云：「蓋有文章妙一

〔註150〕〔宋〕呂本中：《童蒙詩訓》（參郭紹虞校輯：《宋詩話輯佚》〔臺北：文泉閣出版社，1972 年〕，頁 252。）

〔註151〕〔宋〕陳師道：《後山詩話》（參〔清〕何文煥輯；丁福保編：《歷代詩話統編・壹》〔北京：北京圖書館出版社，2003 年〕，頁 185。）

〔註152〕〔宋〕陳善：《捫虱新話》（北京市：中華書局，1985 年），頁 4。

〔註153〕〔宋〕朱弁：《風月堂詩話》（參吳文治主編：《宋詩話全編》〔江蘇：江蘇古籍出版社，1998 年〕，頁 2950。）

世，而詩句不逮古人者。」此指東坡而言也。二公文章，自
今視之，世自有公論，豈至各如前言，蓋一時爭名之詞耳。
俗人便以為誠然，遂為譏議，所謂「蚍蜉撼大樹，可笑不自
量」者邪。〔註154〕

胡仔於《苕溪漁隱叢話》中記錄了時人以為「蘇、黃二公當時爭名」的
觀點，而認為東坡用「蜾蜂、江瑤柱」譬擬魯直詩歌，乃有「譏誚」之
意。胡仔雖諷此一觀點實為「蚍蜉撼大樹，可笑不自量」，然觀其所言，
仍可知南宋時人在閱讀東坡詩評中，對於魯直詩如「蜾蜂、江瑤柱」的
譬擬，有了「譏誚」的相關聯想。

　　在蘇、黃詩歌優劣的評議中，金朝王若虛因詩歌力主自然曉暢，反
對擬古與雕琢，因此，創作理念較接近東坡之作。當其面對王直方對魯
直詩歌的高度讚揚，便於《滹南詩話》中，引東坡〈書黃魯直詩後〉之
言，以駁王直方認為東坡讚許魯直詩作「獨步天下」的觀點，其文曰：

王直方云：「東坡言魯直詩高出古人數等，獨步天下。」予謂
坡公決無是論；縱使有之，亦非誠意也。蓋公嘗跋魯直詩云：
「每見魯直詩，未嘗不絕倒；然此卷語妙甚，能絕倒者，已
是可人。」又云：「讀魯直詩，如見魯仲連、李太白，不敢復
論鄙事。雖若不適用，然不為無補於世。」又云：「如蜾蜂江
瑤柱，格韻高絕，盤餐盡廢，然多食則發風動氣。」其許可
果何如哉？山谷之詩，有奇而無妙，有斬絕而無橫放，鋪張
學問以為富，點化陳腐以為新；而渾然天成，如肺肝中流出
者，不足也。此所以力追東坡而不及歟！〔註155〕

王若虛認為魯直詩作於遣詞用字間，資書為詩而雕鑿太過，精思巧構後，
詩句雖奇，卻喪失豪放自然的真情實感，詩至於此「已是偏仄」〔註156〕。

〔註154〕〔宋〕胡仔：《苕溪漁隱叢話·前集》，卷49，頁334。
〔註155〕〔金〕王若虛：《滹南詩話》（臺北：藝文印書館，1966年），卷2，
　　　　頁9。
〔註156〕〔金〕王若虛：《滹南詩話》，卷2，頁9。

因此王若虛指出王直方所言之東坡對魯直詩作「獨步天下」的讚許，乃「決無是論」，其所舉言證，便有東坡於〈書黃魯直詩後〉所作的「蜘蛛、江瑤柱」之喻。觀王若虛前後之言，可推知其對東坡所作的擬譬，在「蜘蛛、江瑤柱」的意象聯想中，體察出的是魯直詩作峭拔新奇卻失卻情味的「不足」。

在東坡對魯直詩作的擬譬中，王若虛解讀出魯直詩歌失卻情味的「不足」，而潘德輿則對「蜘蛛、江瑤柱」的意象批評，從根本上提出否定，其於《養一齋詩話》曰：

> 王直方云：「東坡言魯直詩品高出古人數等，獨步天下。」王若虛云：「坡公決無是論。」允矣。然若虛所引坡評谷詩「如蜘蛛、江瑤柱，格韻高絕，盤餐盡廢，多食亦動風發氣」者，予亦未之敢信也。予嘗謂魯直詩，如塞馬未馴，高蹄峻耳，迴立生風，而乘之不能曲折隨意，與蜘蛛、江瑤柱何涉哉！魯直詩如其字，自以氣骨勝，非以格韻勝者。坡兩評皆不的，烏可疑其一、信其一也？〔註157〕

潘德輿認為魯直獨闢蹊徑的奇崛詩作，瘦硬奧峭而自有骨氣，讀之無「格韻高絕」之感，在意象聯想間，也無法與「蜘蛛、江瑤柱」相聯結。因意象批評與自我感知間所形成的斷阻，使意象之義無法與閱詩之感產生聯繫，造成意義解讀的困難。因此潘德輿認為「蜘蛛、江瑤柱」之喻「不的」，而認為東坡對魯直詩歌「如蜘蛛、江瑤柱」的比擬，此事「予亦未之敢信也」。

清朝倡言「不著一字，盡得風流」的王士禎，面對曹東畝言「江西詩如百寶頭羹，充口適腹」的讚許，也曾引東坡「蜘蛛、江瑤柱」之喻，而曰：「江西以山谷為初祖，然東坡云：『魯直詩如啖江瑤柱，多食則發風氣。』」〔註158〕雖未對江西詩派的詩學理論多所評議，然僅引東

〔註157〕〔清〕潘德輿：《養一齋詩話》（參〔清〕王夫之等撰：《清詩話》〔上海：上海古籍出版社，1978年〕，頁714。）
〔註158〕清朝王士禎言：「曹東畝論詩曰：『四靈詩如啖玉腴，雖爽不飽；江西

坡之喻，似已將反對之意蘊涵其中。而張高評觀東坡對魯直詩歌的擬譬，則另有所感，他認為東坡評魯直「詩文如蝤蛑、江瑤柱，『格韻高絕』，則與博極群書之學識，治心養氣之不俗有關，攸關宋代詩學之學養與識見課題」。〔註159〕其於東坡的譬擬中，著重魯直的學養，讀出的是「格韻高絕」的「不俗」。

　　意象批評在「象」與「意」之間，因創作經驗與詩學觀點的不同，能闡發出許多不同詮解，余開亮在〈自然意象批評及其美學性〉一文中就認為，意象批評「具有一種『意義空白』的美學性」。〔註160〕「象」與「意」之間，因彼此連結關係的詮解，常常具有「意義空白」的未定性，故意象批評之語，易成為各種創作觀點的言證。

　　東坡選取文士心中的美食意象，以此評論魯直詩文，使其評論之言生動自然且親切有味，頗富生活情趣。但因物象設喻的解讀過程，人人各有所重，亦各有所感，豐富的想像空間連結出多元的意義闡釋，便形成不同的體悟與理解。在東坡言魯直詩如蝤蛑與江瑤柱的比喻中，有人讀出東坡的「譏誚」，有人感到魯直失卻情味的「不足」，有人見到魯直「格韻高絕」的「不俗」，更有人在「象」與「意」的斷裂中，深感此種比喻的「不的」。

　　《東坡詩話》收錄東坡沉潛詩文的體悟，當東坡將閱詩體悟發之為文，其文時有妙語，而以意象設喻的詩文評述，往往是東坡詩評裡的妙中之妙。後人詮解東坡以直覺觀照詩文所偶發的妙喻，在「象」與「意」的連結間，往往有許多不同的領悟，使東坡詩評的意象譬擬，似

詩如百寶頭羹，充口適腹。』余謂此齊人管晏之見耳。四靈如襪材，窘於方幅。江西以山谷為初祖，然東坡云：『魯直詩如啖江瑤柱，多食則發風氣。』」（參〔清〕王士禎：《分甘餘話》〔濟南市：山東大學出版社，2009 年〕，卷 3，頁 25。）

〔註159〕張高評：〈趙翼《甌北詩話》說宋詩——以蘇軾、黃庭堅詩為討論核心〉，頁 53。

〔註160〕余開亮：〈自然意象批評及其美學性〉，《船山學刊》2009 年第 2 期（2009 年 4 月），頁 85。

言又似未言，留與後世餘韻不絕的情味，而這類詩評正可展現意象批評「不落言詮」的獨特。

二、化詞為象

《東坡詩話》所載東坡評詩之言，運用意象以評述者，其所用方式有二：一是擇用意象以譬擬閱詩感受；二是徵引所評作品之原文，從中點化出形象性的比喻，化詞為象。蔡鎮楚認為詩歌「就是詩人的化身，是詩人的人品與詩品的妙合為一」。〔註161〕東坡評論詩歌作品時，從原詩中選取文句，轉化出意象，以此意象作喻，用以評詩，語雖故而意卻新。經由文本詩句的「比物取象」，使詩歌評述與詩人產生更深刻的聯結，在創意的翻轉中，展現東坡的盎然妙趣與獨特詩情。

（一）化用〈漁歌子〉

東坡點化詩歌文詞轉為意象，而用以評詩，在《東坡詩話》中可見於〈跋黔安居士漁父詞〉一文，其文寫道：

> 魯直作此詞，清新婉麗。問其得意處。自言以水光山色，替卻玉肌花貌，此乃真正漁父家風也。然才出新婦磯，又入女兒浦，此漁父無乃大瀾浪乎？

東坡此文用以評述魯直〈浣溪沙〉，《詩話總龜》及《苕溪漁隱叢話》等書均錄有此則詩話。〔註162〕然東坡何以直接化用魯直詞中的「新婦磯」與「女兒浦」，而有「此漁父無乃大瀾浪乎」的詰問？此須溯及兩人相關詞作所仿寫的原詩，以進行比較分析，方能理解東坡化詞為象，於意象中所蘊含的真意。

東坡〈跋黔安居士漁父詞〉所評之作，乃魯直〈浣溪沙〉一詞，而魯直此詞實取意於唐朝詩人張志和的詩歌作品──〈漁歌子〉。張志

〔註161〕蔡鎮楚：〈論意象批評〉，《文學研究》2007 年第 6 卷第 5 期（2007 年 10 月），頁 92。

〔註162〕此則詩話可見於《苕溪漁隱叢話·前集》卷 56，而《詩話總龜》則收錄於前集卷 8。

和〈漁歌子〉中寫道：「西塞山前白鷺飛。桃花流水鱖魚肥。青箬笠、綠簑衣。斜風細雨不須歸。」〔註163〕詩中以江南初春的淡雅景致，展現自我心靈的虛靜澹泊，蘊含其中的悠閒詩境與曠達胸懷，歷來為詩人所喜，且廣為傳唱，並成為詩家墨客創作模仿的韻文體式。〔註164〕

〈漁歌子〉別名〈漁父〉〔註165〕，王若虛《滹南詩話》有言：「蘇、黃各因玄真子〔註166〕〈漁父詞〉增為長短句」〔註167〕。在仿作張志和〈漁歌子〉的諸多作品中，東坡及魯直改作的〈浣溪沙〉，是其中的重要代表。東坡於〈浣溪沙〉小題曰：「玄真子〈漁父詞〉極清麗。恨其曲度不傳，故加數語，令以〈浣溪沙〉歌之。」〔註168〕東坡喜〈漁歌子〉詩中的清麗之境，但因〈漁歌子〉為唐朝教坊曲〔註169〕，至東坡時，曲調已不傳，東坡便擇用詞調體式略有相近的〈浣溪沙〉〔註170〕，融用〈漁歌子〉的文詞，而改作為：「西塞山邊白鷺飛，散花洲外片帆微，桃花流水鱖魚肥。自庇一身青箬笠，相隨到處綠簑衣，斜風細雨不

〔註163〕〔清〕聖祖敕編：《全唐詩》（上海市：上海古籍出版，1986 年），卷308，頁 773。

〔註164〕張志和〈漁歌子〉採五、七言之長短句式，將七言絕句第三句置換為兩個三言的句式，且於三言句的第二句押韻，人或稱之為「七言絕句體」。其後，歐陽炯及和凝等人亦有形式相同的作品收錄於《花間集》，書中此類作品改題為〈漁父〉，而將此一形式的韻文作品定為曲子詞。

〔註165〕《詞律拾遺》有言曰：「別名〈漁父〉之〈漁歌子〉」。（參〔清〕徐本立：《詞律拾遺》〔上海市：上海古籍，1995 年〕，卷 1。）

〔註166〕張志和稱己為「煙波釣徒」，又自號為「玄真子」，唐朝張彥遠《歷代名畫記》載曰：「張志和，字子同，會稽人。性高邁，不抱撿，自稱煙波釣徒。著《玄真于》十卷，書跡狂逸，自為〈漁歌〉便畫之，甚有逸思。」（參〔唐〕張彥遠：《歷代名畫記》〔北京市：中華書局，1985 年〕，卷 10。）

〔註167〕〔金〕王若虛：《滹南詩話》，頁 466。

〔註168〕龍榆生校箋：《東坡樂府箋》（臺北：華正書局，1990 年），頁 331。

〔註169〕龍沐勛：《唐宋詞格律》（高雄：復文圖書，1984 年），頁 2。

〔註170〕〈漁歌子〉為五句，四平韻，且中間兩句三言的句式，例用對偶。而〈浣溪沙〉為雙調，上片為三平韻，下片為二平韻，中間兩句的過片亦多採用對偶。此二詞調於體式上略有相近。

須歸。」〔註171〕東坡在〈漁歌子〉的基礎上，添加數語而成新詞，其整體意境及心境，仍維持著張志和原詩所呈現的明朗清新，在斜風細雨中，頭戴青箬笠，身著綠簑衣，書寫出「不須歸」的優游自在。

除東坡外，魯直亦參酌顧況的〈漁父詞〉〔註172〕及張志和的〈漁歌子〉，化用兩詩文句而為〈浣溪沙〉。宋朝葉夢得於《巖下放言》中嘗記魯直聽聞東坡創作〈浣溪沙〉後，亦隨之而有所作，其文載曰：

> 黃魯直聞而繼作，江湖間謂山連互入水為磯，太平洲有磯曰新婦，池州有浦曰女兒。魯直好奇，每以名對而未有所付，適作此詞，乃云：「新婦磯頭眉黛愁，女兒浦口眼波秋，驚魚錯認月沈鉤。青箬笠前無限事，綠簑衣底一時休，斜風細雨轉船頭。」〔註173〕

魯直所作之〈浣溪沙〉，雖亦化用張志和〈漁歌子〉，然全詞意境不似東坡仿寫所呈現的怡悅恬淡，魯直詞作在添語改寫中，置入更多的潤飾，加入更深的情感，已不似張、蘇二人作品的優閒適意。

東坡曾依張志和的〈漁歌子〉，改寫而為〈浣溪沙〉，對張志和詩中書寫的情懷，當深有所感，故東坡所書之〈浣溪沙〉一如張志和的〈漁歌子〉，展現出閒情自適的超然澹泊。東坡既然有這樣的創作經驗，當其評賞魯直所寫的〈浣溪沙〉時，自能讀出含藏於淡雅景致中，不同於己作的潤飾之筆與不平之氣。

（二）以原詞翻轉新意

因性格與稟賦不同，東坡與魯直在創作上呈現不同特質。趙翼於《甌北詩話》評蘇、黃二人云：

> 東坡隨物賦形，信筆揮灑，不拘一格，故雖瀾翻不窮，而不見有矜心作意之處。山谷則專以拗峭避俗，不肯作一尋常語，

〔註171〕龍榆生校箋：《東坡樂府箋》，頁331。
〔註172〕顧況〈漁父詞〉：「新婦磯邊月明。女兒浦口潮平。」（參〔清〕聖祖敕編：《全唐詩》，卷267，頁666。）
〔註173〕〔宋〕葉夢得：《巖下放言》（鄭州市：大象，2006年），卷上，頁330。

> 而無從容游泳之趣。且坡使事處，隨其意之所之，自有書卷
> 供其驅駕，故無捃摭痕跡。山谷則書卷比坡更多數倍，幾於
> 無一字無來歷，然專以選才庀料為主，寧不工而不肯不典，
> 寧不切而不肯不奧，故往往意為詞累，而性情反為所掩。此
> 兩家詩境之不同也。〔註174〕

東坡性格率真，創作灑脫自然，書寫出的〈浣溪沙〉，深得張志和〈漁歌子〉之妙。魯直之作則不然，庀料選才求新求奇，作品在刻意雕琢後，無法展現「從容游泳之趣」。加之魯直〈浣溪沙〉中以「愁」啟詞，在青箬笠與綠簑衣後，又置入「無限事」與「一時休」對比而出的無奈。在斜風細雨中，也不同於張、蘇二人「不須歸」的灑脫，魯直作出「轉船頭」的選擇。觀魯直〈浣溪沙〉的詩文與詩情，句較工且情稍重，已不似張志和〈漁歌子〉中所呈現的閒澹之境，清朝黃蘇於《蓼園詞選》中便評此詞曰：「涪翁一生坎壈，托興於漁父，欲為恬適，終帶牢騷。」〔註175〕

　　東坡深諳張志和〈漁歌子〉詩境之妙，當其觀魯直〈浣溪沙〉，心中當有所感，然其評述之言，卻不似黃蘇般直言魯直「終帶牢騷」，反轉以魯直詞作中的文句「才出新婦磯，又入女兒浦」進行評述，運用意象的想像聯結，翻轉出生動的評述語意。

　　「新婦磯」與「女兒浦」原見於顧況〈漁父詞〉：「新婦磯邊月明。女兒浦口潮平。」據葉夢得於《巖下放言》所言：「太平洲有磯曰新婦，池州有浦曰女兒」〔註176〕，「新婦磯」與「女兒浦」為抽象的地理名詞，顧況〈漁父詞〉乃巧用兩名以成對。魯直化用於〈浣溪沙〉，融入兩詞而書為「新婦磯頭眉黛愁，女兒浦口眼波秋」，魯直之用，除精巧成對外，又以「眉黛愁」及「眼波秋」的轉化，為詞作添入幾許穠麗之感，與漁父詞中常見的素雅景致及澹泊歸心有所不同。東坡觀魯直詩

〔註174〕〔清〕趙翼：《甌北詩話》（參郭紹虞編：《清詩話續編》，頁1331。）
〔註175〕〔清〕黃蘇輯：《蓼園詞選》（濟南：齊魯書社，1988年），頁4。
〔註176〕〔宋〕葉夢得：《巖下放言》，卷上，頁330。

作，便擷取「新婦磯」與「女兒浦」兩詞，化詞為象，借此二意象表達閱詩感受。

東坡從魯直詞作「新婦磯」與「女兒浦」二詞，轉化出意象，而用以評詩，使其詩評產生深刻的動態感知過程，別具情味。東坡欲言魯直〈浣溪沙〉文句稍穠而情感略重，不採直言，改以意象喻之，曲盡形容且婉轉蘊藉，展現意象批評「不直露，不張揚，不宣洩，不劍拔弩張」〔註177〕的評論特質。但東坡之評，又不同於一般的意象批評，其用以評詩之象乃魯直詞作之文，東坡詩評的意象實為魯直自作的文句，使其所言意象既是詩評又可為詩證，讀者經此意象，可在原作的回味中，體知東坡評論之意。

東坡直接徵引魯直詞文，以此表達自身的評論觀點，借其文以評其詞，使讀者能更直接地回觀文本。經由東坡閱讀感知而提取出的意象，已高度凝練東坡對魯直詞作的閱讀感受，在評述意象與所評文本的高度聯結間，讀者經由意象聯結東坡的評論與魯直的文本，可以更深入地解讀文本意涵，進而感知東坡在魯直詞作中的體悟。

此外，魯直〈浣溪沙〉一詞涵攝諸多意象，而東坡評詩僅取「新婦磯」及「女兒浦」二詞，並轉以為象，可見東坡擇取物象的精練與評述詩詞的獨到。將魯直詞作與張志和〈漁歌子〉及東坡〈浣溪沙〉並觀，已能覺察含藏於魯直詞作中，不同於漁父詞的穠麗與愁緒。但東坡卻不直述褒貶，僅言：「才出新婦磯，又入女兒浦」，其用以評述的意象，可謂妙切要旨，而其所擇意象之所以能精準表達東坡之意，實源於意象中所保有的文化意蘊與閱讀語感。「新婦磯」及「女兒浦」雖為地理名詞，然嵌置詞中的「新婦」和「女兒」，在傳統詩文創作中具有獨特的象徵意涵，縱使作為地理名詞，誦讀時仍保有原始的情緒感知及語文聯想，屬於「相對固定的聯想物」〔註178〕，以此相關之意象評述

〔註177〕蔡鎮楚：〈論意象批評〉，頁98。

〔註178〕諾思羅普·弗萊著；陳慧等譯：《批評的剖析》（天津：百花文藝出版社，1998年），頁99。

詩文，能喚起共通的情感經驗，不須冗詞多言，僅須擷取關鍵意象，即能清楚表達東坡的心中之意，自然「此漁父無乃大瀾浪乎」的提問便隨之而出。

清朝劉熙載於《藝概・詞概》讚張志和〈漁歌子〉「妙通造化」，並言魯直「亦嘗以其詞增為〈浣溪沙〉，且誦之有矜色焉」。〔註179〕魯直創作求奇尚巧，〈浣溪沙〉中能妙用地名為對，而書以「新婦磯頭眉黛愁，女兒浦口眼波秋」，應為魯直「誦之有矜色」的因素之一，故當東坡「問其得意處」時，魯直亦自言：「以水光山色，替卻玉肌花貌」。然與張志和〈漁歌子〉相較，江南初春的淡雅景致與煙波釣叟的閒適之情，於魯直〈浣溪沙〉中已因加語潤飾而略顯柔婉，整體意境反不如原作。東坡能自魯直詞中，找出其自矜之巧對即詞境轉變的主因，從中提取「新婦磯」及「女兒浦」兩個巧對之詞，經由意象詞義「相對固定的聯想」，魯直詩作背離漁父詞所呈現出的陰柔情調已呼之欲出。東坡再於「才出新婦磯，又入女兒浦」的意象聯想後，道出「此漁父無乃大瀾浪乎」的反詰，在「新婦」與「女兒」的傳統意象感知中，魯直〈浣溪沙〉因太過「瀾浪」而不似「漁父」意境的詩評觀點，自不言而喻。

東坡結合自我的創作經驗，於魯直〈浣溪沙〉中，擷取「新婦磯」及「女兒浦」兩詞，化詞為象，以「才出新婦磯，又入女兒浦」點出魯直詞作太過「瀾浪」的關鍵。東坡評詩能化用文本之詞，並轉以為象，將文本中的意象作為詩論之證，使其意象既能回溯文本原意，又能於詩評觀點中獲得拓展，在反復領略中，調動出更深刻的感受力，使意象能與傳統文化意蘊相結合，進而激發出更深層的理解力，經由文本意象的解讀，更了解東坡在詩歌閱讀後所掘發的核心問題。東坡以其慧黠之智，從魯直自矜改作的「新婦磯邊眉黛愁，女兒浦口眼波秋」中，翻轉出生動的詩評語言，形象鮮活而觀點鮮明，使其詩歌評述飽含意趣。與葉夢得於《巖下放言》所記之「得無一浪子漁父耶」相較，東坡

〔註179〕〔清〕劉熙載：《藝概》（臺北市：廣文，1964年），卷4。

經由化詞為象後所提出的反詰——「此漁父無乃大瀾浪乎」的婉轉設問，更具含蓄蘊藉的想像之美，使詩話所述呈現不同的語言張力。

第三節　名物考辨

對於詩歌的創作，〈詩大序〉有言曰：「情動於中而行於言」﹝註180﹞，詩人因情緣事心有所感而創作為詩，詩中所涵括的事物景像及時空背景，共同架構出詩歌的豐富內涵，也傳達出作者的思想情感。然而隨著歷史文化的轉變，詩中原本可知、可感的事件與物象，在時空的劇烈變遷下，逐漸脫離了實際的生活經驗，讀者在解讀詩文的過程中，詩歌文字有時無法與作者原始的語意相應合，因此，名物的考辨成為詩歌評賞的重要途徑。

作者以詩歌傳意，讀者經詩歌詮解其意，兩者在不同的時空背景下，有時作者創作的真意，容易因字詞的熟悉而被略讀，或因物象的陌生而遭誤讀，產生詩歌文句的曲解或不解。詩文考辨援引考證的方式，解讀隱含於詩中的人事物象，使詩旨得以更加明朗，作者之意也能正確獲得解讀，對詩歌的闡釋與評賞，甚為重要。徐複觀認為「考據」是「文學中必不可少」，且是「通向文學批評的一個歷程，一種確定批評方向的補助手段」。﹝註181﹞在詩歌創作、接受與評賞的歷程中，重新審視詩歌文字，考辨詩文原意，是傳統詩歌批評的重要方式，亦常見於詩話作品中。蔡鎮楚於《詩話學》中，便依據詩話的具體內容，將詩話區分為闡釋型、評論型及考據型三類，其中「考據型」詩話乃是借品詩以進行「考訂名物故實、詮釋詩句用事、收集整理資料」﹝註182﹞等工作，此即詩歌的考辨。詩話可「論詩及事」，亦可「論詩及辭」，在言事論辭

﹝註180﹞〔漢〕毛亨傳；鄭玄箋：《毛詩鄭箋》（臺北：新興書局，1993 年），頁 1。
﹝註181﹞徐複觀：《中國文學論集續編》（臺北：臺灣學生書局，1984 年），頁215～216。
﹝註182﹞蔡鎮楚：《詩話學》（湖南省：教育出版社，1990 年），頁 83。

的過程中，運用考據的方式求實、求真，郭紹虞認為「這是宋人詩話與唐人論詩之著」的重要分別。〔註183〕

　　宋人治學勤勉，講求厚積學力，王水照《宋代文學通論》說：「宋代士人讀得廣博，讀得深入，讀得認真。」〔註184〕而宋人寫詩多主「以才學為詩」〔註185〕且「字字求出處」〔註186〕，宋朝許顗於《彥周詩話》便言時人曰：「讀書精苦，作詩有源流。」〔註187〕將此一學習態度與創作經驗融用於詩歌鑑賞中，名物考辨成為宋代詩話常見的詩歌闡釋方式。

　　在講求「讀破萬卷詩愈美」〔註188〕、「胸中歷歷著千年」〔註189〕的宋代文士中，東坡學問之博，當屬箇中翹楚。東坡嘗云：「舊書不厭百回讀，熟讀深思子自知」〔註190〕，清朝王士禎更嘆賞東坡富瞻的學養，其曰：「子瞻貫析百家及山經、海志、釋家、道流、搜冥、集異諸書」。〔註191〕知識的豐富與學問的深廣，使東坡在閱讀詩歌的過程中，不免運用其讀書為學積累的深厚根基，通過詩文考辨的方式詮解詩文，以此明晰詩文難解之處，而《東坡詩話》載錄東坡評詩之言時，亦錄有東坡此類詩評。東坡於此類詩評中，沒有繁瑣的文史釋證，亦不作複雜的文字考據，僅於詩歌關鍵處，援引資料進行簡要訓釋以梳理其義，正是「考據型」詩話常見的考辨方式。

〔註183〕郭紹虞：《宋詩話輯佚》（北京：中華書局，1980 年），頁 2。
〔註184〕王水照：《宋代文學通論》，（開封：河南大學，1997 年），頁 29。
〔註185〕〔宋〕嚴羽：《滄浪詩話》（北京：人民文學出版社，1983 年），頁 260。
〔註186〕〔清〕王夫之：《薑齋詩話》（參丁福保輯：《清詩話》〔上海：上海古籍出版社，1983 年〕，頁 8。）
〔註187〕〔宋〕許顗：《彥周詩話》（參〔清〕何文煥輯：《歷代詩話》上冊〔北京：中華書局，2001 年〕，頁 380。）
〔註188〕〔宋〕蘇軾〈送任伋通判黃州兼寄其兄孜〉（參〔宋〕蘇軾：《蘇東坡全集》，頁 54～55。）
〔註189〕〔宋〕陳師道〈送蘇迨〉（參〔宋〕陳師道：《後山集》〔上海：上海古籍出版社，1987 年，欽定四庫全書本〕，卷 6。）
〔註190〕〔宋〕蘇軾〈送安惇秀才失解西歸〉（參〔宋〕蘇軾：《蘇東坡全集》，頁 54。）
〔註191〕〔清〕王士禎：《帶經堂詩話》（臺北市：清流，1976 年），卷 1，頁 43。

　　東坡以其學養辨析詩文本義，將詩歌模糊處或難解處予以開解，疏通文理，使詩歌雖歷經時空變遷，仍能獲得正確的闡釋。本文擬就〈書子厚詩〉及〈題秩馬歌後〉二則詩話，分析東坡如何以名物考辨的方式，詮解詩歌作品。

一、文獻稽考「桃笙」

　　《東坡詩話》載錄東坡閱讀柳子厚〈行路難三首・其三〉，對於詩中詞語，心有所惑，故而言曰：

> 柳子厚詩云：「盛時一失貴反賤，桃笙葵扇安敢當。」不知桃笙為何物。偶閱《方言》：「簟，宋、魏之間謂之笙。」乃悟桃笙以竹為簟也。梁簡文〈答南王餉書〉云：「五離九折，出桃枝之翠笋。」乃謂桃枝竹簟也。桃竹出巴、渝間，杜子美有〈桃竹歌〉。

東坡閱讀柳子厚〈行路難三首・其三〉，何以「不知桃笙為何物」，而須對此詞加以考辨，實源於東坡對語言文字的敏銳感知，方有此一語義的考辨。

　　柳子厚嘗於〈寄京兆許孟容書〉中，言己乃「勤勤勉勉，以興堯、舜、孔子之道，利安元元為務」。〔註192〕子厚滿懷濟世安民的理想，參與永貞革新，卻在革新失敗後，遠謫南荒。改革時的才華大展，失敗後的悲苦淒涼，生命處境的巨大轉變，子厚在〈行路難三首・其三〉中寫出心中感悟，其詩云：

> 飛雪斷道冰成梁，侯家熾炭雕玉房。蟠龍吐耀虎嗾張，熊蹲豹躑爭低昂。攢巒叢崿射朱光，丹霞翠霧飄奇香。美人四向迴明璫，雪山冰谷晞太陽。星躔奔走不得止，奄忽雙燕棲虹梁。風臺露榭生光飾，死灰棄置參與商。盛時一去貴反賤，桃笙葵扇安可當。〔註193〕

〔註192〕〔唐〕柳宗元：《柳宗元集》（北京市：中華書局，1979 年），頁 780。
〔註193〕〔唐〕柳宗元：《柳宗元集》，頁 1241～1242。

詩中子厚將自我的人生體悟，轉以木炭為喻。在「飛雪斷道冰成梁」的嚴冬，木炭炙手可熱，於王侯華美的「雕玉房」中燃燒，熾炭宛若龍虎熊豹般，氣勢昂揚。迨暖春一至，融融春意間，木炭只餘「死灰棄置參與商」。子厚以寒冬及暖春的木炭為喻，暗寓居朝與貶黜的天淵之別。而東坡有疑之句，乃詩末子厚的感悟之語——「盛時一去貴反賤，桃笙葵扇安可當」。

對於柳子厚〈行路難三首・其三〉一詩，宋朝韓醇言：「物適其時則無有不貴，及時異事遷，則貴者反賤。」〔註194〕子厚詩末即言此意，其以「桃笙葵扇安可當」表達時移事異後，對於「貴者反賤」的無可奈何。子厚並舉「桃笙」與「葵扇」二物，言此二物在「風臺露榭生光飾」的春意中，「安可當」的「棄置」之命。「葵扇」於天氣回暖後遭棄置，東坡讀而能解，令東坡不解的是，與「葵扇」並舉的「桃笙」，似與一般熟知的語意有所不同。

（一）「笙」常見語意

東坡何以言：「不知桃笙為何物」？以東坡豐贍的學養，對「笙」的語意應不陌生。早自先秦時期，已可見「笙」字的運用。《詩經・小雅》曰：「我有嘉賓，鼓瑟吹笙。吹笙鼓簧，承筐是將。」〔註195〕詩中以吹笙鼓簧道出迎客之歡。《尚書・益稷》言：「笙鏞以間，鳥獸蹌蹌。」〔註196〕文中描述笙、鏞交替演奏，而人扮作動物，依樂聲而舞動。《周禮・春官》云：「笙師掌教龡笙」〔註197〕說明笙師負責教導竽、笙等樂器的演奏。史書中亦有「笙」的相關記載，如《史記・樂書》記了夏言「古樂」曰：「弦匏笙簧合守拊鼓，始奏以文，止亂以

〔註194〕　〔宋〕韓醇：《詁訓柳先生文集》（臺北市：漢珍數位圖書，2005 年，文淵閣《四庫全書》本），卷 43。
〔註195〕　〔唐〕孔穎達疏：《毛詩正義》（北京：中華書局，1980 年），頁 405。
〔註196〕　〔唐〕孔穎達疏：《尚書正義》（北京：中華書局，1980 年），頁 144。
〔註197〕　〔清〕孫詒讓：《周禮正義》（臺北市：臺灣商務，1965 年），冊 4，頁 40。

武。」〔註198〕《漢書・律曆志》則記「八音」云:「土曰塤,匏曰笙,皮曰鼓,竹曰管,絲曰絃,石曰磬,金曰鐘,木曰柷」〔註199〕,「笙」乃「八音」之一。無論先秦古籍或歷史典籍,「笙」字多與音樂相涉。

　　除觀書籍之記錄,文人創作亦常以「笙」入詩,東坡便有言及「笙」的作品,如其於〈觱篥詩・引〉曰:

> 庚辰八月二十八日,劉幾仲餞飲東坡。中觴聞笙簫聲,杳杳若在雲霄間,抑揚往返,粗中音節。徐而察之,則出於雙觱,水火相得,自然吟嘯,蓋食頃乃已。坐客驚嘆,得未曾有,請作〈觱篥詩〉記之。〔註200〕

東坡文中所述之音,是以觱篥所吹奏的動人之聲,其聲之抑揚變化,令人驚嘆。而東坡於筵席中,耳聞深遠處的杳杳之音,即能推知為「笙簫聲」,可見笙與簫於東坡而言,均是熟悉得耳聞即知的樂器。

　　此外,東坡於〈望海樓晚景五絕・其四〉寫道:「樓下誰家燒夜香,玉笙哀怨弄初涼。臨風有客吟秋扇,拜月無人見晚妝。」〔註201〕東坡詩中書以「玉笙」,以玉笙悲涼之音,襯托女子縱使化上濃豔晚妝,也無法與思慕之人相見的悵悵。詩中除述「玉笙」之音,風中尚有客吟「秋扇」之聲。「秋扇」自班倢伃〈怨歌行〉〔註202〕後,常與「恩移情替」〔註203〕的失寵女子相連結,東坡〈望海樓晚景五絕・其四〉,便是

〔註198〕〔漢〕司馬遷撰;瀧川龜太郎考證:《史記會注考證》(臺北市:宏業,1994 年),頁 431。

〔註199〕〔漢〕班固:《漢書》(上海市:漢語大詞典出版社,2004 年),頁 402。

〔註200〕〔宋〕蘇軾:《蘇東坡全集・上》,頁 531。

〔註201〕〔宋〕蘇軾:《蘇東坡全集・上》,頁 70。

〔註202〕此處客所吟之「秋扇」,當與漢朝班倢伃所書之〈怨歌行〉相類。《文選・班倢伃・怨歌行》言:「新裂齊紈素,皎潔如霜雪。裁為合歡扇,團團似明月。出入君懷袖,動搖微風發。常恐秋節至,涼風奪炎熱。棄捐篋笥中,恩情中道絕。」所抒乃女子失寵而見棄的悲涼心境。(參〔南朝梁〕蕭統編:《昭明文選》〔鄭州市:中州古籍出版,1990 年〕,卷 7。)

〔註203〕〔唐〕蔣防〈霍小玉傳〉:「但慮一旦色衰,恩移情替,使女蘿無托,秋扇見捐。」(參〔宋〕李昉等編:《太平廣記》第五冊〔北京:中國計量出版社,2005 年〕,卷 487,頁 366。)

在「玉笙哀怨弄初涼」及「臨風有客吟秋扇」二詩句中，以「玉笙」、「秋扇」兩意象，渲染女子失寵見棄的閨愁。

東坡嘗於〈望海樓晚景五絕‧其四〉中，運用「玉笙」、「秋扇」兩意象，寫女子「恩移情替」後的悲涼心境。而柳子厚〈行路難三首‧其三〉寫的則是自身在「時異事遷」後，不見用於國君，貶謫南荒的悽楚心境。對於「士不遇」之悲，古來文士常轉喻為「女子閨怨」之愁，觀東坡〈望海樓晚景五絕‧其四〉及子厚〈行路難三首‧其三〉，二詩均表達時空轉變後，無奈遭棄的心情，只是東坡書以女子，而子厚則轉喻木炭，東坡運用「玉笙」、「秋扇」的意象，而子厚則以「桃笙」、「葵扇」作象徵。

東坡既能於詩中，以「玉笙」、「秋扇」書寫女子失寵見棄的哀愁，何以閱讀子厚〈行路難三首‧其三〉：「盛時一去貴反賤，桃笙葵扇安可當」時，反對「桃笙」一詞，心生疑惑。細思東坡之惑，其惑應源於「笙」一詞，長久以來與音樂的高度連繫。自《詩經》載先民以「笙」奏樂〔註204〕，詩歌常見與「笙」結合之詞語，如：沈佺期〈鳳笙曲〉：「鳳笙遊雲空」〔註205〕、李白〈古風〉：「雙吹紫鸞笙」〔註206〕、戴叔倫〈贈月溪羽士〉：「更弄瑤笙罷」〔註207〕、劉禹錫〈酬樂天七月一日夜即事見寄〉：「同聽嵩陽笙」〔註208〕、白居易〈臥聽法曲霓裳〉：「金磬玉笙調已久」〔註209〕等，詩歌所書之「鳳笙」、「紫鸞笙」、「瑤笙」、「嵩陽笙」、「玉笙」等詞，無論前綴何字，與「笙」結合之詞語，多指樂器，多與音樂相涉。讀者若無詩詞涵養及語文素養，讀至子厚

〔註204〕《詩經》除〈小雅‧鹿鳴〉有「鼓瑟吹笙」、「吹笙鼓簧」等句外，〈小雅‧鼓鍾〉有「笙磬同音」、〈小雅‧賓之初筵〉亦有「籥舞笙鼓，樂既和奏」等音樂合奏的詩句。（參屈萬里：《詩經詮釋》〔臺北市：聯經，1983年〕，頁281、401、425。）

〔註205〕〔清〕聖祖敕編：《全唐詩》，卷95，頁239。

〔註206〕〔清〕聖祖敕編：《全唐詩》，卷161，頁381。

〔註207〕〔清〕聖祖敕編：《全唐詩》，卷273，頁687。

〔註208〕〔清〕聖祖敕編：《全唐詩》，卷355，頁883。

〔註209〕〔清〕聖祖敕編：《全唐詩》，卷449，頁1132。

〈行路難三首・其三〉：「盛時一去貴反賤，桃笙葵扇安可當」，對於「桃笙」一詞的解讀，或許便依循既有的閱讀經驗，將其視為樂器，一讀而過。

（二）推論「桃笙」之意

東坡在詩歌創作及鑑賞上深有所得，於創作中妙用詞語以寫景狀物，遣詞用字無不詞切而意達，加之涉獵深廣，經、史、子、集各領域均有所獲〔註210〕，對於詩歌內容的理解及語言文字的掌握，自有其獨到之處。因此，當東坡閱讀子厚〈行路難三首・其三〉中「盛時一去貴反賤，桃笙葵扇安可當」時，能以敏銳的語言感知，覺察「桃笙」一詞，並不能同「鳳笙」、「瑤笙」、「玉笙」般，以之為樂器，一讀而過。「葵扇」因涼秋而見捐，能與「盛時一去貴反賤」相符，而和「葵扇」並列之「桃笙」，亦當應有此意，若以傳統「笙」意解之，則詩意便略有不通，因此東坡不免心有所疑，進而問道：「不知桃笙為何物」。

東坡將此疑問存於心中，迨其「偶閱《方言》」，方得推論出「桃笙」之意。東坡何以能自《方言》一書，推得「桃笙」之意，據東漢末年應劭《風俗通義・序》云：

> 周、秦常以歲八月遣輶軒之使，求異代方言，還奏籍之，藏於秘室。及嬴氏之亡，遺脫漏棄，無見之者。蜀人嚴君平有千餘言，林閭翁孺才有梗概之法。揚雄好之，天下孝廉、衛卒交會，周章質問，以次注續，二十七年，爾乃治正，凡九

〔註210〕顏文武研究宋代「詩歌學問化」的傾向後，認為東坡「作為蜀學的代表人物，蘇軾在學術上也多有創獲，在經學方面，對經典有深入的研究，並對《易》、《書》、《論語》等進行了精心詁解，分別撰結為《東坡易傳》、《東坡書傳》和《論語說》三書。蘇軾還有深厚的史學修養，對史學經典非常熟悉，據說他對《漢書》非常熟悉，達到了可以從任意一字背起的程度。而上百篇《策論》，更是顯示了他在史學方面的造詣。難能可貴的是，他對水利、農業、醫學也有所研究，撰有《蘇沈良方》、《格物粗談》等著作，是一位身跨社會、自然兩大科學領域的學者。」（參顏文武：《「宋代詩歌學問化」研究》，廣州：暨南大學博士論文，2010 年，頁 51。）

千字，其所發明，猶未若《爾雅》之閎麗也，張竦以為懸諸
日月不刊之書。〔註211〕

《方言》為中國最早收錄各地方言〔註212〕的著作，書中所錄乃「先代
絕言、異國殊語」〔註213〕。《方言》於宋朝文士而言，當為廣收各地方
言奇字之書〔註214〕，當東坡對「桃笙」一詞心有惑，又於一般書籍遍
尋不得合宜註解時，留心《方言》所載文字，不失為解惑的極佳途徑。

東坡閱讀《方言》，偶然見書中所載內容，與「笙」相關，書中言：
「簟，宋魏之間謂之笙，或謂之。」〔註215〕「簟」據《說文解字》所
言：「簟，竹席也。」〔註216〕而竹席於炎夏有袪暑涼爽的作用，明初高
啟曾以「蘄簟」為題而言：「輕雲巧織成，乍展覺生涼」〔註217〕，竹席
於悶熱難眠的溽暑，有沁涼消暑之效。然正因枕靠其上能消暑解熱，入
秋天涼後，便易因無所用而遭人棄置，如《甌北詩話》嘗錄韓愈〈鄭群
贈簟〉詩中「倒身甘寢百疾愈，卻願天日恒炎曦」一句，心有所感而

〔註211〕〔漢〕應劭：《風俗通義》（北京市：中華書局，1985年），頁3～4。
〔註212〕《方言》一書，最早可見於東漢應劭《風俗通義・序》中所言，為目前可見最早記錄方言的書籍。王彩琴將《方言》的方言用字，區分為10個方言區，分別為：「秦晉方言區、楚方言區、周韓鄭方言區、趙魏方言區、衛宋方言區、齊魯方言區、燕代方言區、北燕朝鮮方言區、南越方言區、吳越方言區。」（參王彩琴：《揚雄〈方言〉用字研究》，上海：華東師範大學中國語言文學系博士論文，2006年，頁9。）
〔註213〕〔漢〕劉歆〈遺揚雄書〉（參〔漢〕揚雄記；〔晉〕郭璞注；〔清〕戴震疏證：《輶軒使者絕代語釋別國方言》〔北京市：中華書局，1985年〕，頁311。）
〔註214〕因書中所記為各地方言用語，著重於語音，故書中多有「奇字」。宋朝李孟傳於〈刻方言後序〉言：「大抵子雲精於小學，且多見先秦古書，故《方言》多識奇字。」朱質於〈跋李刻方言〉亦云：「子雲博極群書，於小學奇字無不通，且遠採諸國，以為《方言》，誠足備《爾雅》之遺闕。」（參〔漢〕揚雄記；〔晉〕郭璞注；〔清〕戴震疏證：《輶軒使者絕代語釋別國方言・後序》，頁2。）
〔註215〕〔漢〕揚雄記；〔晉〕郭璞注；〔清〕戴震疏證：《輶軒使者絕代語釋別國方言》，頁114。
〔註216〕〔漢〕許慎撰；〔清〕段玉裁注：《說文解字注》（上海市：上海書店，1992年），頁192。
〔註217〕〔明〕高啟：《高啟大全集》（臺北市：世界書局，1964年），卷12。

言：「謂因竹簟可愛，轉願天不退暑，而長臥此也。」〔註 218〕炎夏溽暑，清涼舒適的竹簟可愛喜人，一旦天氣轉涼，竹簟便無用處，而遭收捲擱置，如此命運，豈不與子厚〈行路難三首·其三〉詩中的「葵扇」，境遇相似。

　　東坡自《方言》中，求得「簟，宋魏之間謂之笙」的訊息，可知「笙」為「簟」，即竹席，故言：「乃悟桃笙以竹為簟」。至於可能指涉竹種的「桃」字，東坡又另從文學作品中尋找相關的詞語線索。東坡尋得的文證乃梁簡文帝所書之〈答南平嗣王餉舞簟書〉，其文曰：「濯龍之木，文罽飾壇，淮南之臺，紫羅為薦，未若五離九折，出桃枝之翠筍」。〔註 219〕文中所述為南平嗣王所餽贈的舞簟〔註 220〕，梁簡文帝認為飾壇的華美地毯、紫羅所作的席子，均不及南平嗣王所贈「五離九折」〔註 221〕之舞簟，此簟即「桃枝」所製，而「桃枝」能出「翠筍」，可推知「桃枝」應為「竹」，即「桃枝竹也」。

　　東坡以類比互證的方式，推論子厚詩中的「桃笙」乃「謂桃枝竹簟也」，之後，又言桃竹「出巴、渝間」。對於桃竹的生長之地，東坡

〔註 218〕　〔清〕趙翼：《甌北詩話》（臺北市：廣文書局，1971 年），卷 3。
〔註 219〕　〔明〕張溥編：《漢魏六朝百三家集》（臺北市：世界書局，1962 年），卷 82。
〔註 220〕　「舞簟」又稱「舞筵」，是跳舞時鋪在地上的席子或毯子，《舊唐書·西戎傳·波斯國》曰：「自開元十年至天寶六載，凡十遣使來朝，並獻方物。四月，遣使獻瑪瑙牀。九年四月，獻火毛繡舞筵、長毛繡舞筵、無孔真珠。」書中可見「舞筵」的記載。（參〔後晉〕劉昫等奉敕撰：《舊唐書》〔臺北市：藝文印書館，1973 年，據清乾隆武英殿刊本影印〕，卷 210。）
〔註 221〕　東坡所引梁簡文帝〈答南平嗣王餉舞簟書〉中的「五離九折」一句，亦可見於曹子健〈九華扇賦〉中，其文曰：「形五離而九折，蔑彗解而縷分。」曹子健賦中所詠雖為九華扇，然其所用材質亦為「竹」，子健以「五離九折」寫出工匠將竹身先剖為五片，再剖為九片的製作工序。東坡自梁簡文帝〈答南平嗣王餉舞簟書〉一文中，微引「五離九折，出桃枝之翠筍」一句，從裂竹剖片的製作工序，到地面抽長而出的翠筍，均能確切說明「桃枝」即「桃枝竹也」。（參〔魏〕曹植：《曹子建集》〔臺北市：世界書局，1999 年〕，卷 3。）

未言取證自何處資料，此應源於自我的生命經驗。東坡自幼成長於四川巴蜀之地，而以今日重慶為主的「巴、渝」地區，亦位處四川，明朝王嗣奭便認為桃竹「即今之椶竹，川東至今有之」。〔註222〕迨東坡推知「桃笙」是以「桃枝竹」為材質所編的竹席後，結合自幼於四川生活的經驗，「桃竹」的產地無須再查找書冊，遂可直言：「桃竹出巴、渝間」。

四川是東坡自幼生長的故鄉，對於「出巴、渝間」的「桃竹」，東坡本就有深切的認識，如《苕溪漁隱叢話》載東坡之言曰：

> 東坡云：「〈桃竹杖引〉：『江心蟠石生桃竹，斬根削皮如紫玉。』
> 桃竹葉如椶，身如竹，密節而實中，犀理瘦骨，天成拄杖也。
> 嶺外人多種此，而不知其為桃竹，流傳四方，視其端有眼者，
> 蓋自東坡出也。」〔註223〕

據書中所載之言，可知東坡對「桃竹」的型態、特質及功用，知之甚悉，「桃竹」之名也因東坡而廣為人知。故當東坡確知「桃笙」乃「謂桃枝竹簟也」，「桃竹」所生之地便了然於胸，而無須如詮解「桃笙」般，多方引證。

（三）旁及杜詩以增值

除詮解「桃笙」一詞，東坡又於文後云：「杜子美有〈桃竹歌〉」，擴大閱讀視野，進行閱讀連結。東坡所言的子美〈桃竹歌〉，乃子美所作的〈桃竹杖引贈章留後〉，詩中寫道：

> 江心蟠石生桃竹，蒼波噴浸尺度足。斬根削皮如紫玉，江妃
> 水仙惜不得。梓潼使君開一束，滿堂賓客皆歎息。憐我老病
> 贈兩莖，出入爪甲鏗有聲。老夫復欲東南征，乘濤鼓枻白帝
> 城。路幽必為鬼神奪，拔劍或與蛟龍爭。重為告曰：杖兮杖
> 兮，爾之生也甚正直，慎勿見水踴躍學變化為龍。使我不得

〔註222〕〔明〕王嗣奭：《杜臆》（上海：上海古籍出版社出版，1983年），頁175。

〔註223〕〔宋〕胡仔纂輯：《苕溪漁隱叢話》，頁72。

爾之扶持，滅跡於君山江上之青峰。噫！風塵澒洞兮豺虎咬
人，忽失雙杖兮吾將曷從？〔註224〕

子美詩中描述兩莖珍貴的竹杖，此杖乃以生於江心蟠石的桃竹所製，
質堅體潤，將伴子美出遊東南而適吳楚。子美詩中，對此竹杖之珍貴，
語多嘆賞，或言其生長之地艱險獨特，或讚其長短適中、材質堅潤，或
述竹杖之珍奇可能為鬼神所奪、須拔劍與蛟龍相爭。子美詩中雖對竹
杖多所讚許，然詩中亦對時任留後〔註225〕的章彝，表達「慎勿見水踴
躍學變化為龍」的規勸之意，《杜詩詳注》載朱鶴齡之言曰：「此詩蓋借
竹杖，規諷章留後也。既以『踴躍為龍』戒之，又以『忽失雙杖』危之，
其微旨可見。」〔註226〕

東坡於「桃竹」而推衍至子美的〈桃竹杖引贈章留後〉，詩奇、杖
奇、竹亦奇。在詩言「桃竹」的作品〔註227〕中，東坡擇以子美〈桃竹
杖引贈章留後〉作為詩文考證後的資料連結，自有其獨道眼光。子美詩
歌盛讚竹杖之珍貴，對製成竹杖的桃竹，亦展現質優材佳的特質，東坡
借子美詩歌所述，將桃竹的價值，予以高度提升。

東坡閱讀子厚〈行路難三首‧其三〉，自詩中提出「桃笙」之疑，
以此疑惑為出發點，逐步經由閱讀《方言》及〈答南王餉書〉得出「桃
笙」乃「桃枝竹簟」的答案，並結合故鄉的生活經驗，得出「桃竹出巴、
渝間」的推論，最後再連結子美〈桃竹杖引贈章留後〉，將「桃竹」的
價值進行高度提升。東坡考辨詩文詞語，旁徵博引，涉獵甚廣，且依據
所得資料層層推衍，思維井然有序。始於疑惑，中繼解疑，最終嘆賞的

〔註224〕〔唐〕杜甫著；〔清〕楊倫箋注：《杜詩鏡銓》，頁480。
〔註225〕「留後」為唐朝設置的官職，節度使或觀察使出缺時，負責代理其職
務。
〔註226〕〔唐〕杜甫著；〔清〕仇兆鰲注：《杜詩詳注》（北京市：中華書局，
1979年），頁1063。
〔註227〕詩中言及「桃竹」之作，如李白〈酬宇文少府見贈桃竹書筒〉：「桃竹
書筒綺繡文，良工巧妙稱絕群」、貫休〈田家作〉：「古塹侵門桃竹密，
倉囷峨峨欲遮日」等。（參〔清〕聖祖敕編：《全唐詩》，卷178、卷
826）。

行文結構，更使本應嚴肅生硬的考辨過程，生動活潑地呈現東坡的探索歷程，讓《東坡詩話》載錄的〈書子厚詩〉，在考辨間飽含詩話逸趣。

二、實物考究「秧馬」

秧馬〔註228〕為古時農具，目前可見相關之描述資料中，以東坡作品最早。東坡對於自己所書之〈秧馬歌〉，另有〈秧馬歌‧并引〉和〈題秧馬歌後四首〉等作品，對筆下的「秧馬」進行形制之考辨與功用的說明。《東坡詩話》所擇錄的作品為〈題秧馬歌後四首‧之四〉，從東坡對秧馬形制的溯源、比較及推廣，可見其對農民躬耕勞逸的關懷。

（一）「秧馬」形制與功用

紹聖元年（1094 年），朝廷以東坡「譏斥先朝」而貶知英州。〔註229〕過江西廬陵時，東坡憶起昔日謫居湖北黃州所見之「秧馬」，進而創作〈秧馬歌‧并引〉及〈題秧馬歌後〉等作品。為清楚了解東坡筆下所記之「秧馬」，將〈秧馬歌‧并引〉、〈題秧馬歌後四首〉與《東坡詩話》所錄之〈題秧馬歌後〉並觀，以掌握秧馬的形制與功用，並體會東坡推廣「秧馬」的恤農之心。

《東坡詩話》載錄東坡述及秧馬之作，為〈題秧馬歌後四首‧之四〉，其文曰：

> 吾嘗在湖北，見農夫用秧馬行泥中，極便。頃來江西作〈秧馬歌〉以教人，罕有從者。近讀《唐書‧回鶻部族點戛斯傳》〔註230〕，其人以木馬行水上，以板薦之，以曲木支腋下，一

〔註228〕「秧馬圖」參閱附錄四。

〔註229〕《宋史‧蘇軾傳》：「紹聖初，御史論軾掌內外制日，所作詞命，以為譏斥先朝。遂以本官知英州，尋降一官，未至，貶寧遠軍節度副使，惠州安置。」（參〔南朝梁〕沈約：《宋史》，卷338，頁7560。）

〔註230〕《新唐書‧回鶻列傳下‧點戛斯傳》：「東至木馬突厥三部落，曰都播、彌列、哥餓支，其酋長皆為頡斤。樺皮覆室，多善馬，俗乘木馬馳冰上，以板藉足，屈木支腋，蹴輒百步，勢迅激。夜鈔盜，畫伏匿，堅昆之人得以役屬之。」（參〔宋〕歐陽脩、宋祁：《新唐書》〔上海市：漢語大詞典出版社，2004年〕，頁4698。）

蹴輒百餘步，意殆與秧馬類歟？聊復記之，異日詳問其狀，

以告江南人也。

文中寫東坡嘗於湖北見農夫使用秧馬，極為便利，期能將秧馬推廣至江西，便書寫〈秧馬歌〉。東坡以〈秧馬歌〉讚秧馬於農事上的輔助妙用，其詩云：

春雲濛濛雨淒淒，春秧欲老翠剡齊。嗟我父子行水泥，朝分一壟暮千畦。腰如箜篌首啄雞，筋煩骨殆聲酸嘶。我有桐馬手自提，頭尻軒昂腹脇低。背如覆瓦去角圭，以我兩足為四蹄。聳踊滑汰如鳧鷖，纖纖束薫亦可齎。何用繁纓與月題，揭從畦東走畦西。山城欲閉聞鼓鼙，忽作的盧躍檀溪。歸來挂壁從高栖，了無芻秣飢不啼。少壯騎汝逮老羸，何曾蹴軼防顛擠。錦韉公子朝金閨，笑我一生蹋牛犁，不知自有木駃騠。〔註231〕

農夫拔秧、插秧本應「腰如箜篌首啄雞，筋煩骨殆聲酸嘶」，甚為勞累，但因有秧馬在手，得以乘坐其上，藉由秧馬的聳躍滑行，輕鬆地從畦東走至畦西。且秧馬不似真正的牛、馬須飼以草料，用畢即可高掛壁上，無須以芻秣餵養。除此之外，秧馬因形制設計甚為穩定，因此既不似牛馬會驚跳、狂奔，也沒有跌倒下墜的憂慮。東坡以〈秧馬歌〉清楚描繪秧馬的種種特質及妙處，使此一農具廣為世人所知。

東坡希望藉由〈秧馬歌〉的傳誦，使秧馬的便利，更廣為人知，可惜在當時「罕有從者」。此外，東坡又於閱讀《唐書》時，發覺回鶻部族所用之「木馬」與「秧馬」相類，而欲於日後「詳問其狀」。然東坡此文並未言及，何以於昔日謫居湖北黃州時，便已見秧馬，卻至紹聖元年貶知英州，過盧陵時，方憶起秧馬之便。此外，文中僅言秧馬「極便」且「意殆與回鶻木馬相類」，至於「便」於何處？為何「相類」？「其狀」如何？則文中未有所記。因此，須將本文與東坡所書之〈秧馬歌・并引〉合觀，方能對秧馬有較深刻的了解。

〔註231〕〔宋〕蘇軾：《蘇東坡全集・上》，頁 500。

東坡於〈秧馬歌·并引〉中寫道：

> 過盧陵，見宣德郎致仕曾君安止，出所作《禾譜》。文既溫雅，
> 事亦詳實，惜其有所缺，不譜農器也。予昔游武昌，見農夫
> 皆騎秧馬。以榆棗為腹，欲其滑，以楸桐為背，欲其輕，腹
> 如小舟，昂其首尾，背如覆瓦，以便兩髀，雀躍於泥中，繫
> 束薧其首以縛秧。日行千畦，較之傴僂而作者，勞佚相絕矣。
> 《史記》禹乘四載，泥行乘橇。解者曰，橇形如箕，擿行泥
> 上。豈秧馬之類乎？作〈秧馬歌〉一首，附於《禾譜》之末
> 云。〔註232〕

東坡言己作〈秧馬歌〉，乃源於過江西盧陵時，見於宣德郎致仕閒退
的曾安止，書寫了《禾譜》一書。《禾譜》為中國第一部記錄水稻品種
的專書，書中記述水稻的名稱、來源、特徵等稻種知識，及栽培、管
理等農業相關事項，《宋史·藝文志》〔註233〕及《文獻通考·經籍考》
〔註234〕均錄有此書，東坡讚此書「文既溫雅，事亦詳實」。正是因為東
坡觀看了此一頗具專業性的書籍，對書中「不譜農器」不免有所缺憾，
由此而憶起昔日謫居黃州時，嘗游武昌，於當地親見「農夫皆騎秧馬」，
進而對秧馬形制進行清楚的描述。

　　秧馬為古時農器，因東坡解析辨識其形制與功用，使其得以推廣，
及今於農業發展史上，仍具有重要意義。周昕在《中國農具發展史》中
說秧馬「是一種在秧田勞作時用於乘坐的、減輕勞動者疲勞程度的輔
助器具，可用於拔秧，也可用於插秧」。〔註235〕今人之所以能對秧馬有

〔註232〕〔宋〕蘇軾·《蘇東坡全集·上》，頁 500。

〔註233〕《宋史·藝文志》載：「曾安止《禾譜》五卷。」（參〔南朝梁〕沈約：
《宋史》，卷 250，頁 4293。）

〔註234〕《文獻通考·經籍考》言：「陳氏曰：宣德郎溫陵曾安止移忠撰。東
坡所為賦〈秧馬歌〉也。謂《禾譜》文既溫雅，事亦詳實，惜其不譜
農器，故以此歌附之。安止，熙寧進士，嘗為彭澤令。」（參〔元〕
馬端臨：《文獻通考》〔臺北市：新興書局，1963 年〕，卷 218，頁 1773。）

〔註235〕周昕：《中國農具發展史》（濟南：山東科學技術出版社，2005 年），
頁 651。

如此清楚的認識，實源於東坡所記。東坡考察秧馬材質，而言其「以榆棗為腹，欲其滑，以楸桐為背，欲其輕」。榆樹幼樹木質平滑〔註236〕，棗木亦有光滑的短枝〔註237〕，秧馬以此為腹，可讓農夫躍動滑行於田畦間，較快速而無阻礙。楸桐因生長迅速〔註238〕質量較輕，為速生用材，以其為秧馬之背，輕盈的質量有助於秧馬的靈活移動。東坡研究秧馬，既能細觀其材質，又能思索材質運用之目的，為秧馬的仿製提供清析明確的方向。

東坡言秧馬之材質後，便述其外形，其云：「腹如小舟，昂其首尾，背如覆瓦，以便兩髀」。據東坡所述，秧馬之形當為首尾翹起、中央凹陷，而中央凹陷之處一如覆瓦，以便農夫跨坐其上。秧馬首尾翹起之形，是為減輕農夫拔秧、插秧時「腰如箜篌首啄雞」以致「筋煩骨殆聲酸嘶」的辛勞。秧馬下腹平滑如舟，而前後翹起的形制，讓農夫乘坐其上可藉由前後擺盪，完成本應彎腰低頭方能完成的拔秧與插秧的動作。此外，秧馬另有便捷的巧妙設計，因起秧後，秧苗須以稻草捆束，因此秧馬之首可「繫束藁」，農夫隨手便可從馬首抽取一束束稻草，捆綁拔起後的秧苗，使拔秧移栽的動作，更為簡便輕鬆。

東坡描述秧馬外形，明確具體且巧譬善喻，精準掌握秧馬特質，使未曾見過秧馬者，亦能清楚勾勒出秧馬的外形，並經由其外形描述，推知秧馬設計的精妙。正因東坡於〈秧馬歌・并引〉中，對秧馬有清楚的考察與記錄，由此便可了解東坡何以於〈題秧馬歌後〉言：「見農夫用秧馬行泥中，極便」。

（二）與「秧馬」相類之物

旁徵博引進行資料的比對，是學問淵博的東坡，考察事物常運用的方式。因此，當東坡考察、記述秧馬的各種特質時，亦嘗試從古今中

〔註236〕中國科學院中國植物志編輯委員會：《中國植物志》（北京：科學出版社，2004 年），卷 22，頁 356。
〔註237〕中國科學院中國植物志編輯委員會：《中國植物志》，卷 48，頁 133。
〔註238〕中國科學院中國植物志編輯委員會：《中國植物志》，卷 69，頁 16。

外諸多器物中，尋找相類之物，藉以輔助說明，使「秧馬」的外在形制及操作方式更為深刻具體。

東坡於〈秧馬歌‧并引〉中言：「《史記》禹乘四載，泥行乘橇。解者曰，橇形如箕，擿行泥上。豈秧馬之類乎？」〔註239〕東坡舉《史記》所述之「禹乘四載」，即禹所乘坐的交通工具，隨著環境不同而有四種不同的變化。禹所乘之「四載」分別為「陸行乘車，水行乘船，泥行乘橇，山行乘樏」。〔註240〕「四載」中，東坡認為「泥行乘橇」與「秧馬」相類。「泥」乃水土混合之地，因水稻栽種須在高溫多濕的土壤環境，即水、土混合的泥地之中，故使用秧馬的田地具有「泥」的環境特質。而「橇」依裴駰集解云：「橇形如箕，擿行泥上」〔註241〕，「橇」如簸箕般腹底圓滑的外形，以及拋擲跳躍般的操作模式，與東坡所記躍行於水田中的秧馬，頗為相近。因此，東坡取禹乘行於泥地中的「橇」，就其「如箕」的外形及「擿行泥上」的操作模式，與秧馬進行類比，使秧馬的形象更為生動。

東坡除自《史記》中，取「泥行乘橇」與秧馬進行類比外，《東坡詩話》所錄之〈題秧馬歌後〉，又另從《唐書‧回鶻部族點戞斯傳》中尋得回鶻部族所用之木馬，與秧馬的使用原理進行類比說明。東坡言回鶻部族之木馬乃「以板薦之，以曲木支腋下，一蹴輒百餘步，意殆與秧馬類歟？」東坡所言之木馬，當似今日的滑雪板，據《新唐書》所載，回鶻人「俗乘木馬馳冰上，以板藉足，屈木支腋，蹴輒百步，勢迅激。」〔註242〕將木板踩踏於足下，屈木支於兩腋，以迅激之勢向前馳行，一蹴便有百步之遙，東坡推論回鶻部族這種以「木馬」前行的原理，當與秧馬相類。觀東坡所述，秧馬與木馬前行的原理，均是以滑行的方式，運用「重力位能」轉換為「動能」〔註243〕，以此取得前行的

〔註239〕〔宋〕蘇軾：《蘇東坡全集‧上》，頁 500。
〔註240〕〔漢〕司馬遷：《史記》（北京：中華書局，1959 年），卷 2，頁 51。
〔註241〕〔漢〕司馬遷：《史記》，卷 2，頁 52。
〔註242〕〔宋〕歐陽脩、宋祁：《新唐書》，頁 4698。
〔註243〕「重力位能」是指「物體因為大質量物體的萬有引力而具有的位能，

動力，兩物前行的原理，頗為相似。東坡其時雖未有物理力學的相關研究，然東坡藉由敏銳的觀察力及豐富的聯想力，就器物前行的方式，將木馬與秧馬作類比，使秧馬的使用方式更為清析具體。

東坡考究秧馬，然其眼界及思維並不僅限於秧馬，而是靈活運用各種知識，從不同器物中擇取相似之處，與考究之物相互類比，使器物的描繪更為清析、立體。就使用環境與器形而言，東坡認為「泥行乘橇」與秧馬相類；就前行方式而觀，東坡認為木馬「意殆與秧馬類歟」。東坡既能以擴散性思維，廣泛蒐尋資料，相互聯結，其後又能將所得資料進行歸納，聚焦於考究事物上，此正是其讀書採行「八面受敵」之法〔註244〕，而能深度探索與思考的學習之道。

（三）東坡考究「秧馬」之影響

自〈秧馬歌·并引〉及《東坡詩話》所錄之〈題秧馬歌後〉，可推知東坡於考究秧馬的形制及用途上，甚為用心。而東坡何以於貶知英州，途經廬陵，忽憶秧馬後，對秧馬多所考究與記述？其考究秧馬，實源於東坡恤農愛民之心。東坡深諳農民勞苦，知曉拔秧、插秧這種「腰如箜篌首啄雞」的反覆動作，往往使農民「筋煩骨殆聲酸嘶」，而昔日

其大小與其到大質量的距離有關」。秧馬與木馬均是運用身體前傾向下的引力，將重力位能轉作前行的動能。

〔註244〕 東坡於〈又答王庠書〉言：「少年為學者，每一書，皆作數過盡之。書富如入海，百貨皆有，人之精力，不能兼收盡取，但得其所欲求者耳。故願學者，每次作一意求之。如欲求古人興亡治亂聖賢作用，但作此意求之，勿生餘念。又別作一次求事跡故實典章文物之類，亦如之。他皆倣此。此雖迂鈍，而他日學成，八面受敵，與涉獵者不可同日而語也。」東坡於浩瀚學海中，每次讀一本書，僅就「一意」進行深入閱讀與探索，逐次分從不同角度將書中知識一一擊破，同一本書籍，以不同之「意」反覆閱讀，深化認知。這種讀書方式，與其以「秧馬」為目標，探索不同器物特質，尋找相似之處，以求深入理解「秧馬」的形制、用途等特質，可謂相通，故東坡在〈又答王庠書〉中認為此種「八面受敵」之法「求事跡故實典章文物之類，亦如之」。（〔宋〕蘇軾：《東坡全集》〔上海市：上海古籍，1987年，《四庫全書》本〕，卷176。）

於武昌所見的秧馬「較之傴僂而作者，勞佚相絕」〔註245〕，可大幅減緩農民的勞累，可惜許多地方均不見用，且曾安止所贈之《禾譜》一書，亦無所錄。有鑒於此，東坡對秧馬多所考察與記述，並作〈秧馬歌〉，期能推廣秧馬，減輕農民耕作的辛勞，東坡考究秧馬乃緣其能苦民所苦。

東坡自於廬陵思及秧馬後，果如《東坡詩話》錄文所言：「詳問其狀，以告江南人也」。東坡積極考究秧馬的形制與用法，對秧馬大為推廣。而東坡如何「告江南人」以推廣秧馬，南宋周必大於〈跋東坡秧馬歌〉中有相關記載，文中述及東坡以〈秧馬歌〉為「得意之作」，其「既到嶺南，往往錄示邑宰」。〔註246〕東坡對秧馬的推廣，除創作〈秧馬歌〉以期傳誦四方外，也考量政治權力所帶來的助力，故多「錄示邑宰」，並與如他一般愛民的地方官員，一起研究，進行推廣。東坡於〈題秧馬歌後四首·之一〉中，言其與惠州博羅縣令推廣秧馬，並在使用中嘗試改良，其文曰：

> 惠州博羅縣令林抃，勤民恤農，僕出此歌以示之。林君喜甚，躬率田者製作閱試，以謂背雖當如覆瓦，然須起首尾如馬鞍狀，使前卻有力。今惠州民皆已施用，甚便之。〔註247〕

東坡知博羅縣令林抃能體恤農民的辛勞，故示其秧馬，林君果如東坡所料，喜而親率相關單位製作試用，並在試用的過程中，依實際所需進行修正調整，將秧馬本來腹部中央下凹「如舟狀」的設計，改為乘坐平穩的「馬鞍狀」，使農夫乘坐其上，能更好地掌握力道的收放，秧馬前後的擺盪也因此更為有力。惠州農民在東坡的著力推廣，及博羅縣令的操作改良下，「皆已施用」便利的秧馬。

〔註245〕〔宋〕阮閱：《詩話總龜》（上海市：上海古籍，1987年，《四庫全書》本），卷22，頁5。

〔註246〕〔宋〕周必大：《周益公集》（北京：線裝書局，2004年，《宋集珍本叢刊》影印明鈔本），卷50，頁202。

〔註247〕〔宋〕蘇軾撰；孔凡禮點校：《蘇軾文集》（北京：中華書局，1986年），冊5，頁2152。

　　除將秧馬錄示縣令而傳之惠州外，東坡又思及「稻米幾半天下」的「浙中」農民，尚不知使用秧馬，而「意欲以教之」，故其於〈題秧馬歌後四首‧之一〉又言：「適會衢州進士梁君過我而西，乃得指示，口授其詳，歸見張秉道，可備言範式尺寸及乘馭之狀，仍制一枚，傳之吳人」。〔註 248〕東坡將秧馬的傳播記掛於心，來訪之友人，有助於此者，即對其詳細完備地說明秧馬的形制及用法，甚至仿製實物，待其歸家後能見得張秉道，借張秉道之力，而「傳之吳人」。自〈題秧馬歌後四首‧之一〉的記述，無論是直接對縣令言說秧馬之妙，或輾轉經友人備述秧馬之用，均可見東坡推廣秧馬的積極用心。

　　東坡推廣秧馬，特記博羅縣令林抃之事，乃因林抃真有憫農之心，反覆思索秧馬對減輕農夫勞苦，能產生何種妙用。如東坡於〈題秧馬歌後四首‧之二〉所言：

> 林博羅又云：「以榆棗為腹患其重，當以梔木，則滑而輕矣。」
> 又云：「俯傴秧田，非獨腰脊之苦，而農夫例於脛上打洗秧根，
> 積久皆至瘡爛。今得秧馬，則又於兩小頰子上打洗，又完其
> 脛矣。」〔註249〕

林抃除改良秧馬乘坐處，使其以「馬鞍狀」便於乘坐使力外，又針對秧馬的重量進行材質的改良。原東坡於〈秧馬歌‧并引〉有言：「以榆棗為腹，欲其滑」，然林抃考量秧馬前行、後退的靈活度，覺秧馬腹部的材質除了「滑」以外，「輕」也甚為重要，因此，尋得兼具「滑」、「輕」兩種特質的梔木，使秧馬的移動更為靈巧。此外，林抃亦思索秧馬在拔秧、插秧的過程中，還能發揮何種妙用，除減輕反覆彎腰所造成的「腰脊之苦」外，拔秧後，秧根之泥，農夫多在小腿上打洗，久而生瘡潰爛，而秧馬兩頰，正可打洗秧根，農民便可免於以脛洗秧所引發的瘡爛之苦。

〔註248〕〔宋〕蘇軾撰；孔凡禮點校：《蘇軾文集》，冊 5，頁 2152。
〔註249〕〔宋〕蘇軾撰；孔凡禮點校：《蘇軾文集》，冊 5，頁 2152。

　　除惠州博羅縣令林抃外，東坡於〈題秧馬歌後四首・之三〉又記錄另一則秧馬推廣之事。其文曰：「翟東玉將令龍川，從予求秧馬式而去。此老農之事，何足云者，然已知其志之在民也。」〔註250〕將赴任龍川縣令的翟東玉向東坡求秧馬形制，其愛民之心，東坡深有所感。自東坡〈題秧馬歌後四首〉的記述中可知，東坡除善觀物，考究秧馬甚為詳實外，也善於觀人，往往能將秧馬錄示予愛民邑宰，經邑宰用心地改良與推廣，秧馬便能嘉惠更多辛苦的農民。

　　東坡對秧馬的考究與重視，除使秧馬逐漸推廣於各地，亦使秧馬受到文人重視，或載錄書中、或寫入詩文。周必大於〈曾氏農器譜題辭〉曰：

　　　　紹聖初元，蘇文忠公軾南遷，過太和，邑人宣德郎致仕曾公
　　　　安止獻所著《禾譜》，文忠美其溫雅詳寔，為作〈秧馬歌〉。
　　　　又惜不譜農器，時曾公已喪明，不暇為也。後不餘年，其姪
　　　　孫耒陽令之謹，始續成之。〔註251〕

東坡對於曾安止《禾譜》中「不譜農器」，心有所憾，正因其對秧馬的重視與推廣，經百餘年，至南宋時，曾安止姪孫曾之謹「考之經傳，參合今制」續成《農器譜》，補全了「伯祖之書」，而曾之謹能書成《農器譜》，周必大認為乃「成蘇公之志」也。〔註252〕此後，農業相關書籍，對秧馬或有所記，如元朝王禎《農書》便有「秧馬」的文字記載及圖譜繪製。〔註253〕秧馬能載錄書中而廣為人知，東坡考究秧馬並書寫入文，功不可沒。

　　自東坡考究秧馬並廣加推展後，秧馬除載錄於農業相關書籍外，亦可見於詩文創作中。如陸放翁於〈耒陽令曾君寄禾譜農器譜二書求詩〉言：

〔註250〕〔宋〕蘇軾撰；孔凡禮點校：《蘇軾文集》，冊5，頁2152。
〔註251〕〔宋〕周必大：《周益公集》，卷50，頁201～202。
〔註252〕〔宋〕周必大：《周益公集》，卷50，頁202。
〔註253〕〔元〕王禎：《農書》（臺北市：臺灣商務，1975年，據國立故宮博物
　　　　院所藏文淵閣本影印），卷12。

歐陽公譜西都花，蔡公亦記北苑茶，農功最大置不錄，如棄
六藝崇百家。曾侯奮筆譜多稼，儋州讀罷深咨嗟。一篇秧馬
傳海內，農器名數方萌芽。令君繼之筆何健，古今一一辨等
差。我今八十歸抱耒，兩編入手喜莫涯。神農之學未可廢，
坐使末俗慚浮華。〔註254〕

陸放翁自歐陽脩撰《牡丹譜》〔註255〕及蔡襄書《試茶錄》〔註256〕，反
思文士詩文吟詠時，書寫的主題往往本末倒置。而東坡能在文士譜花
記茶的創作風潮中，嗟嘆農器之無所著錄，並以秧馬為主題，創作相關
作品，使此一農器之名始受關注。陸放翁藉曾之謹寄自撰之《農器譜》
以求詩，於此詩中讚東坡憫農之苦、重視農本的不凡眼界。

而辛稼軒於〈卜算子〉一詞中，亦言及秧馬，其詞云：

夜雨醉瓜廬，春水行秧馬。點檢田間快活人，未有如翁者。掃

禿兔毫錐，磨透銅臺瓦。誰伴揚雄作解嘲，烏有先生也。〔註257〕

夜晚醉飲於農舍的辛稼軒，慨嘆自己筆頭寫禿、硯臺磨透地勤勉創作，
卻如揚雄般「無有人」〔註258〕相伴，心中懷藏孤獨之苦。而與文士
孤寂創作相對的，是躬耕田間的「快活人」，其「快活」之因，即是秧
馬的使用。從稼軒詞作中，可知東坡推廣使用秧馬，至南宋已收效甚
巨，大大地減輕農民耕作之苦，秧馬的廣泛運用，使本因耕作而「筋
煩骨殆聲酸嘶」的農夫，成為「田間快活人」。

〔註254〕〔宋〕陸游撰；錢仲聯校注：《劍南詩稿校注》（上海市：上海古籍出
　　　　版，1985年），卷67，頁3771。
〔註255〕陳振孫《直齋書錄解題》言：「《牡丹譜》一卷。歐陽脩撰。少年為河
　　　　南從事，目擊洛花之盛，遂為此譜。」（參〔宋〕陳振孫：《直齋書錄
　　　　解題》〔北京市：中華書局，1985年〕，卷10，頁289。）
〔註256〕晁公武《郡齋讀書志》曰：「《試茶錄》二卷。右皇朝蔡襄君謨撰。襄，
　　　　皇祐中修注，仁宗嘗面諭云：『昨卿所進龍茶甚精』。襄退而記其烹試
　　　　之法，成書二卷，進御。」（參〔宋〕晁公武：《郡齋讀書志》〔臺北
　　　　市：臺灣商務，1978年〕，卷12。）
〔註257〕〔宋〕辛棄疾：《稼軒詞》（北京市：中國書店發行，1996年），卷4。
〔註258〕稼軒詞中用「烏有先生」之典，實則欲言「無有人」之意。

東坡雖遭章惇構陷而遠貶嶺南，以致「兄弟俱竄，家屬流離」
〔註259〕，然己身之困頓，卻不減其恫瘝在抱的胸懷。農民耕作的勞苦，
使東坡憶及昔日於武昌所見之秧馬，詳實考察其形制與功用，書以為
詩，述及成文，並示予同他一般憫農愛民的邑宰。經其努力推廣，時至
南宋，秧馬已遍行於「淮東、西，江東、西，浙東、西，湖北、南，廣
東、西，福建和四川」〔註260〕等地。東坡對農具秧馬的考究，使秧馬
逐漸推廣於各地，減輕農民耕作之苦，並使秧馬得見於詩詞創作中，成
為文士筆下吟詠的主題。東坡對秧馬，真如其於〈題秧馬歌後〉所言：
「詳問其狀，以告江南人也」，甚而使秧馬廣行於江南水田。

　　元朝陳旅於〈跋許益之古詩序〉言：「旅嘗病夫近世有『儒者』、
『詩人』之分也。」〔註261〕宋人或依創作者的身分、學術特質而有「儒
者」及「詩人」的分別。周敦頤《通書・文辭》也曾言：「文辭，藝也；
道德，實也。」〔註262〕宋朝有些理學家將「文辭」與「道德」、「儒者」
與「詩人」作清楚的二元分判，程頤甚至說：「如今能言詩無如杜甫，
如云：『穿花蛺蝶深深見，點水蜻蜓款款飛』，如此閑言語，道出做甚。」
〔註263〕認為詩歌創作是「為文害道」、「玩物喪志」。〔註264〕「儒者」
與「詩人」的判然二分，凸顯出詩學觀點的狹隘。觀《東坡詩話》所錄
之〈題秧馬歌後〉以及東坡其他與秧馬相關的作品，東坡以憫農之心詳
實考究秧馬的形制與功用，並大加推廣，減輕農民插秧之苦，此乃儒家

〔註259〕〔宋〕蘇軾〈與程德孺四首・之一〉（參〔宋〕蘇軾撰；孔凡禮點校：
　　　　　《蘇軾文集》，冊 4，頁 1687。）
〔註260〕王頲、工為華：〈桐馬秝云──宋、元、明農具秧馬考〉，《中國農史》
　　　　　28 卷 1 期（2009 年 3 月），頁 10。
〔註261〕〔宋〕陳旅：《安雅堂集》（臺北市：中央圖書館，1970 年），卷 13。
〔註262〕〔宋〕周敦頤：《周子通書》（臺北市：臺灣中華，1966 年），頁 6。
〔註263〕〔宋〕程顥、程頤撰；〔宋〕朱熹編：《二程遺書》（臺北市：臺灣商
　　　　　務，1983 年），卷 18。
〔註264〕程頤曰：「害也。凡為文，不專意則不工，若專意則志局於此，又安
　　　　　能與天地同其大也？書曰『玩物喪志』，為文亦玩物也。」（參〔宋〕
　　　　　程顥、程頤撰；〔宋〕朱熹編：《二程遺書》，卷 18。）

仁道的具體實踐。東坡運用生動鮮活的文字，以妙語寫「奇器」，閱其詩文，既能明瞭秧馬的形制功用，體知農民耕作之苦，更能解知東坡的關懷之意，此乃詩人體悟生活的藝術創作。詩人創作可內蘊儒者之思，儒家仁道可發而為動人詩文，東坡「有道有藝」，以具體實踐體現「詩能顯道，道以詩明」的融會通達，一如陳旅所言：「其至焉者無儒者與詩人之分也」。〔註265〕

〔註265〕〔宋〕陳旅：《安雅堂集》，卷13。

第五章 《東坡詩話》評述唐詩

　　蔣士銓〈辨詩〉曰：「宋人生唐後，開闢真難為」〔註1〕，此語既言詩，亦可言宋朝整體之文化思潮。面對唐朝燦爛輝煌的成就，如何變「唐風」為「宋調」，既脫去唐人形跡，又能新生宋人風範，當為宋朝文士反覆思索的關鍵性問題。黃魯直曾言：「領略古法生新奇」〔註2〕，宋人欲於唐朝燦爛文學後，另闢蹊徑，需先歷經汲取、學習的歷程，傾心研究、踵武燦爛後，方能另創輝煌。觀《東坡詩話》摘錄評賞的詩歌，唐人之作凡 17 則，佔所錄之半〔註3〕，自其評賞詩歌的擇錄比例，不難發覺唐朝作品對東坡創作的影響。

　　觀《東坡詩話》所錄之東坡詩評，其所評述之唐朝詩人計有：王梵志、李太白、杜子美、孟東野、韓退之、白樂天、柳子厚、薛能、鄭谷等 9 人，而就宋朝詩壇與東坡創作而言，以杜子美、白樂天及柳子厚較為重要。從對宋朝詩壇的影響而言，宋初「士大夫皆宗白樂天」〔註4〕，

〔註1〕　〔清〕蔣士銓著；邵海清校；李夢生箋：《忠雅堂集校箋》（上海：上海古籍出版社，1993 年），頁 986。
〔註2〕　〔宋〕黃庭堅〈次韻子瞻和子由觀韓幹馬因論伯時畫天馬〉（參：〔宋〕黃庭堅著；任淵、史容、史季溫注：《山谷詩集注》〔上海：上海古籍出版社，2003 年〕，頁 166。）
〔註3〕　《東坡詩話》評賞的作家及其朝代，參見附錄（一）。
〔註4〕　〔宋〕蔡寬夫：《蔡寬夫詩話》（參郭紹虞輯：《宋詩話輯軼》〔北京：中華書局，1980 年〕，頁 398。）

北宋中葉後「學詩者非子美不道」〔註5〕，白樂天及杜子美的詩歌，先後對宋朝詩壇產生重大的影響。從對東坡個人的影響而觀，東坡曾忻慕樂天，有「我甚似樂天」之語，也曾認為子美「以英瑋絕世之姿，凌跨百代，古今詩人盡廢」〔註6〕，而有「晚年更似杜陵翁」〔註7〕的戲語。職是之故，本章就白樂天及杜子美對宋朝詩壇影響的先後，先分析宋初士大夫所宗之白樂天，再論述北宋中葉後廣為宋人所學的杜子美。本章除析探東坡評述白樂天與杜子美外，因柳子厚詩歌自東坡「發明其妙，學者方漸知之」〔註8〕，東坡以自己的生命經驗，掘發子厚貶謫嶺南後的詩歌「至味」，子厚詩歌因東坡始能見重於世，東坡詩評對子厚詩歌具有重要意義，因此繼白樂天及杜子美後，本章第三節則探討東坡對柳子厚詩歌的評論。

　　《隋書・經籍志》言：「登高能賦，山川能祭，師旅能誓，喪紀能誄，作器能銘，則可以為大夫。」〔註9〕唐朝以科舉取士，文士卓越的創作才華，使其得以出仕任官，詩人體物賦詩，不僅為敘寫山川物象，更為展現自我識見，實現自我理想，文士將詩歌創作的價值提升為平治天下的實踐途徑。宋朝文士承唐人之後，文學創作中所展現的自我價值之自覺，更成為當朝重要的文士精神，其中，以東坡為重要代表，而《東坡詩話》所錄詩評，自東坡評述白樂天、杜子美與柳子厚的文字中，當能推見東坡承唐啟宋的不凡詩才與超邁識見。本文擬就詩話作品所收錄的東坡詩評，探討東坡如何評賞杜子美、白樂天及柳子厚三人詩作，期能經由東坡追和前賢的視角，了解東坡如何自唐人作品中翻轉出宋人視域，展現宋朝詩人「登高能賦」的卓越才識。

〔註5〕〔宋〕蔡寬夫：《蔡寬夫詩話》（參郭紹虞輯：《宋詩話輯軼》，頁398。）
〔註6〕〔宋〕蘇軾著；孔凡禮點校：《蘇軾文集》，頁2124。
〔註7〕〔宋〕蘇軾〈次韻秦太虛見戲耳聾〉（參蘇軾：《蘇東坡全集・上》，頁158。）
〔註8〕吳文治主編：《宋詩話全編》，頁1253。
〔註9〕〔唐〕魏徵等奉敕撰：《隋書》（臺北市：臺灣中華，1971年），卷35。

第一節 體察樂天

近藤元粹於《東坡詩話補遺》中，載錄東坡改作白樂天〈寒食野望吟〉而為〈木蘭花令〉一事，其文曰：

> 與郭生游於寒溪，主簿吳亮置酒。郭生善作挽歌，酒酣發聲，坐為淒然。郭生言恨無佳詞，因為略改樂天〈寒食詩〉歌之。坐客有泣者。其詞曰：「烏啼鵲噪昏喬木，清明寒食誰家哭。風吹曠野紙錢飛，古墓累累春草綠。棠梨花映白楊路，盡是死生離別處。冥漠重泉哭不聞，蕭蕭暮雨人歸去。」每句雜以散聲。〔註10〕

東坡於郭生作歌卻苦無佳詞之際，略改白樂天〈寒食野望吟〉〔註11〕而成新曲，經郭生演唱後，有坐客淒然而泣，足見詞意與聲情交融後，取得極佳的藝術效果。東坡此一改作白詩之舉，並非偶然為之，樂天詩歌緣情遣興的流利圓熟，宋人「率多愛之」〔註12〕，故多有慕白、習白之作。

自宋朝初年迄南宋末年，樂天詩歌對宋詩影響甚為顯著，宋末方回於〈送羅壽可詩序〉言：「宋初劚五代舊習，詩有白體、昆體、晚唐體。」〔註13〕宋初文士多慕樂天而有仿效「白體」之作。《蔡寬夫詩話》亦有「士大夫皆宗白樂天詩」〔註14〕之言。時至南宋，樂天詩歌仍具有極大的影響力，如：楊萬里的「誠齋體」，張鎡言乃「白傅風流造坦夷」〔註15〕；

〔註10〕 近藤元粹評訂：《東坡詩話補遺》（參近藤元粹編：《螢雪軒叢書》〔東京市：青木嵩山堂，1895 年〕，卷 7。）

〔註11〕 白樂天〈寒食野望吟〉：「丘墟郭門外，寒食誰家哭。風吹曠野紙錢飛，古墓壘壘春草綠。棠梨花映白楊樹，盡是死生離別處。冥寞重泉哭不聞，蕭蕭暮雨人歸去。」（參〔唐〕白居易：《白氏長慶集》〔臺北市：藝文印書館，1981 年〕，卷 12。）

〔註12〕 〔宋〕晁逈：《法藏碎金錄》（臺北市：漢珍數位圖書，2005 年），卷 5。

〔註13〕 〔元〕方回：《桐江續集》（臺北市：臺灣商務，1970 年），卷 32。

〔註14〕 〔宋〕蔡寬夫：《蔡寬夫詩話》（參郭紹虞輯：《宋詩話輯軼》〔北京：中華書局，1980 年〕，頁 398。）

〔註15〕 〔宋〕張鎡〈誠齋以《南海》《朝天》兩集詩見惠，因書卷末〉（參傅璇琮、倪其心等編：《全宋詩》〔北京：北京大學出版社，1998 年〕，頁 31611。）

陸放翁的直率詩作，李東陽評曰：「陸務觀學白樂天」〔註16〕。宋人對於樂天之作，可謂「好依據而沿革之，往往得新意」〔註17〕，宋人在樂天詩歌的學習與仿傚中，拓展出宋詩創作的諸多路徑。

　　宋朝文士多浸染樂天詩作，歐陽脩於《六一詩話》即言：「仁宗朝，有數達官以詩知名，常慕白樂天體。」〔註18〕在宋代文士普遍「慕白」的風尚中，東坡對樂天的敬慕與接受，就宋朝文化的發展而言，別具意義。《浙江通志》便載南宋許棐「對懸白香山、蘇東坡二像事之」。〔註19〕東坡對樂天的敬慕，成為宋朝重要的文化現象〔註20〕，影響著宋代文士的詩歌創作與詩文批評，南宋周必大曾言：「本朝蘇文忠公不輕許可，獨敬愛樂天，屢形詩篇。」〔註21〕羅大經亦言：「本朝士大夫多慕樂天，東坡尤甚。」〔註22〕東坡將敬慕樂天之心形諸詩篇，或用樂天之詩〔註23〕，或有似樂天之言〔註24〕，宋人對樂天詩歌的接

〔註16〕　〔明〕李東陽：《麓堂詩話》（北京市：中華書局，1985 年），頁 17。

〔註17〕　〔宋〕晁迥：《法藏碎金錄》，卷 5。

〔註18〕　〔宋〕歐陽脩：《六一詩話》（參〔清〕何文煥輯：《歷代詩話》〔北京：中華書局，2004 年〕，頁 264。）

〔註19〕　〔清〕沈翼機：《浙江通志》（臺北市：漢珍數位圖書，2005 年），卷 192。

〔註20〕　此處所言之「文化現象」是指「人類文化發展過程中出現的具有偶然性、適時性的具體文化事項」，當某種「文化現象」多次出現，並經由實踐的過程，反複地歸納、檢驗、內化、昇華，便上升至「文化內涵」的層面，此種「文化內涵」可能影響社群成員的心理、思想及行為。東坡對白樂天的敬慕與接受，就宋朝文士而言，即具有自「文化現象」上升至「文化內涵」的重要意義。（參田玉軍：〈文化現象傳播的本質與方式〉，《學術交流》2008 年 06 期〔2008 年 6 月〕，頁 176～178。）

〔註21〕　〔宋〕周必大：《二老堂詩話》（參〔清〕何文煥輯：《歷代詩話》，頁 656。）

〔註22〕　〔宋〕羅大經：《鶴林玉露》（北京：中華書局，1983 年），頁 287。

〔註23〕　王域鋮、徐金蘭等人以孔凡禮點校的《蘇軾詩集》為底本，以王文誥的注解為依據，統計出王文誥注中言蘇軾詩歌引用白居易材料者，多達 457 首，在蘇軾的詩歌創作中，超過 19%的比例。（參王域鋮、徐金蘭、郭辛茹、張慧玲：〈從蘇軾對白居易詩歌的受容與警惕看蘇軾的詩風〉，《延安職業技術學院學報》第 23 卷第 6 期〔2009 年 12 月〕，頁 52。）

〔註24〕　東坡詩歌創作受樂天影響，在思想內容或詩歌語句上與樂天詩作略有相似，如南宋曾季貍曰：「東坡〈梅花〉詩云：『裙腰芳草抱山斜』，即

受與轉化，自「東坡慕白」現象的探索，可略窺其門徑。

　　白樂天在〈與元九書〉一文中，將自己的詩歌析分為諷諭、閒適、感傷、雜律四類〔註25〕，而人言東坡對樂天詩歌之受容，多偏向「閒適」與「感傷」，嘆賞東坡自樂天詩歌承轉而來的隨緣自適，欣賞東坡屢經險阻卻能履險如夷的開朗樂觀。如葛立方《韻語陽秋》對比白、蘇二人遷謫後所書詩歌，而言：

> 白樂天號為知理者，而於仕宦升沉之際，悲喜輒繫之。自中書舍人出知杭州，未甚左也，而其詩曰：「朝從紫禁歸，暮出青門去。」又曰：「委順隨行止。」……觀此數詩，是未能忘情於仕宦者。東坡謫瓊州有詩云：「平生學道真實意，豈與窮達俱存亡。」要當如是爾。〔註26〕

葛立方列舉樂天感傷、閒適之作，與東坡〈吾謫海南子由雷州被命即行了不相知至梧乃聞其尚在藤也旦夕當追及作此詩示之〉〔註27〕一詩相

白樂天詩『誰開湖寺西南徑，草綠裙腰一道斜』是也。」又言：「樂天〈鹽商婦〉詩云：『南北東西不失家，風水為鄉舟作宅。』東坡〈魚蠻子〉詩正取此意。」（參丁福保：《歷代詩話續編》〔北京：中華書局，2001年〕，頁309、315。）而紀昀評點《蘇文忠公詩集》認為東坡〈張寺丞益齋〉、〈故李誠之待制六丈挽詞〉等詩作，當屬「香山門徑」。（參〔宋〕蘇軾撰；〔清〕紀昀評：《蘇文忠公詩集》〔清道光刻本〕，卷16、卷19。）

〔註25〕白樂天〈與元九書〉曰：「凡所遇所感，關於美刺興比者，又自武德迄元和，因事立題，題為新樂府者，共一百五十首，謂之『諷諭詩』；又或退公獨處，或移病閒居，知足保和，吟玩情性者一百首，謂之『閒適詩』；又有事務牽於外，情性動於內，隨感遇而形於歎詠者一百首，謂之『感傷詩』；又有五言、七言長句、短句，自一百韻至兩韻者四百餘首，謂之『雜律詩』。」（參〔唐〕白居易：《白氏長慶集》，卷45。）

〔註26〕〔宋〕葛立方：《韻語陽秋》（上海市：上海古籍出版社，1984年），卷11。

〔註27〕〔宋〕蘇軾〈吾謫海南子由雷州被命即行了不相知至梧乃聞其尚在藤也旦夕當追及作此詩示之〉：「九疑聯綿屬衡湘，蒼梧獨在天一方。孤城吹角煙樹裏，落月未落江蒼茫。幽人拊枕坐嘆息，我行忽至舜所藏。江邊父老能說子，白須紅頰如君長。莫嫌瓊雷隔雲海，聖恩尚許遙相望。平生學道真實意，豈與窮達俱存亡。天其以我為箕子，要使此意留要荒。他年誰作輿地志，海南萬里真吾鄉。」（〔宋〕蘇軾：《蘇東坡全集·上》，頁520。）

較，推崇東坡「忘情於仕宦」的瀟灑情懷。而東坡對白詩的評賞與改
作，亦多深契樂天閒適之情，時人論及東坡與樂天，多就此而言之。
如趙令時《侯鯖錄》載：「東坡云：『白公晚年詩極高。』余請其妙處，
坡云：『如「風生古木晴天雨，月照平沙夏夜霜」，此少時不到也。』」
〔註28〕再觀《王直方詩話》所錄之文：

> 東坡平生最慕樂天之為人，故有詩云：「我甚似樂天，但無素
> 與蠻。」又云：「我似樂天君記取，華顛賞遍洛陽春。」又云：
> 「他時要指集賢人，知是香山老居士。」又云：「定似香山老
> 居士。」又云：「淵明形神似我，樂天心相似我。」東坡在杭，
> 又與樂天所留歲月略相似。〔註29〕

詩話作品述及東坡對樂天的敬慕，多著眼於兩人出處進退相似，而東
坡能自樂天詩作中體悟生命，將樂天詩作中的閒適，昇華為「不假安
排」的曠達「超邁」〔註30〕。

　　宋朝洪邁論及東坡對樂天的景仰之心，且述東坡「不止一再言之」。
〔註31〕東坡敬慕樂天為人，改作樂天詩歌，且「一再言」樂天。在東
坡諸多言及樂天的文字中，詩話作品多傾向於探討樂天「閒適」詩作對
東坡的影響，而《東坡詩話》則有所不同，《東坡詩話》及《東坡詩話
補遺》載錄的東坡言樂天之文，全無對「閒適」詩作的評賞，亦不言及
超越仕宦橫逆的曠達，書中所錄東坡評論樂天之語，多從政治社會的
角度，取樂天關懷現實之心，而捨其恬淡閒適之情。本節擬就《東坡詩
話》所錄之〈書樂天香山寺詩〉，及《東坡詩話補遺》載錄的東坡評述
〈題海圖屏風〉進行分析，以下分目評述。

〔註28〕〔宋〕趙令時：《侯鯖錄》（北京市：中華書局，1985年），卷5。

〔註29〕郭紹虞輯：《宋詩話輯佚》，頁45。

〔註30〕羅大經《鶴林玉露》曰：「東坡希慕樂天，其詩曰：『應似香山老居士，
　　　　世緣終淺道根深。』然樂天蘊藉，東坡超邁，正自不同。」以「超邁」
　　　　言東坡詩歌與樂天的差異。（參〔宋〕羅大經：《鶴林玉露》〔北京：中
　　　　華書局，1983年〕，甲編卷3。）

〔註31〕〔宋〕洪邁：《容齋隨筆》（上海：上海古籍出版設，1996年），頁475。

一、詩中蘊事

東坡嘗言：「予去杭十六年而復來，留二年而去，平生自覺出處老少粗似樂天。」而於詩中寫道：「出處依稀似樂天，敢將衰朽較前賢。便從洛社休官去，猶有閒居二十年。」〔註32〕東坡自比樂天，喜其「閒居」生活流露出的恬靜沖和。洪邁認為東坡對樂天的喜愛，乃緣於「出處老少大略相似，庶幾復享晚節閒適之樂」。〔註33〕樂天將仕途阻逆轉化為恬淡閒適，詩中所流露出的精神，與宋朝文士普遍的文化風尚相符，因此無論是東坡論樂天，亦或宋人言白、蘇，均喜就二人之「閒適」進行分析探討，及至後世亦然，袁行霈便認為樂天詩中「所表現的那種退避政治、知足保和的『閒適』思想，以及歸趨佛老、效法陶淵明的生活態度，因與後世文人的心理較為吻合，所以影響更為深遠」。〔註34〕然觀《東坡詩話》及《東坡詩話補遺》所錄之文，東坡評樂天，均無涉於閒適之情，東坡所評樂天詩作，多與時事有關，這樣的擇取觀點，能從不同的角度了解東坡何以「平日最愛樂天之為人」〔註35〕。

（一）婉轉表意

《東坡詩話》所載東坡評樂天之言，有〈書樂天香山寺詩〉〔註36〕一文，文中所論乃白樂天〈九年十一月二十一日感事而作〉，詩曰：「禍福茫茫不可期，大都早退似先知。當君白首同歸日，是我青山獨往時。顧索素琴應不暇，憶牽黃犬定難追。麒麟作脯龍為醢，何似泥中曳尾龜？」〔註37〕樂天因事生情，以情為詩，詩中雖未清楚言明所感何事，

〔註32〕〔宋〕蘇軾：《蘇東坡全集‧上》（北京市：中國書店，1986年），頁462。

〔註33〕〔宋〕洪邁：《容齋隨筆》，頁474。

〔註34〕袁行霈：《中國文學史》（北京：高等教育出版社，1999年），頁356。

〔註35〕〔宋〕王直方：《王直方詩話》（參郭紹虞輯：《宋詩話輯佚》，頁45。）

〔註36〕〈書樂天香山寺詩〉：「白樂天為王涯所譖，謫江州司馬。甘露之禍，樂天在洛，適遊香山寺，有詩云：『當今白首同歸日，是我青山獨往時。』不知者，以樂天為幸之，樂天豈幸人之禍者哉，蓋悲之也！」

〔註37〕〔唐〕白居易撰；〔清〕汪立名編：《白香山詩集》（臺北市：世界書局，1963年），頁397。

然詩題已明述寫作背景。樂天此詩題為「九年十一月二十一日感事而作」，而唐文宗大和九年（835 年）十一月二十一日，長安城中正發生仇士良等宦官集團戮殺朝臣的「甘露之變」〔註 38〕，樂天所感之事即為「甘露之變」。

「甘露之變」中，千餘人遭捕殺，宰相王涯等人被腰斬，且相關之人「親屬無問親疏皆死，孩稚無遺」。〔註 39〕對此慘烈事變，《東坡詩話》言：「不知者，以樂天為幸之。」何以白樂天〈九年十一月二十一日感事而作〉一詩，會給予閱讀者不同的體會〔註 40〕，甚有樂天「幸之」之感，此源於樂天此詩，非直書其感，而是將自我對事變的感觸，內蘊於前人事典中，再運以對比手法表現詩意，使人似有所會又無確解。詩中，樂天化用晉朝潘岳被害，與友共赴刑場前所頌之〈金谷集作詩〉：「白首同所歸」〔註 41〕，以「當今白首同歸日」與「是我青山獨往時」的對比，書寫自我心境。其後又引嵇康行刑前，索琴奏彈〈廣陵散〉之事〔註 42〕，及李斯腰斬前，與子嘆言「東門黃犬」之悔〔註 43〕，將二事融於詩中書寫出「顧索素琴應不暇，憶牽黃犬定難追。」最後以

〔註 38〕 「甘露之變」事參論文第四章第一節「（二）逆追樂天之志」所述。

〔註 39〕 〔宋〕司馬光：《資治通鑑》（北京：輝煌前程圖書，2004 年），卷 241。

〔註 40〕 前人對白樂天〈九年十一月二十一日感事而作〉一詩的不同觀點，參論文第四章第一節「（二）逆追樂天之志」所述。

〔註 41〕 據《晉書》所載，潘岳厭惡孫秀為人「數撻辱之」，孫秀銜忿於心，「俄而秀遂誣岳及石崇、歐陽建謀奉淮南王允、齊王冏為亂，誅之，夷三族。岳將詣市，與母別曰：『負阿母！』初被收，俱不相知，石崇已送在市，岳後至，崇謂之曰：『安仁，卿亦復爾邪！』岳曰：『可謂白首同所歸。』岳〈金谷詩〉云：『投分寄石友，白首同所歸。』乃成其讖。」（參〔唐〕房玄齡等著：《晉書》〔上海市：漢語大詞典出版社，2004年〕，頁 1247。）

〔註 42〕 《晉書‧嵇康傳》：「康將刑東市，太學生三千人請以為師，弗許。康顧視日影，索琴彈之，曰：『昔袁孝尼嘗從吾學〈廣陵散〉，吾每靳固之，〈廣陵散〉於今絕矣。』」（參〔唐〕房玄齡等著：《晉書》，頁 1121。）

〔註 43〕 《史記‧李斯列傳》：「二世二年七月，具斯五刑，論腰斬咸陽市。斯出獄，與其中子俱執，顧謂其中子曰：『吾欲與若復牽黃犬俱出上蔡東門逐狡兔，豈可得乎？』遂父子相哭，而夷三族。」（參〔漢〕司馬遷：《史記》〔上海市：漢語大詞典出版社，2004 年〕，頁 1126。）

典出《莊子》的「泥中曳尾龜」〔註 44〕，與作脯為醢的麒麟及蒼龍進行對比，而於詩中言：「麒麟作脯龍為醢，何似泥中曳尾龜」。

因樂天此詩將心中對「甘露之變」的感悟，寄寓於諸多典故，且所用典故，隨著情感表達的需要，重新組合，婉轉地經由對比，化前人之言而為己用。經樂天藝術改造後的前朝事典，既帶著原始的文化意涵，又融攝了樂天的自我生命。因此，後人閱讀此詩，既讀詩也觀人，若有不喜樂天者，便易如《東坡詩話》所言：「以樂天為幸之」。

除〈書樂天香山寺詩〉一文外，《東坡詩話補遺》第二十四則亦錄有東坡評樂天詩作之言，文中寫道：

> 吳元濟以蔡叛，犯許、汝以驚東都，此豈可不討者也？當時議者欲置之，固為非策，然不得武、裴二傑，事亦未易辦也。白樂天豈庸人哉！然其議論，亦似欲置之者。其詩有〈海圖屏風〉者，可見其意。且注云：「時方討淮、蔡。」吾以是知仁人君子之於兵，蓋不忍輕用如此。淮、蔡且欲以德懷，況欲弊所恃以勤無用乎？悲夫，此未易與俗士談也。

文中東坡以樂天〈題海圖屏風〉詩，推知樂天於吳元濟叛亂時「似欲置之」，樂天應是反對朝廷出兵征討吳元濟。然〈題海圖屏風〉詩題下，有原注曰：「元和己丑年作」〔註 45〕，〈題海圖屏風〉當作於唐憲宗元和四年（809 年），而吳元濟據淮、蔡而叛，則為憲宗元和九年（814 年）〔註 46〕，與東坡所述不同。依創作時間而觀，樂天書〈題海圖屏風〉

〔註 44〕《莊子·秋水》：「莊子釣於濮水。楚王使大夫二人往先焉，曰：『願以境內累矣！』莊子持竿不顧，曰：『吾聞楚有神龜，死已三千歲矣。王以巾笥而藏之廟堂之上。此龜者，寧其死為留骨而貴乎？寧其生而曳尾於塗中乎？』二大夫曰：『寧生而曳尾塗中。』莊子曰：『往矣！吾將曳尾於塗中。』」（參〔清〕郭慶藩編；王孝魚整理：《莊子集釋》〔臺北市：萬卷樓，1993 年〕，頁 603～604。）

〔註 45〕〔唐〕白居易著；朱金城箋校：《白居易集箋校》（上海市：上海古籍出版，1988 年），頁 12。

〔註 46〕吳元濟叛於為唐憲宗元和九年（814 年），如《新唐書》記西突厥別部——沙陀，文中言道：「八年，回鶻過磧南取西城、柳谷，詔執宜屯天

應是暗指王承宗之事。據《舊唐書》所載，元和「四年，王承宗叛，詔河東、河中、振武三鎮之師，合義武軍，為恒州北道招討」。〔註47〕《資治通鑑》亦於元和四年載曰：

> 上遣中使諭王承宗，使遣薛昌朝還鎮。承宗不奉詔。冬，十
> 月，癸未，制削奪承宗官爵，以左神策中尉吐突承璀為左，
> 右神策、河中、河陽、浙西、宣歙等道行營兵馬使、招討處
> 置等使。〔註48〕

王承宗不遵奉憲宗詔命，不願放德州刺史薛昌朝還鎮，憲宗下詔削奪王承宗官爵，並遣左神策中尉吐突承璀征討王承宗。樂天對朝廷此一征討河北之舉，曾多次上書「請罷恒州兵」〔註49〕，〈題海圖屏風〉詩中所指之事，就時空背景而言，當為此事。

　　既然樂天書寫〈題海圖屏風〉的時空背景，與元和九年的吳元濟據蔡而叛相距甚遠，東坡何以有「吳元濟以蔡叛」而樂天「似欲置之者。其詩有〈海圖屏風〉者，可見其意」的看法？據詩話所錄之言，乃因當時東坡所見樂天詩集，有「注云：『時方討淮、蔡。』」且將此詩套入「討淮、蔡」之事，亦甚相符。為何此詩所蘊之事，可有多解，以致東坡認為此詩所言為「吳元濟以蔡叛」？此乃因樂天不直書其事，轉而運用比擬手法書寫〈題海圖屏風〉，藉由對海圖屏風的形象描述，設計出宛若寓言故事的情節敘寫，以此暗喻時事，從而表達內心之意。樂天於詩中寫道：

德。明年，伐吳元濟。」（參〔宋〕歐陽脩，宋祁等奉敕撰：《新唐書》〔上海市：上海古籍出版，1988 年〕，頁 4075。）《舊唐書》記嚴綬，文中提及：「九年，吳元濟叛，朝議加兵，以綬有弘恕之稱，可委以戎柄，乃授山南東道節度使，尋加淮西招撫使。」（參〔後晉〕劉昫等奉敕撰：《舊唐書》〔上海市：上海古籍出版，1988 年〕，頁 3338。）

〔註47〕　〔後晉〕劉昫等奉敕撰：《舊唐書》，頁 3247。

〔註48〕　〔宋〕司馬光：《資治通鑑》，卷 238。

〔註49〕　樂天上書言此一戰事，《白氏長慶集》中錄有二文，分別為五月十日所進之〈請罷兵第二狀〉及六月十五日所進之〈請罷兵第三狀〉，文中所言均為「請罷恒州兵馬事宜」。（參〔唐〕白居易：《白氏長慶集》，卷 59。）

海水無風時，波濤安悠悠。鱗介無小大，遂性各沉浮。突兀海底鼇，首冠三神丘。釣網不能制，其來非一秋。或者不量力，謂茲鼇可求。羸屬牽不動，綸絕沉其鈎。一鼇既頓領，諸鼇齊掉頭。白濤與黑浪，呼吸繞咽喉。噴風激飛廉，鼓波怒陽侯。鯨鯢得其便，張口欲吞舟。萬里無活鱗，百川多倒流。遂使江漢水，朝宗意亦休。蒼然屏風上，此畫良有由。
〔註50〕

樂天詩中以動物喻人事，言有「不量力」者欲求「釣網不能制」、「綸絕沉其鈎」的兇猛巨鼇，巨鼇吞鈎後掙扎頓首所引起的混亂，使諸鼇也轉向離去。如此亂象，連風神「飛廉」、濤神「陽侯」都束手無策，「鯨鯢」更趁機貪婪地張口欲噬，遂使「萬里無活鱗，百川多倒流」。欲制巨鼇的「不量力」之舉，最後僅落得「遂使江漢水，朝宗意亦休」。樂天此詩狀似書寫屏風，以生動語言描繪屏風的海景圖像，然於驚心動魄的情節書寫中，實暗喻樂天高瞻遠矚的諷諫之意。

　　樂天曾言：「自登朝來，年齒漸長，閱事漸多，每與人言，多詢時務；每讀書史，多求理道。始知文章合為時而著，歌詩合為事而作。」〔註51〕因此，樂天有許多反映時事的詩歌作品。上述〈書樂天香山寺詩〉及〈題海圖屏風〉二則詩話，東坡所選評的樂天詩歌，均內蘊時事而婉轉表意，並非樂天為人所熟知「老嫗能解」的淺易詩作。樂天的這些詩歌，雖為時事而作，卻不直書其事，不直表其意，反用含蓄婉轉之筆，或將情感寄託於前人事典裡，或把勸諫融寫於狀物譬擬中，使閱詩者各有所悟。因樂天詩作的婉轉表意，《東坡詩話》及《東坡詩話補遺》載錄的東坡評詩之語，在讀者對時事各有所解的閱讀狀態下，便能展現出東坡評詩的獨特視角，也能探討東坡融合自我視域及時代風尚後，轉化出何種屬於東坡的閱詩感悟。

〔註50〕〔清〕清聖祖敕編：《全唐詩》，卷424。
〔註51〕〔唐〕白居易：《白氏長慶集》，卷45。

（二）語盡意未窮

　　《東坡詩話》載錄的東坡詩評，所評詩歌是樂天將時事內蘊於詩文，婉轉表意的作品，與樂天為人所熟知的諷諭詩歌略有不同。樂天「以詩言事」的詩歌作品中，其「諷諭詩」最為人所重，樂天於〈與元九書〉曰：「自拾遺來，凡所遇所感，關於美刺興比者，又自武德訖元和，因事立題，題為『新樂府』者，共一百五十首，謂之『諷諭詩』。」〔註52〕樂天此類諷諭詩作，或揭露政治之弊，或反映百姓之苦，或表達勸諫之意，取材廣泛，內容豐富，其詩中所述之事，可謂中唐社會的縮影。樂天以詩言事，其詩記錄社會生活中的諸多現象與問題，以質簡的語言展現高度的寫實性，如其所言：「其辭質而徑，欲見之者易諭也；其言直而切，欲聞之者深誡也；其事核而實，使採之者傳信也」〔註53〕樂天此類自書其事的諷諭之詩，語言質樸淺近，情感直率激切，使「見之者易諭」、「聞之者深誡」，於當時流傳甚廣、影響甚鉅，元稹嘗言如〈秦中吟〉等諷諭詩作「自篇章以來，未有如是流傳之廣者」〔註54〕，《遼詩話》亦載遼聖宗「親以契丹大字譯白居易諷諫集，詔諸臣讀之」〔註55〕，可見在樂天以詩言事的詩歌中，淺近直率的諷諭詩具有極大的影響力。

　　樂天以詩言事的詩作中，既以此類言質情切的諷諭詩為人所重，何以《東坡詩話》所錄東坡之言，其所取詩作，並非如〈秦中吟〉〔註56〕之類直書其事的諷諭詩歌，而是擇取婉轉表意的詩歌作品，其中或有可供探索的文化意涵內蘊其中。

〔註52〕〔唐〕白居易：《白氏長慶集》，卷45。

〔註53〕〔唐〕白居易：《白氏長慶集》，卷3。

〔註54〕〔唐〕元稹〈白氏長慶集序〉（參〔唐〕白居易：《白氏長慶集》，頁2。）

〔註55〕〔清〕周春：《遼詩話》（《藏修堂叢書》本，光緒十六年〔1890〕刊刻），卷7。

〔註56〕〈秦中吟〉是由10首詩歌所組成的組詩，分別為〈議婚〉、〈重賦〉、〈傷宅〉、〈傷友〉、〈不致仕〉、〈立碑〉、〈輕肥〉、〈五弦〉、〈歌舞〉、〈買花〉。樂天書此組詩乃因「貞元、元和之際，予在長安，聞見之間，有足悲者。因直歌其事，命為〈秦中吟〉」。（參〔唐〕白居易：《白氏長慶集》，卷2。）

　　樂天此類諷諭詩多語言質樸而情感激憤，如其於〈紅線毯〉中直道：「地不知暖人要暖，少奪人衣作地衣」，於〈母別子〉中直訴：「以汝夫婦新嬿婉，使我母子生別離」，於〈杜陵叟〉中更直斥：「虐人害物即豺狼，何必鉤抓鋸牙食人肉」，均遣詞直白而情感激切。樂天對於此類諷諭之作，曾有「意激而言質」可能致使「人之不愛也」的省思。〔註 57〕而宋人對此有較為負面的批評，如張舜民即「謂樂天新樂府幾乎罵」。〔註 58〕東坡於〈祭柳子玉文〉中，對樂天詩歌有「元輕白俗」〔註 59〕之論，宋人或以此為樂天詩作之病，如張表臣於《珊瑚鈎詩話》中認為「元輕白俗，郊寒島瘦，皆其病也」。〔註 60〕天激切的諷諭作品，述事「無乎不到」，以致「太露太盡」〔註 61〕而與傳統的詩歌審美風尚不甚相符。

　　《禮記・經解》有言：「溫柔敦厚，詩教也。」〔註 62〕孔穎達於《禮記正義》解曰：「溫謂顏色溫潤，柔謂性情和柔。詩依違諷諫，不指切事情，故云溫柔敦厚是詩教也。」〔註 63〕詩文雅馴，詩意溫婉，語不道盡，意不覽盡，使詩歌溫厚蘊藉，含蓄有味，如此「溫柔敦厚」的詩歌作品，才符合儒家傳統的詩歌美學。宋人言詩，亦不主語直情切地激憤言事，詩歌含蓄蘊藉而能細品詩外之味，方能妙契創作韻致。是以梅聖俞曰：「詩本道性情，不須大厥聲」〔註 64〕，黃魯直言：「詩者，人之情性也，非強諫爭於庭，怨忿訴於道」〔註 65〕。《東坡詩話》選錄的

〔註 57〕〔唐〕白居易：《白氏長慶集》，卷 45。

〔註 58〕〔金〕王若虛：《滹南詩話》（《知不足齋叢書》本，清朝乾隆嘉慶年間刊刻），卷 3。

〔註 59〕〔宋〕薛軾・《蘇東坡全集・上》，頁 412。

〔註 60〕〔宋〕張表臣：《珊瑚鈎詩話》（臺北市：漢珍數位圖書，2005 年），卷 1。

〔註 61〕〔清〕翁方綱：《石洲詩話》（北京：人民文學出版社，1981 年），頁 67。

〔註 62〕〔清〕阮元：《十三經注疏》（北京：中華書局，1982 年），頁 1609。

〔註 63〕〔清〕阮元：《十三經注疏》，頁 1609。

〔註 64〕〔宋〕梅堯臣撰；朱東潤校注：《梅堯臣集編年校注》（上海：上海古籍出版社，1980 年），頁 293。

〔註 65〕〔宋〕黃庭堅：《黃庭堅全集》（南昌：江西人民出版社，2008 年），頁 666。

東坡所評之詩，正與此一觀點相符，〈九年十一月二十一日感事而作〉及〈題海圖屏風〉二詩，均非樂天「太直太露」的諷諭詩作。〈書樂天香山寺詩〉一文中，東坡所評之〈九年十一月二十一日感事而作〉，樂天巧用典故及對比婉轉表意，而〈題海圖屏風〉所評之詩，更因樂天以海圖中的物象描繪，譬擬心中諷諫之意，使東坡誤解詩歌的歷史背景。

　　樂天以詩言事的詩歌作品中，言直情切的諷諭詩，雖以創作的思想意念為人所稱道，卻不免因語盡、意盡，缺少詩韻，而有負面評議。《東坡詩話》所錄之東坡詩評，詩取婉轉表意之作，略去樂天詩歌敘事上「拙於紀事，寸步不遺，猶恐失之」〔註66〕的問題，自詩歌內蘊之事能解讀出更多意涵，使詩歌具有寬闊的品讀空間。雖然東坡的詩歌作品，以其直率性格，不免有些詩作「殊無溫柔敦厚之氣」〔註67〕，然其詩學理念仍傾向儒家傳統的詩歌美學，選評詩歌為樂天婉轉敘事、含蓄表意的作品，為詩歌評述預留閱讀聯想與自我表述的空間，由此可折射出東坡「言有盡而意無窮者，天下之至言也」〔註68〕的創作觀點，一如樂天所自言的「語盡意未窮」〔註69〕，而正是無窮的詩意，使東坡能於樂天詩作中，以一己善心詮解出樂天正向積極的仁者之心。

二、安邊護民

　　《東坡詩話補遺》第二十四則，載錄東坡以樂天〈題海圖屏風〉詩為線索，連結自己及樂天對作戰的不同看法，再從「戰」與「不戰」的不同立場中，歸結出兩人相同的本心。從此則詩話所錄之文，或可推知東坡評賞樂天詩作的觀點。

〔註66〕　〔宋〕魏慶之：《詩人玉屑》（上海市：上海古籍，1987年），卷14。
〔註67〕　〔宋〕楊時：《龜山集》（臺北市：臺灣商務，1973年），卷10。
〔註68〕　〔宋〕姜夔《白石道人詩說》曰：「語貴含蓄。東坡云：『言有盡而意無窮者，天下之至言也』。」（參〔清〕何文煥輯：《歷代詩話》，頁681。）
〔註69〕　〔唐〕白居易：《文苑詩格》（《格致叢書》本，明朝萬曆年間刻），卷1。

（一）軍事策略之異

　　東坡對於軍事攻防的看法，與樂天的「欲置之」不同。宋朝因重文輕武的國策，朝廷用人「大率以文辭進」，「邊防大帥」、「天下轉運使」亦皆「文士也」。〔註70〕如此風尚下，習文風氣日盛，而習武精神則日衰，加上軍事制度設計上的缺失〔註71〕，有宋一朝，相繼面臨契丹、西夏等邊疆民族的侵擾。國際局勢的艱困，使憂國憂民的宋朝文士多關心軍事，喜好談兵，「文人言兵」成為宋朝文化的重要現象。於此政治氛圍中，「奮厲有當世志」的東坡，深具憂患意識，在軍事上自有其見解。

　　東坡對於軍事作戰，反對朝廷「畏事求和」、「厭兵欲和」的態度，他認為「待敵之要」當「使吾兵練士飽，斥候精明，虜無大獲，不過數年，必自折困，今雖小勞，後必堅定」，備戰而不畏戰，使「欲戰欲和，權皆在我」，此方為「安邊息民」之策。〔註72〕東坡對軍事國防的態度，以「叛則討之，服則安之」〔註73〕為主，因此，《東坡詩話補遺》載當其觀中唐「吳元濟以蔡叛，犯許、汝以驚東都」之事時，東坡反詰曰：「此豈可不討者也？」且云：「當時議者欲置之，固為非策」，自詩話所載之言，可清楚體察東坡「叛則討之」的鮮明立場。東坡力主固本強兵，不畏作戰以取得戰爭主動權，因此當其自樂天議論，解讀出「似欲置之」的態度，且從〈題海圖屏風〉詩中亦讀出此意，東坡不禁反詰

〔註70〕 〔清〕趙翼：《廿二史箚記》（北京：中華書局，2008年），卷25。

〔註71〕 宋朝為防止軍事將領專權，將軍事指揮權一分為三，即統兵權、管兵權、調兵權分由不同單位管轄，《範太史集》曰：「祖宗制兵之法：天下之兵，本於樞密，有發兵之權，而無握兵之重。京師之兵，總於三帥，有握兵之重，而無發兵之權。上下相維不得專制。」如此易使各單位之間，因各種因素無法密切配合而不能進行有效作戰。（參〔宋〕范祖禹：《範太史集》〔臺北市：臺灣商務，1970年〕，卷26。）

〔註72〕 〔宋〕蘇軾〈因擒鬼章論西羌夏人事宜箚子〉（參〔宋〕蘇軾：《蘇東坡全集·下》，頁439～440。）

〔註73〕 〔宋〕蘇軾〈乞詔邊吏無進取及論鬼章事宜箚子〉（參〔宋〕蘇軾：《蘇東坡全集·下》，頁441。）

道：「白樂天豈庸人哉？」敬愛樂天的東坡，有此一問，實緣其「叛則討之」的軍事立場。

唐朝軍事策略與宋朝不同，自安史之亂後，為抵禦外侮、防止叛亂，廣設藩鎮。藩鎮擁有獨立的人事、財政及軍事權，勢力強大，威上凌下，致使兵變叛亂時有所聞。東坡所言「以蔡叛，犯許、汝以驚東都」的吳元濟，乃淮西節度使吳少陽之長子，其父死，匿不發喪，請以留後〔註74〕不得，《新唐書》言其「悉兵四出，焚舞陽及葉縣，掠襄城、陽翟。時許、汝居人皆竄伏榛莽間，剽係千餘里，關東大恐。」〔註75〕如此使「民苦饑，相與四潰」〔註76〕的禍首，以東坡的軍事理念而言，朝廷出兵「討之」本為當然之舉。且就唐朝歷史而論，朝廷出兵征討吳元濟為正確決策，《新唐書》云：「憲宗剛明果斷，自初即位，慨然發憤，志平僭叛，能用忠謀，不惑群議，卒收成功。自吳元濟誅，強藩悍將皆欲悔過而效順。當此之時，唐之威令，幾於復振。」〔註77〕就東坡的軍事立場及歷史發展的史實而言，莫怪乎東坡知曉樂天對朝廷征討吳元濟之舉「似欲置之」後，有「白樂天豈庸人哉」的疑問。

東坡在軍事上雖主張「叛則討之」，而唐朝的歷史發展也證明，征討吳元濟是憲宗正確的決策，其結果使「強藩悍將皆欲悔過而效順」。然自覺「我甚似樂天」〔註78〕的東坡，評論樂天自〈題海圖屏風〉中所流露出的反戰思想時，以其敬慕樂天之心，跳脫軍事上「戰」與「不戰」兩方在策略上的正誤辨析，將樂天「反戰」的思維往上溯及思想本源，回歸其從政本心，使兩人雖然對出兵征戰的立場不同，東坡卻依然「甚似樂天」。

〔註74〕 此處所言之「留後」，指藩鎮於臨終前，遺表上呈京師，請以子弟代為處理藩中軍政，《新唐書·兵志》曰：「父死子握其兵而不肯代，或取捨由於士卒，往往自擇將吏，號為『留後』，以邀命於朝。」（參〔宋〕歐陽脩，宋祁等奉敕撰：《新唐書》，頁1059。）
〔註75〕 〔宋〕歐陽脩，宋祁等奉敕撰：《新唐書》，頁4566。
〔註76〕 〔宋〕歐陽脩，宋祁等奉敕撰：《新唐書》，頁4568。
〔註77〕 〔宋〕歐陽脩，宋祁等奉敕撰：《新唐書》，頁167。
〔註78〕 〔宋〕蘇軾：《蘇東坡全集·上》，頁254。

（二）儒者仁心

樂天曾身歷貧苦，其嘗自言：「苦乏衣食資，遠為江海遊。光陰坐遲暮，鄉國行阻修。身病向鄱陽，家貧寄徐州。」〔註79〕貧窮艱困的生活經驗，使樂天極能理解百姓生活，也能感民所苦。而在樂天身處的中唐，連年兵禍是百姓憂患的主因，朝廷輕率用兵以致勞民傷財，徒耗國力給百姓帶來無窮苦難。因此，樂天對戰爭，多持反對立場。其詩歌作品中，反戰詩文是重要的代表，如：書〈新豐折臂翁〉以「戒邊功」〔註80〕；寫〈西涼伎〉以「刺封疆之臣」〔註81〕；述〈縛戎人〉以「達窮民之情」〔註82〕等。樂天於詩歌中清楚刻劃窮兵黷武給百姓帶來的苦難，將親眼所見、親耳所聞的時代悲劇，書寫為詩，以期能「救濟人病，裨補時闕」〔註83〕。

東坡雖不贊同樂天對征討吳元濟「似欲置之」的觀點，而有「白樂天豈庸人哉」的反詰。但東坡廣閱樂天作品，深知樂天對戰爭用兵的真正看法，故東坡自〈題海圖屏風〉詩中解讀出的，不是樂天「似欲置之」的「庸人」之譏，而是能從國家百姓的立場著眼，體察樂天審慎用兵以護生愛民的仁者之心。因此，東坡言：「其詩有〈海圖屏風〉者，可見其意」，而東坡自詩中所解樂天之意乃為「吾以是知仁人君子之於兵，蓋不忍輕用如此」。東坡以儒者仁心解讀樂天反對征討吳元濟一事，並言樂天乃「不忍輕用」，清楚點明樂天非徹底反戰，乃是以一己仁心，對輕率用兵所帶來的苦難，心中深感不忍。東坡能有此言，亦證其真知樂天。

樂天雖然在諸多戰役中，多持反對立場，但對於作戰，並不主張完全去兵，其於〈策林・議兵〉中，將用兵之道區分為三，曰：「夫興利除害，應天順人，个為名尸，義然後動，謂之『義兵』。相時觀釁，取亂侮亡，不為禍先，敵至而應，謂之『應兵』。恃力宣驕，作威逞欲，

〔註79〕 〔唐〕白居易：《白氏長慶集》，卷9。
〔註80〕 〔唐〕白居易：《白氏長慶集》，卷3。
〔註81〕 〔唐〕白居易：《白氏長慶集》，卷4。
〔註82〕 〔唐〕白居易：《白氏長慶集》，卷3。
〔註83〕 〔唐〕白居易：《白氏長慶集》，卷45。

輕人性命，貪人土地，謂之『貪兵』。兵貪者亡，兵應者強，兵義者王。」樂天認為「不可去兵也，不可黷武也」，其所反者，乃窮兵黷武、輕人性命的「貪兵」。因此，樂天議戰，所持觀點為「天下雖興，好戰必亡；天下雖安，忘戰必危；不好不忘，天下之王也」〔註84〕，此與東坡於〈策別十六〉所言「昔者先王知兵之不可去也，是故天下雖平，不敢忘戰」〔註85〕的觀點，頗為一致。而東坡有此之論，亦是本於儒者仁心，期能免「生民之患」，因就北宋當時的國際情勢而言「其勢必至於戰」，而「所不可知者，有遲速遠近」之別而已。〔註86〕所以東坡的「主戰」，乃在洞燭機先，掌握作戰的主控權，使「欲戰欲和，權皆在我」〔註87〕，其最終目的仍在「安邊護民」。

東坡所主之「戰」，非一味殺戮，而是策略性地保境安民，如其於〈獲鬼章二十二韻〉中寫道：「困獸何須殺，遺雛或可招。」在朝廷捉獲西蕃首領鬼章後，東坡主張「不可輕殺」，期能「以夷攻夷」，且告戒邊吏不可擾「諸羌之地」，如此方為安邊良策。〔註88〕自其論處鬼章的建議中，可以看出東坡的軍事謀略，是本於儒者仁心的深謀遠慮。東坡雖在軍事戰略上高瞻遠矚，但他既主戰又懷柔的觀點，在當時罕有能真正理解者，評述樂天〈題海圖屏風〉一詩，實是借詩中之事表達心中感慨，故其言曰：「淮、蔡且欲以德懷，況欲弊所恃以勤無用乎？」文中「欲弊所恃以勤無用」語本司馬相如〈難蜀父老〉所言之「今割齊民以附夷狄，弊所恃以事無用」〔註89〕，意指為使外族歸附而損害自己

〔註84〕〔唐〕白居易：《白氏長慶集》，卷64。
〔註85〕〔宋〕蘇軾：《蘇東坡全集‧下》，頁746。
〔註86〕〔宋〕蘇軾：《蘇東坡全集‧下》，頁747。
〔註87〕〔宋〕蘇軾：《蘇東坡全集‧下》，頁440。
〔註88〕宋朝黃震針對東坡論鬼章的箚子說：「論鬼章凡四狀，謂阿里骨董氈賊臣，偽書求立，執事不審，輕授節鉞，而鬼章叛。今雖得鬼章，不足輒賀，亦不可輕殺。當責其與溫溪心共討阿里骨，所謂以夷狄攻夷狄。且乞戒邊吏，勿擾郡縣諸羌之地，使兵連無窮，可謂精密之見矣。」（參〔宋〕黃震：《黃氏日鈔》〔臺北市：臺灣商務，1971年〕，卷26。）
〔註89〕〔日〕瀧川龜太郎：《史記會注考證》（臺北市：宏業，1994年），頁1224。

國家百姓的權益,讓國家倚靠的百姓疲弊以照顧無用的外族夷狄。東坡以樂天對同為漢人的吳元濟尚且採懷柔之策,申明自己又如何會「弊所恃以勤無用」。東坡靈活而彈性的軍事策略,有時無法為人所解,故其於文末不禁感嘆:「悲夫,此未易與俗士談也」。因此,東坡僅能將自己公忠體國的儒者仁心,寄託於樂天詩作中,從兩人相似的「不可去兵也,不可黷武也」的觀點,尋求自我的寬慰與理解。

詩話言及樂天與東坡二人,喜就東坡對樂天閒適詩作的接受,論東坡超越橫逆的曠達超然。《東坡詩話》則略樂天閒適之作,擇錄東坡評論樂天「以詩言事」的詩歌作品。詩作中,樂天均不直陳其意,在婉轉表意中暗寓對實事的真正看法,與儒家傳統詩教的「溫柔敦厚」頗為一致。且因東坡深感「吾甚似樂天」,在樂天婉轉寄意的作品中,總能以自己的儒者仁心,掘發樂天詩作中所蘊含的良善本意。在〈書樂天香山寺詩〉一文中,東坡為樂天因作〈九年十一月二十一日感事而作〉所受的「以樂天為幸之」的評議,進行反駁,從儒者本心出發,以為「樂天豈幸人之禍者哉,蓋悲之也」,自樂天詩作中,東坡解讀出樂天對「甘露之變」的悲憫之心。在閱讀〈題海圖屏風〉的詩作時,東坡雖不贊同樂天反對征討吳元濟的軍事立場,卻也以其對樂天的理解,從中尋得兩人未異而本同的用兵之道,以「不去兵、不黷武」的儒者仁心,靈活運用作戰及懷柔的不同策略,視「保境安邊以護民」為二人共同的初衷。

白樂天曰:「為詩義在裨益,言意皆有所為」[註90],《東坡詩話》亦載東坡之言曰:「詩須要有為而作」。《東坡詩話》載錄的東坡詩評,不觀樂天閒適之詩,而是論其記事之作,從東坡的評述中,可以看出東坡用心體察蘊含於樂天詩歌中的儒者之心。《東坡詩話》載錄的東坡評樂天之語,東坡觀樂天之詩以「仁」而非以「閒」,或能從儒者仁心的角度,了解東坡「平日最愛樂天之為人」,而此「愛」是來自於生命本源的良善之性。

〔註90〕〔唐〕白居易:《文苑詩格》(北京:中華書局,1986 年),頁 19。

第二節　掘發子美

　　樂天詩歌中的敘事寫實，深受杜子美影響，其詩歌中所流露出的儒者情懷，是對杜甫寫實精神的繼承，沈德潛即云：「樂天忠君愛國，遇事託諷，與少陵相同。」〔註91〕《唐宋詩醇》更直言：「白居易詩其源亦出於杜甫。」〔註92〕樂天寫實詩作承杜詩精神而來。北宋初年，樂天詩作先於子美，發揮廣大影響力，如《蔡寬夫詩話》所言：「國初沿襲五代之餘，士大夫皆宗白樂天詩」。〔註93〕隨著詩學發展，至宋朝中期以後「天下以杜甫為師」〔註94〕，尊杜、學杜遂成宋代詩壇的主流。及至南宋，甚至出現「千家注杜」的現象。唐朝諸多作家中，子美成為宋人創作的典範。《後山詩話》曰：「學詩當以子美為師」〔註95〕，《唐子西文錄》亦言：「作詩當學杜子美」。〔註96〕宋人對子美詩歌的推尊與學習，是宋詩發展的重要關鍵，其中，東坡對子美詩歌的評賞，在杜詩聖化的歷程中，是極為重要的助力。

　　楊勝寬曾統計東坡論及子美的完整詩文，共計有 37 篇，子美當為東坡傳世的作品中，論及最多的前代作家。〔註97〕東坡評述子美之言，不僅限於完整詩文，宋人之詩話、筆記、雜錄中亦時有所見，在《東坡詩話》的相關書籍中，便可見東坡對子美的詩文評賞。

〔註91〕　〔清〕沈德潛：《唐詩別裁集》（上海：上海古籍出版社，1979 年），卷 3。

〔註92〕　〔清〕乾隆敕編：《御選唐宋詩醇》（臺北：臺灣商務印書館，1983 年），卷 19。

〔註93〕　〔宋〕蔡啟：《蔡寬夫詩話》（參郭紹虞輯：《宋詩話輯佚》〔北京：中華書局，1980 年〕，頁 398。）

〔註94〕　〔宋〕《葉適詩話》曰：「慶曆、嘉佑以來，天下以杜甫為師」。（參吳文治主編：《宋詩話全編》〔南京：鳳凰出版社，1998 年〕，頁 7396。）

〔註95〕　〔宋〕陳師道：《後山詩話》（參〔清〕何文煥輯：《歷代詩話》〔臺北市：藝文印書館，1971 年〕，頁 182。）

〔註96〕　〔宋〕唐庚：《唐子西文錄》（上海市：上海古籍出版社，1995 年），頁 403。

〔註97〕　楊勝寬：〈從蘇軾、郭沫若對杜甫評價的異同看其接受的差異性〉，《杜甫研究學刊》2016 年 04 期（2016 年 12 月），頁 43。

　　子美煉字精巧卻未見雕琢，句法靈動而不感牽強，章法布局更是匠心獨運，其作品乃宋人欲識妙處、欲臻閫奧的文學代表。《東坡詩話》評述的唐人作品中，評子美之作有〈書子美雲安詩〉、〈書子美黃四娘詩〉、〈書子美驄馬行〉、〈評子美詩〉、〈書子美憶昔詩〉、〈書參寥論杜詩〉等 6 則，為唐人作品中數量較多者，由此可推知子美在宋人的學古思潮中，所受到的關注與推崇。

　　東坡於〈書子美雲安詩〉中言子美「詩之工」，〈書參寥論杜詩〉則讚子美詩「恐畫不就爾」，此二則乃就詩文、詩意作評賞。〈書子美驄馬行〉析辨「肉駿碨礧連錢動」之「駿」當作「騣」，〈書子美憶昔詩〉梳理詩中之典故，此二則傾向詩歌內容的考證。〈評子美詩〉列舉杜詩文句以言子美「詩外尚有事在」，進行子美人格特質與生命歷程的推導。〈書子美黃四娘詩〉則表述子美創作，亦有「清狂野逸之態」。

　　除《東坡詩話》輯錄的此六則評杜之言，宋朝古籍及《東坡詩話補遺》中，亦錄有東坡品評子美的精要文字，從中可窺知宋人論杜的觀點。宋人論杜，或賞其詩藝之絕，或讚其思想之偉，或考其詩文典故，或嘆其破體之奇，雖涵攝甚廣，大體不出「詠物」與「言志」二端，張戒於《歲寒堂詩話》即言：「建安、陶、阮以前詩，專以言志；潘、陸以後詩，專以詠物。兼而有之者，李杜也。」〔註98〕子美詩歌博取名家詩作之長，詩古而不泥古，「詠物」及「言志」兼而有之，東坡曾以「偉麗」評子美之詩，《蘇軾詩話·書黃子思詩集後》更載東坡讚子美「以英瑋絕世之姿，凌跨百代」〔註99〕。子美詩歌何以能「凌跨百代」，於宋朝中葉後備受推崇，最終得以成為詩中聖哲？本節擬就《東坡詩話》相關著作所錄之詩評，將東坡評杜之言分從「詠物」及「言志」進行研究，以了解子美能「凌跨百代」的「偉麗」所從何來。

〔註98〕〔宋〕張戒：《歲寒堂詩話》（成都：四川大學出版社，1990 年），頁33。
〔註99〕吳文治主編：《宋詩話全編》，頁803。

一、觀物寫景

宋人蔡夢弼曾自《東坡詩話》中徵引東坡評杜之言，其文曰：「七言之偉麗者，如子美云：『旌旗日暖龍蛇動，宮殿風微燕雀高。』『五更鼓角聲悲壯，三峽星河影動搖。』爾後寂寞無聞焉。」〔註100〕子美以詩歌繪景傳情，所述之景雄偉壯麗，在寫景文句中融入自我獨特的審美體驗，自然高妙而無雕鑿之感，詩境飽含畫意，其筆下的寫景麗句如《東坡詩話・書參寥論杜詩》文中所言——子美詩「可畫，但恐畫不就爾」，因此，東坡以「偉麗」嘆賞子美詩歌的高明絕妙。

讚賞子美詩歌「偉麗」的東坡，亦為寫景狀物的箇中高手。魯直嘗評東坡曰：「取諸造物之鑪錘，盡用文章之斧斤。寒煙淡墨，槎奇輪囷，挾風霜而不栗，聽萬物之皆春。」〔註101〕魯直此語既述東坡所繪之「枯木道士圖」〔註102〕，亦可言東坡寫景造境之妙。東坡筆下的草木花鳥、川澤山石，既能展現自然本有的形貌，又能契合東坡主觀的心境，以意命筆且藉物寫心，僅憑一己之筆墨，而盡取山川之形神。東坡敘寫自然的獨到妙筆，既能在靜觀中取象寫景，也能在通達事理後造境寫意，運筆寫物暢神得意而無所拘執。觀《東坡詩話》收錄的評杜之文，正可析探東坡觀物寫景的創作思維。

在《東坡詩話》載錄的詩評中，東坡以評賞詩歌的方式，道出蘊含於作品中的詩情畫意，狀似不經意地隨口評述，字裡行間實則透顯著東坡觀物取景的創作理念，是探尋東坡如何書寫自然、描繪萬物的極佳線索。其中，又以子美詩歌最能道盡其妙，東坡自子美詩作中的心領神會，能啟發東坡，進而落實至真正的創作實踐。因此，本節擬從觀物寫景的角度，自《東坡詩話》所收錄的子美詩評中，探尋東坡在子美

〔註100〕〔宋〕蔡夢弼：《杜工部草堂詩話》（上海市：上海古籍，1995年），頁4。

〔註101〕〔宋〕黃庭堅〈蘇李畫枯木道士賦〉（參〔宋〕黃庭堅撰；劉琳、李勇先等校點：《宋黃文節公全集》〔成都：四川大學出版社，2001年〕，頁298。）

〔註102〕「枯木道士圖」乃東坡與李公麟共繪而成。

詩歌的閱讀歷程裡，領悟何種觀物寫景的重要技巧，使其終能創作出
如王國維所說「其言情也必沁人心脾，其寫景也必豁人耳目」的「大家
之作」。〔註103〕

　　東坡一生浮沉宦海，隨著仕宦遷謫的境遇起伏，其行跡可謂「身
行萬里半天下」〔註104〕。對於東坡一生行蹤，羅鳳珠說：「東到登州，
西抵鳳翔，北達定州，南至儋州，遍及北宋疆界近三百處」。〔註105〕東
坡一生雖顛沛各地，卻也以精湛詩文為北宋江山留取動人景致。東坡
嘗言：「春山磔磔鳴春禽，此間不可無我吟」〔註106〕，又曾云：「橫風
吹雨入樓斜，壯觀應須好句誇」。〔註107〕東坡有意識地以「好句」的吟
誦誇讚，為江山勝景留存記錄，正如其以「偉麗」嘆賞子美詩歌中的寫
景狀物。然而並非欲書自然，即能寫得「好句」，東坡如何能從天地山
川的千般景致中，擇取精華，體現美感，觀《東坡詩話》所錄之〈書子
美雲安詩〉及〈自記吳興詩〉，或能解知其中關鍵。

（一）親到其處

　　東坡〈書子美雲安詩〉所評詩作，乃子美所書之〈子規〉，子美
此詩云：「峽裡雲安縣，江樓翼瓦齊。兩邊山木合，終日子規啼。眇眇
春風見，蕭蕭夜色凄。客愁那聽此，故作傍人低。」〔註108〕子美此
詩寫於大曆元年〔註109〕，時年 55 歲的子美，因劍南節度使嚴武辭

〔註103〕王國維：《人間詞話》（長春：吉林文史出版社，2009 年），頁 81。
〔註104〕〔宋〕蘇軾〈龜山詩〉（參〔宋〕蘇軾撰；〔清〕王文誥輯註；孔凡禮
　　　　點校：《蘇軾詩集》，頁 291。）
〔註105〕羅鳳珠：〈蘇軾文史地理資訊建構〉，《圖書與資訊學刊》第 4 卷第 2
　　　　期（2012 年 11 月），頁 35。
〔註106〕〔宋〕蘇軾〈往富陽新城李節推先行三日留風水洞見待〉（參〔宋〕
　　　　蘇軾撰；〔清〕王文誥輯註；孔凡禮點校：《蘇軾詩集》，頁 431。）
〔註107〕〔宋〕蘇軾〈望海樓晚景五絕〉（參〔宋〕蘇軾撰；〔清〕王文誥輯註；
　　　　孔凡禮點校：《蘇軾詩集》，頁 369。）
〔註108〕〔唐〕杜甫著；〔清〕楊倫箋注：《杜詩鏡銓》（臺北市：華正書局，
　　　　1981 年），頁 593。
〔註109〕宋朝趙次公認為〈子規〉詩當作於「丙午大曆元年，時公五十五歲，
　　　　春在雲安。」（參〔宋〕趙次公注；林繼中輯校：《杜詩趙次公先後解

世，於蜀地頓失依靠，故而攜家離蜀，乘舟東下途經雲安，因病而羈旅於此。滯留雲安的子美，在困頓的旅途中備感思鄉，因而有〈子規〉之作。

　　子美以〈子規〉一詩，書寫思鄉難歸的羈旅之情，詩中述及江邊樓閣、如翼屋瓦、山木、子規、春風、夜色等景致，子美以淒涼夜景，襯托異客難以歸鄉的愁緒。後人評述詩中物象，各有所重，如宋朝陳詩道評此詩云：「此等語蓋不從筆墨徑中來。其所熔裁，殆有造化也。『眇眇春風見』含傍人；『蕭蕭夜色淒』含愁聽。」〔註110〕陳詩道閱此詩，於「眇眇春風見」裡讀出內蘊其中的子規「故作低音以近人」，及「蕭蕭夜色淒」所含之春夜風中聽子規的鄉愁。明朝王嗣奭則云：「『見』字連下，蓋兩句作一句也，杜詩多有此法。」〔註111〕嗣奭所言乃「眇眇春風見，蕭蕭夜色淒」兩句參互成文所交融出的夜色春風。而東坡對〈子規〉詩中景致的閱讀感悟，《東坡詩話》則載其言曰：「『兩邊山木合，終日子規啼。』此老杜雲安縣詩也。非親到其處，不知此詩之工。」東坡摘錄評析的景致，為「兩邊山木合，終日子規啼」。

　　「子規」為杜鵑別名，子規之音與「子歸」相諧，其啼聲又似言：「不如歸去」，故其意常與戀土懷鄉相繫，王立認為子規是「思鄉觸發媒介」，並說：「晚唐北宋後便多以飛禽尤其是杜鵑引出鄉愁」。〔註112〕子規淒切的啼聲，經由聲音的聯想，觸引出離家思鄉的生命情感，尤其對蜀人而言，子規傳說為古蜀君王杜宇精魂所化，是離鄉蜀人永難忘

輯校‧下》〔上海：上海古籍出版設，1974 年〕，頁 734。）黃鶴亦認為「當是大曆元年作」。（參〔宋〕黃希原注；黃鶴補注：《補注杜詩》〔臺灣：臺灣商務印書館，1986 年〕，頁 506。）

〔註110〕〔清〕何焯著；崔高維點校：《義門讀書記》（北京市：中華書局出版，1987 年），卷 55。

〔註111〕〔明〕王嗣奭：《杜臆》（上海：上海古籍出版社出版，1983 年），卷 7。

〔註112〕王立：《中國古代文學十大主題——文學與流變》（臺北：文史哲出版社，1994 年），頁 237。

懷的鄉音。而對初入蜀地的異客而言，子規淒涼的啼音，在情感上則形成強烈衝擊。如幼時嘗寄籍蜀地〔註113〕的李太白，在〈蜀道難〉中言：「又聞子規啼夜月，愁空山，蜀道之難難於上青天，使人聽此凋朱顏。」〔註114〕而旅居蜀地的鄭谷，寫〈蜀中三首〉則曰：「子規夜夜啼巴樹，不並吳鄉楚國聞。」〔註115〕王摩詰送別移鎮梓州〔註116〕的李使君，亦云：「萬壑樹參天，千山響杜鵑。」〔註117〕蜀地子規的日夜哀啼，自唐朝開始，便已受到文人的關注而寫入詩中，成為文學創作的文化表徵。東坡閱讀子美〈子規〉詩，摘錄「兩邊山木合，終日子規啼」二句加以評述，應當與其出身蜀地的生命歷程有關，子規鳴叫的記憶連結，是東坡回溯成長經驗所引發的深刻感知。

　　東坡自21歲走出蜀地，至66歲病逝常州，除母喪與父喪曾兩次丁憂回鄉外，未再返鄉歸蜀，子規啼聲當是烙印在東坡生命中，深刻而具體的鄉音。因此，東坡閱讀子美〈子規〉詩後，對於子美筆下山木夾道合擁、子規鎮日哀啼的景象敘寫，東坡認為「非親到其處，不知此詩之工」，此言既是其鑑賞之道，亦為東坡創作之觀。

　　子美出蜀，羈旅雲安，而有「兩邊山木合，終日子規啼」之句。對此二句，宋朝范晞文認為「以終日對兩邊」，雖「句意適然不覺其為偏枯」，但對於創作而言「終非法也」。〔註118〕范晞文以「終日」對「兩邊」非嚴謹工對，而認為這不是創作常法。宋人孫奕也曾言道：「大手筆如老

<hr />

〔註113〕　《新唐書・文藝列傳》載李白曰：「其先隋末以罪徙西域，神龍初，遁還，客巴西。」「巴西」即「巴郡以西」之地，位於今日四川及重慶地區。（參〔宋〕歐陽脩、宋祁等奉敕撰：《新唐書》〔上海市：上海古籍，1987年〕，卷202。）

〔註114〕　〔唐〕李白撰；瞿蛻園校注：《李白集校注》（臺北：里仁書局，1981年），頁203。

〔註115〕　〔清〕清聖祖敕編：《全唐詩》，卷676。

〔註116〕　梓州所轄之境在今日四川的鹽亭、三臺、射洪等縣。

〔註117〕　〔唐〕王維撰；〔清〕趙殿成箋注：《王右丞集箋注》（北京：中華書局，2007年），頁144。

〔註118〕　〔宋〕范晞文：《對床夜語》，卷2。（參丁福保輯：《歷代詩話續編》，頁420。）

杜則可，然未免為白圭之玷，恐後學不可效尤」。〔註119〕宋人觀子美「兩邊山木合，終日子規啼」二句，或著眼於寫作技巧，以其對偶不夠工整精當〔註120〕，認為如此創作「終非法也」，甚而提出「後學不可效尤」。

　　但對於此二句，東坡則以為「非親到其處，不知此詩之工」。稍晚於東坡的周紫芝，更進一步而言曰：「又嘗獨行山谷間，古木夾道交陰，惟聞子規相應木間，乃知『兩邊山木合，終日子規啼』之為佳句也。」〔註121〕因而深感詩歌「平日誦之，不見其工，惟當所見處，乃始知其為妙。作詩正要寫所見耳，不必過為奇險也。」〔註122〕紫芝之言甚為精到，子美〈子規〉詩中二句，東坡所嘆賞的，不是詩句的工整精妙，而是「親到其處」才能精準敘寫的臨場感。

　　對於子美羈旅雲安所寫下的「兩邊山木合，終日子規啼」，從創作的角度而言，宋人或以其對偶不工，認為如此創作「然終非法」、「後學不可效尤」，但東坡閱讀此詩，跳脫格律對偶的羈絆，從不同的角度欣賞詩作。東坡創作，本就是「橫放傑出，自是曲子中縛不住者」〔註123〕，填詞如此，寫詩亦然。東坡詩文所書，是直抒胸臆的真實感受，是以生氣灌注的一氣呵成，因此，東坡對於創作非「不求工」，而是如其所言：「非能為之為工，乃不能不為之為工也。」〔註124〕東坡認為對於周遭景物，經由實際接觸，產生最真實的感受，「充滿勃鬱」〔註125〕而不

〔註119〕　〔宋〕孫奕：《履齋詩說》（參〔日〕近藤元粹輯：《螢雪軒叢書》第4卷，頁46。）

〔註120〕　子美〈子規〉詩「兩邊山木合，終日子規啼」，以「兩邊」對「終日」，以「山木合」對「子規啼」，與嚴謹的「工對」相較，乃「以實對虛」的「偏枯對」，宋朝孫奕於《履齋詩說》便曾云：「詩貴於的對，而病於偏枯」。（參〔日〕近藤元粹輯：《螢雪軒叢書》第4卷，頁46。）

〔註121〕　〔宋〕周紫芝：《竹坡詩話》（參〔清〕何文煥編：《歷代詩話》，頁343。）

〔註122〕　〔宋〕周紫芝：《竹坡詩話》（參〔清〕何文煥編：《歷代詩話》，頁343。）

〔註123〕　〔宋〕吳曾：《能改齋漫錄》（北京：中華書局，1985年），頁409。

〔註124〕　〔宋〕蘇軾〈南行前集敘〉（參〔宋〕蘇軾著；孔凡禮點校：《蘇軾文集》，頁323。）

〔註125〕　〔宋〕蘇軾〈南行前集敘〉（參〔宋〕蘇軾著；孔凡禮點校：《蘇軾文集》，頁323。）

吐不快，如行雲流水般自然生成的寫景佳句，方為無痕之「天工」、無跡之「天巧」。故東坡於〈南行前集敘〉言：「山川之秀美，風俗之樸陋，賢人君子之遺跡，與凡耳目之所接者，雜然有觸於中，而發於詠嘆。」〔註 126〕與耳目相接而觸動於心的真實感受，是東坡寫景創作的根本，文學創作須根源於實際的生活經驗，方能「文理自然，姿態橫生」〔註 127〕。

　　明朝申涵光對於子美〈子規〉一詩，嘗評曰：「『兩邊山木合，終日子規啼』爽豁如彈丸脫手，此太白雋語也。」〔註 128〕申涵光之所以言此二句詩乃「太白雋語」，實因子美律詩多格律精嚴，而此二句詩卻「以實對虛」，且文字樸拙似脫口而出，與「晚節漸於詩律細」〔註 129〕精致求工的子美詩作，似有不同，然而這正是東坡嘆賞之處。

　　東坡對於創作主張「自然為文」〔註 130〕，各種物象，經由實際接觸、真實領會後，將所知所感發於筆端，方能涉筆成趣。如東坡曾閱辯才次韻參寥之詩〔註 131〕而言：「辯才作此詩時，年八十一矣。平生不學作詩，如風吹水，自成文理。」〔註 132〕東坡喜走入自然，經深刻體會後，體現出寫物諧趣，此類作品蘊含真實的生命力，帶有很強的感受性，從中能品味出真正的造化之美，刻意地雕琢與潤色，反而容易失卻自然動人的本質。因此，東坡評賞子美〈子規〉詩，不從格律技巧評

〔註 126〕〔宋〕蘇軾〈南行前集敘〉（參〔宋〕蘇軾著；孔凡禮點校：《蘇軾文集》，頁 323。）
〔註 127〕〔宋〕蘇軾〈答謝民師書〉（參〔宋〕蘇軾著；孔凡禮點校：《蘇軾文集》，頁 1418。）
〔註 128〕〔唐〕杜甫著；〔清〕仇兆鰲注：《杜詩詳注》（北京市：中華書局，1979 年），頁 1252。
〔註 129〕〔唐〕杜甫著；〔清〕仇兆鰲注：《杜詩詳注》，頁 1602。
〔註 130〕王水照、朱剛：《蘇軾評傳》，頁 498。
〔註 131〕東坡於〈書辯才次韻參寥詩〉文中記此詩云：「巖棲木石已皤然，交舊何人慰眼前。素與畫公心印合，每思秦子意珠圓。當年步月來幽谷，柱杖穿雲冒夕煙。臺閣山林本無異，故應文字未離禪。」（參〔宋〕蘇軾著；孔凡禮點校：《蘇軾文集》，頁 2144。）
〔註 132〕〔宋〕蘇軾著；孔凡禮點校：《蘇軾文集》，頁 2144。

述，而是以出身蜀地的生命經驗，追攝蜀地夾道林木裡，鎮日哀啼的子規，經由具體深刻而易感的詩句摘錄，傳達了「非親到其處，不知此詩之工」的鑑賞論及創作觀。

子規「不如歸去」的哀啼，是文士對蜀地深刻的感受與記憶，無論蜀人離鄉後的掛念，或異客居蜀的愁思，濃蔭林木中傳來的子規之聲，寫出了子美出蜀入夔的心靈衝擊，也道出故鄉環境在東坡心中的熟稔親切。東坡摘錄「兩邊山木合，終日子規啼」，而言「非親到其處，不知此詩之工」，傳達出真切觀察與深刻感知對於創作的重要性。也正因為東坡自幼生長於蜀地，對自然環境的高度熟悉，當其言「非親到其處，不知此詩之工」時，對子美的寫景之工已表達了高度的肯定與讚賞，只是其所嘆賞之「工」，並非精巧對偶的「工整」，而是「親到其處」，以感官、心靈深切感受後，書寫而出的「自然天工」。

（二）創作實踐

東坡於〈書子美雲安詩〉中，從讀者的角度出發，藉由嘆賞子美〈子規〉所書之「兩邊山木合，終日子規啼」二句，傳達「親到其處」對創作之「工」的重要性。除此則詩評外，《東坡詩話》另錄有〈自記吳興詩〉[註133]一文，文中東坡以自身的創作經驗，說明「親臨其處」對敘寫景物的重要意義，正是以詩歌創作實踐從子美詩中所領悟的「非親到其處，不知此詩之工」。

《東坡詩話‧自記吳興詩》文中所評，乃東坡自作之〈端午遍游諸寺得禪字〉一詩，詩云：

> 肩輿任所適，遇勝輒留連。焚香引幽步，酌茗開靜筵。微雨
> 止還作，小窗幽更妍。盆山不見日，草木自蒼然。忽登最高
> 塔，眼界窮大千。卞峰照城郭，震澤浮雲天。深沉既可喜，

[註133]《東坡詩話‧自記吳興詩》：「僕為吳興，有〈游飛英寺〉詩云：『微雨止還作，小窗幽更妍。盆山不見日，草木自蒼然。』非至吳越，不見此景也。」

曠蕩亦所便。幽尋未云畢，墟落生晚煙。歸來記所歷，耿耿

清不眠。道人亦未寢，孤燈同夜禪。〔註134〕

本任徐州知州的東坡，元豐二年（1079）二月移知湖州，而於四月至湖。東坡初至湖州，與參寥、秦觀在端午佳節，同行遍遊諸寺，歸來而有此作。〔註135〕東坡於詩中言己乘坐轎子，適意遊覽，或焚香尋幽，或品茶開筵，流連於湖州勝景。全詩寫景以「忽登最高塔」為界，呈現登臨飛英塔前後，東坡所見的不同景致。登臨高塔前，東坡眼前所見，是時作時停的濛濛細雨，是幽妍的寺院小窗，以及身處盆地，在群山障日下，依然自生自長的蒼鬱草木。其後，東坡以「忽登」帶出視覺的強烈變化，眼前原本細膩的景致，迨登塔後，一變而為卞山陰影映照城郭、太湖水泊倒映雲天的雄偉壯景。登塔前後驟然而變的湖州勝景，東坡歸返後，仍掛懷於心且歷歷在目，使其夜不成眠。最後因心有所感，而與參寥於夜下孤燈裡參禪。東坡登塔前後的景物書寫，為〈端午遍游諸寺得禪字〉營造出獨特的詩意與禪境。

　　東坡此詩多寫景佳句，登塔前所書之景，幽美細膩，登塔後所敘之象，浩渺奇崛，一幽一奇，景致別具逸趣。詩中，東坡以「卞峰照城郭，震澤浮雲天」展現登高遠望的壯麗景致，其詩境與東坡〈同王勝之游蔣山〉所描寫的「峯多巧障日，江遠欲浮天」〔註136〕相近，而《苕溪漁隱叢話》載有王荊公對「峯多巧障日，江遠欲浮天」二句的激賞，其文曰：「東坡渡江，至儀真，和〈游蔣山詩〉，寄金陵守王勝之益柔，公亟取讀之，至『峯多巧障日，江遠欲浮天』，乃撫几曰：『老夫平生作詩，無此二句。』」〔註137〕王荊公對東坡筆下雄壯勝景甚為欣賞。

〔註134〕〔宋〕蘇軾：《蘇東坡全集・上》，頁158。

〔註135〕王水照編：《宋人所撰三蘇年譜彙刊》（上海市：上海古籍出版，1989年），頁56～57。

〔註136〕〔宋〕蘇軾：《蘇東坡全集・上》，頁198。

〔註137〕〔宋〕胡仔纂集：《苕溪漁隱叢話・前集》（臺北市：長安出版社，1978年），卷35，頁236。

　　相較於登高遠望所見的雄渾壯闊，東坡對於此詩，選擇摘取敘寫
幽美景致的詩句，表達寫景狀物須「親到其處」才能精準刻畫實景的創
作理念。《東坡詩話・自記吳興詩》載東坡之言曰：「僕為吳興，有〈游
飛英寺〉詩云：『微雨止還作，小窗幽更妍。盆山不見日，草木自蒼然。』
非至吳越，不見此景也。」端午之日東坡遊賞寺院，間歇落下的微雨，
正是夏季煙雨江南的氣候特質，微雨中，小窗外的景致，因細雨潤澤而
更顯清幽妍麗，東坡寥寥數語即道盡五月的湖州之美。穿行於山脈環
繞的盆地，人或將目光投注於四周的層巒疊嶂，然東坡因親臨其地，置
身於環山寺院中，感受到的是「盆山不見日，草木自蒼然」，東坡以切
身感受，書寫出群山蔽日，而草木卻能自生自長的蒼然生機。「微雨止
還作，小窗幽更妍。盆山不見日，草木自蒼然」四句，遣詞用語看似平
常，卻能在物象巧妙的擇取組構間，觸物有感，落筆成真，盡展湖州當
地的夏日風情。

　　東坡能書成如〈端午遍游諸寺得禪字〉般「豁人耳目」的「大家
之作」〔註138〕，正是因「親到其處」而能「見真思深」，落筆即書方能
成此樸拙自然的寫景佳句。東坡筆下之景，並非單純地將眼前景象逐
一再現，而是經由耳目感官的真實體驗，深切地觀察與感受，不僅親臨
其地以「觀物」，更能於觀物時體察物象本質，深入審知自然之理，掌
握重要特質以精準寫物，如其於〈書黃道輔品茶要錄後〉所言：「觀物
之極，而游於物之表」。〔註139〕東坡書寫自然景致，親臨其地以「觀
物」，「觀物之極」而靜思細審，以仔細審思後的所知所感書寫物象，使
其筆下景致流露精微的觀物視角，體現東坡的審美趣味。

　　〈自記吳興詩〉文中，東坡自〈端午遍游諸寺得禪字〉一詩，截
取「微雨止還作，小窗幽更妍。盆山不見日，草木自蒼然」以言「非

〔註138〕王國維《人間詞話・五六》言：「大家之作，其言情也必沁人心脾，
　　　　其寫景也必豁人耳目。」（參王國維著；徐調孚校注：《校注人間詞話》
　　　　〔北京：中華書局，2004年〕，頁30。）
〔註139〕〔宋〕蘇軾著；孔凡禮點校：《蘇軾文集》，頁2067。

至吳越，不見此景也」，可見東坡對子美「親到其處」始能展現詩之「工」，深有所悟。與詩後東坡所書之「忽登最高塔，眼界窮大千。卞峰照城郭，震澤浮雲天」相較，「微雨」數句，文字較為樸拙，所述之景也較平淡，而東坡反擇此數句加以評賞，正展現其觀物品詩的獨到視角。

東坡遊賞的湖州吳興為江南古城，素有「魚米之鄉」的稱譽，五月的吳興更是濕潤多雨，東坡擇景書寫此地物象，以「微雨止還作，小窗幽更妍」，細膩地展現身處於水鄉澤國所感受到的柔和優美，以「盆山不見日，草木自蒼然」，生動地呈現置身於魚米之鄉所體會的盎然生機。與其後書寫的「卞峰照城郭，震澤浮雲天」相較，「微雨」數句多選擇細緻優美的物象，視線焦點多落在近身之處，與周遭環境的接觸直接而具體，表現出更為真實的臨場感。因此東坡欲言「非至吳越，不見此景」，並以自己的創作表達真切地感知環境對於詩文創作的重要時，東坡自〈端午遍游諸寺得禪字〉詩中所摘錄的，是「微雨止還作，小窗幽更妍。盆山不見日，草木自蒼然」的景致。經由身邊實景的細膩描述，更能體現出身臨其境的獨特感染力，使詩文所述物象達到「語語都在目前，便是不隔」〔註140〕的精準表現。

東坡〈自記吳興詩〉所評之作，為元豐二年東坡於湖州所書之〈端午遍游諸寺得禪字〉一詩。東坡細觀湖州景致，審思擇取具有感受力的物象，掌握環境特質，以精準地表現出環境的自然美感。詩中「微雨止還作，小窗幽更妍。盆山不見日，草木自蒼然」，遣詞用語雖較為素樸，卻是東坡集中筆力著意刻劃的細膩場景，當其摘錄敘寫身邊景致的素樸文句，以表達「非至吳越，不見此景也」時，空間環境的細緻深刻，縮短了人與物象之間的距離，加深了對環境的感受力，使筆下景物與生命經驗產生高度契應，從而體知身歷其境的真實感受對於敘寫景物的重要意義。正如東坡閱讀子美詩歌，欲言子美觀物寫景所流露出「非

〔註140〕王國維著；徐調孚校注：《校注人間詞話》，頁 21～22。

親到其處，不知此詩之工」的自然高妙時，東坡不選擇子美精練富贍的寫景詩句，反以「兩邊山木合，終日子規啼」看似不工又略顯樸拙的詩句作為詩證。將文句的雕琢褪去，還原身邊真實的場景，如此寫詩，反能帶來獨特而深刻的臨場感，從而領會「平日誦之，不見其工，惟當所見處，乃始知其為妙」的閱讀體驗。

《東坡詩話》載錄〈書子美雲安詩〉與〈自記吳興詩〉二文。〈書子美雲安詩〉中，東坡在子美詩歌的閱讀歷程裡，體知「非親到其處，不知此詩之工」；〈自記吳興詩〉中，東坡以自己的創作經驗，體證「親到其處」對創作的重要性，並言「非至吳越，不見此景也」。《東坡詩話》錄此二文，可見東坡在觀物寫景上的領會與實踐。

二、敘事言志

《宋詩話全編・蘇軾詩話》嘗錄東坡所書之〈次韻孔毅父集古人句見贈五首・其三〉，詩云：「天下幾人學杜甫，誰得其皮與其骨？劃如太華當我前，跛牂欲上驚嶇崒。名章俊語紛交衡，無人巧會當時情。前生子美只君是，信手拈得俱天成。」〔註141〕宋人初學子美詩歌，重其形式、尊其規矩，欲從子美創作技法中，尋得可踐行的創作之道。東坡則以為如此學杜，僅得形似，而形式上的相似，無法精準掌握子美詩歌的核心價值，故言：「名章俊語紛交衡，無人巧會當時情」。東坡認為學杜應當「巧會當時情」，即體知詩人創作的社會環境與思想情懷。子美蘊含於詩歌中的創作精神與理念，才是其詩主要的核心價值，謀篇佈局、遣詞用語及格律典故等形式的追求，終無法走出學杜的既有框架，更遑論書寫出具有自我精神的創作。

〔註141〕〔宋〕蘇軾撰；孔凡禮點校：《蘇軾詩集》（臺北：莊嚴出版社，1990年），頁1157。
此詩《宋詩話全編・蘇軾詩話》亦有收錄。（參吳文治主編：《宋詩話全編》〔江蘇：江蘇古籍出版社，1998年〕，頁854。）

東坡閱讀子美詩歌，領受到的是「信手拈得俱天成」〔註142〕的自然通暢。東坡解讀子美詩歌，多不從形式上進行技巧的解析，而將其評賞眼光置於史事的稽考解讀與心志的寄託抒發。東坡掘發子美詩歌更深層的濟世情懷與道德意識，強化子美流露於詩歌中，與宋代文士精神相契的道德品格。以東坡之眼觀子美，更能深刻體知子美「詩史」之真與「詩聖」之仁交融互攝出的不凡。因此，本節擬借《東坡詩話》相關著作的收錄，從東坡視角析探其超越文本的子美解讀，正因其契合文化核心價值的深刻解讀，使子美得以繼屈、宋之後，成為傳統文化中的另一個典範。

（一）詩心獨苦

子美曾於詩歌中寫道：「陶冶性靈存底物，新詩改罷自長吟。孰知二謝將能事，頗學陰何苦用心。」〔註143〕也曾以詩贈友曰：「知君苦思緣詩瘦，太向交遊萬事慵」。〔註144〕子美苦思創作以期所書詩歌能「語不驚人死不休」。〔註145〕宋人言杜詩，或有自此而論者，從子美遣詞用語、詩律章法「苦用心」的錘冶鍛鍊，進行評賞與學習，如葛立方云：「杜詩思苦而語奇」〔註146〕，苦思鍊句而使語奇，成為宋人學杜的重要途徑。

1. 人罕能識之苦

宋朝張嵲曾以東坡〈題雍秀才畫草蟲八物·蝸牛〉一詩為例，說明創作的苦思頻改，其文曰：

〔註142〕〔宋〕蘇軾〈次韻孔毅父集古人句見贈五首·其三〉（參〔宋〕蘇軾撰；孔凡禮點校：《蘇軾詩集》，頁1157。）
〔註143〕〔唐〕杜甫〈解悶十二首·其七〉（參〔唐〕杜甫撰；〔宋〕郭知達集注：《九家集註杜詩》，卷30。）
〔註144〕〔唐〕杜甫〈暮登四安寺鐘樓寄裴十迪〉（參〔唐〕杜甫撰；〔宋〕郭知達集注：《九家集註杜詩》，卷26。）
〔註145〕〔唐〕杜甫〈江上值水如海勢聊短述〉（參〔唐〕杜甫撰；〔宋〕郭知達集注：《九家集註杜詩》，卷26。）
〔註146〕〔宋〕葛立方：《韻語陽秋》（參何文煥輯：《歷代詩話》，頁486。）

東坡詠〈畫蝸牛〉詩，初云：「中弱不勝觸，外堅聊自郭。升高不知疲，竟作黏壁枯。」後改為「腥涎不滿殼，聊足以自濡。」余以為改者勝。前輩云：「文字頻改，工夫自出。」此詩之所以不厭改也。老杜有云：「新詩改罷自長吟。」歐公作文先貼於壁，時加竄定，有終篇不留一字者。〔註147〕

張嵲以東坡詩歌修改後更為精妙，以及歐陽脩寫作文章須反覆刪改修定的創作現象，與子美所言之「新詩改罷自長吟」互證，說明苦思頻改能使詩工。宋人作詩極重反覆斟酌以練字，故評杜、學杜時，有人傾向於苦思創作以得奇語，然如此學杜，往往得其末而失其本，詩歌作品難創高格。宋朝陳與義便認為一些苦思之作「造語皆工，得句皆奇，但韻格不高，故不能參少陵逸步」。〔註148〕

東坡言杜，亦曾就子美之「苦」而論，《東坡詩話補遺》錄其文曰：

故人董傳善論詩，嘗云：「杜子美不免有凡語，『已知仙客意相親，更覺良工心獨苦』，豈非凡語耶！」余笑曰：「此句殆為君發。凡人用意深處，人罕能識，此所以為『獨苦』，豈獨畫哉。」〔註149〕

董傳認為子美〈題李尊師松樹障子歌〉中，「已知仙客意相親，更覺良工心獨苦」為「凡語」，便是從語句潤飾雕琢的角度所給出的評論。子美詩中此二句未刻意雕琢，平實如話，就宋人「苦心練字以求奇」的觀點視之，語似凡而不工，應非佳句。然東坡觀子美此詩，跳脫苦思鍊字的創作技巧，將子美之「苦」與子美之「志」結合，解讀出子美不同層次的「苦用心」。

東坡此則詩話所評為子美〈題李尊師松樹障子歌〉，詩中云：

老夫清晨梳白頭，玄都道士來相訪。握髮呼兒延入戶，手提新

〔註147〕〔宋〕蔡正孫：《詩林廣記》（北京：中華書局，1982 年），頁 249。
〔註148〕〔宋〕葛立方：《韻語陽秋》（參何文煥輯：《歷代詩話》，頁 493。）
〔註149〕近藤元粹評訂：《東坡詩話補遺》，卷 7。

畫青松障。障子松林靜杳冥，憑軒忽若無丹青。陰崖卻承霜雪
乾，偃蓋反走虬龍形。老夫平生好奇古，對此興與精靈聚。已
知仙客意相親，更覺良工心獨苦。松下丈人巾屨同，偶坐似是
商山翁。悵望聊歌紫芝曲，時危慘澹來悲風。〔註150〕

詩中敘寫鑑賞李尊師畫作所帶來的諸般感受，子美以工麗之句「陰崖
卻承霜雪乾，偃蓋反走虬龍形」描述畫中景致，靜態景物與動態形貌
交織，使畫作之妙躍然紙上。對於此詩，董傳從鍊字精巧的角度，提出
「已知仙客意相親，更覺良工心獨苦」為「凡語」，東坡則以為「更覺
良工心獨苦」正是子美對如董傳般，只重字句精煉、只評賞文字工麗的
論詩者而言。子美於詩末書寫畫中宛若「商山翁」〔註151〕的松下丈人
「悵望聊歌紫芝曲，時危慘澹來悲風」。借秦末隱居的「商山四皓」，暗
喻時局危亂而丈人只能悵望遠方，陣陣悲風中隱隱傳來的〈紫芝曲〉，
加深了子美觀畫的種種愁緒，而此一愁緒正回扣子美詩前所說的「更
覺良工心獨苦」。東坡自子美詩中，解讀出子美的「用意深處」，而此
「深處」竟「人罕能識」，正是其「心獨苦」之因，而認為此句為「凡
語」的董傳，正在「罕能識」子美的「凡人」之列裡。

　　論杜、學杜若偏重苦思鍊字、斟酌奇句，僅嘆賞其工麗佳句，就
子美所言之「新詩改罷自長吟」，而堅信「文字頻改，工夫自出」，終使
詩作「造語皆工，得句皆奇，但格韻不高」，形成創作上的阻礙，難以
寫出高格佳作。對此，宋人袁燮便曾言道：

　　唐人最工於詩，苦心疲神以索之。句愈新巧，去古愈邈。獨
　　杜少陵雄傑宏放，兼有眾美，可謂難能矣。然「為人性僻耽
　　佳句，語不驚人死不休」，子美所自道也。〔註152〕

〔註150〕〔唐〕杜甫撰；〔宋〕郭知達集注：《九家集註杜詩》，卷7。
〔註151〕此處所言之「商山翁」乃前文第二章，東坡於〈評子美詩〉中所評，
　　　　子美〈幽人〉詩言：「知名未足稱，局促商山芝」的「商山四皓」，秦
　　　　末隱居於商山，因劉邦建漢「逃匿山中，義不為漢臣」，後為「隱士」
　　　　代稱。其所歌之「紫芝曲」亦為避世隱居歌曲的泛稱。
〔註152〕〔宋〕袁燮：《袁燮詩話》（參吳文治主編：《宋詩話全編》，頁7362。）

袁燮自宋人學唐的脈絡中，發現耽溺於追奇求巧的問題，也從子美「為人性僻耽佳句，語不驚人死不休」卻能書寫出「雄傑宏放」的作品，提出宋人論杜、學杜的偏頗與矛盾。而此一矛盾，正是上述詩話中，東坡認為子美所書之「更覺良工心獨苦」，殆為董傳之輩所發的關鍵。

東坡觀子美詩歌，多不從苦思沉吟、刻苦頻改的角度進行評析，反而以「信手拈得俱天成」嘆賞子美詩意的渾然自成。東坡亦言子美之「苦」，然其所言之「苦」，並非創作上的苦思頻改，而是溯及蘊含於詩歌中的其「人」之苦。東坡於〈次韻張安道讀杜詩〉中即寫道：「詩人例窮苦，天意遣奔逃」〔註153〕，自安史之亂長安陷落後，杜甫便處於顛沛流離的環境中，飄泊不定，窮苦不堪。因為安定秩序的瓦解，子美深陷於動亂紛擾的窮苦生活中，在親身經歷了山河破碎、流離失所、骨肉分離的生命劇痛後，反讓子美將個人之苦與國家之悲凝聚結合，轉化出筆下的偉麗壯句。

宋人未解子美之人、未歷子美之苦，僅觀其工麗之句，終不解如何企及杜詩中，橫絕古今的沉鬱之情與壯闊之境，而終如清人吳喬所言：「非子美之人，但學其詩，學得宛然，不過優孟衣冠而已。」〔註154〕東坡深解時人論杜、習杜或有所偏，因此不僅與董傳論子美〈題李尊師松樹障子歌〉時，曾以「更覺良工心獨苦」言子美「用意深處，人罕能識」的「獨苦」，《東坡詩話補遺》另載有一則詩評，也是東坡聽人談論琴棋之道時，所引發的相同感觸，其文言道：

> 元祐五年十二月一日，游小靈隱，聽林道人論琴棋，極有妙語。余雖不通此二技，然以理度之，知其言之信也。杜子美論畫云：「更覺良工心獨苦」，用意之妙，有舉世莫之知者。此其所以獨苦也。〔註155〕

〔註153〕〔宋〕蘇軾著：《蘇東坡全集》，頁56。
〔註154〕〔清〕吳喬：《圍爐詩話》（參王雲五主編：《叢書集成初編》〔上海：商務印書館，1936年〕，頁92。）
〔註155〕近藤元粹評訂：《東坡詩話補遺》，卷7。

書畫同源、琴棋同理，藝術作品是創作者思想情感的表達，其表出的外在形式，不僅僅是形式，更是創作者生命經驗的聚合與組構。因此，東坡聆聽林道人談論琴棋之道時，亦思及子美〈題李尊師松樹障子歌〉所言之「更覺良工心獨苦」。知音非僅知其樂音，觀詩亦非僅觀其詩句，東坡深解子美「獨苦」之感，並於論詩、賞畫、聽琴、觀棋時，均能「以理度之」，從而對藝術有更深刻的領略，使之成為「有意義的藝術」，而非「模仿的形式」。

　　源於「舉世莫之知」的「獨苦」，是東坡自子美詩歌中所解得的不凡。子美詩歌偉麗的藝術性，架構在時代巨變的悲慨之上，築基於慘惻入骨的血淚之痛中，迨其突破一己之悲，書寫而出的動人麗句，便能渾融為恢闊激越的時代之音。

2. 味外之味

　　東坡觀杜詩，品賞的是更深層的生命韻致，領略的是詩歌的「味外之味」，而子美詩歌的「味外之味」多蘊於「獨苦」的慘惻中。如《東坡詩話補遺》錄有東坡之言曰：

> 司空表聖自論其詩，以為得味外味。「綠樹連村暗，黃花入麥稀。」此句最善。又云：「棋聲花院靜，幡影石壇高。」吾嘗游五老峰，入白鶴院，松陰滿庭，不見一人，惟聞棋聲，然後知此句之工也，但恨其寒儉有僧態。若杜子美云：「暗飛螢自照，水宿鳥相呼。」「四更山吐月，殘夜水明樓。」則才力富健，去表聖之流遠矣。〔註156〕

東坡以司空表聖的詩歌〔註157〕與子美相較，認為司空表聖詩句雖「工」，卻「寒儉有僧態」，即詩文淺露、詩意單薄，較無可供細品的深遠韻致，而子美則以其富健才力，書寫出詩歌的「味外之味」。

〔註156〕近藤元粹評訂：《東坡詩話補遺》，卷7。

〔註157〕詩話所舉司空圖詩歌有二：一是〈獨望〉：「綠樹連村暗，黃花入麥稀。遠陂春草綠，猶有水禽飛。」一是詩歌斷句「棋聲花院靜，幡影石壇高。」（參〔清〕清聖祖敕編：《全唐詩》，卷632、634。）

　　東坡舉子美〈倦夜〉〔註158〕及〈月〉〔註159〕二詩，說明何謂「味外之味」。東坡所舉子美二詩，就文句而言，與表聖之句似乎均為景物敘寫，難言高下，然將子美其人置入詩中，味外之味便流淌而出。〈倦夜〉雖僅寫清涼如水的秋夜之景，而未言「倦」，筆下之景卻自月升的「竹涼侵臥內，野月滿庭隅」，寫至月落的「暗飛螢自照，水宿鳥相呼」，詩中的子美整夜未眠。子美不能成眠，並非緣於筆下如涼秋夜，而是因「萬事干戈裡，空悲清夜徂」，整夜苦纏於心的，是戰爭中千般萬樁的苦難及束手無策的枉自悲歎。而子美〈月〉詩中「四更山吐月，殘夜水明樓」所述之景，亦內蘊「疑鶴髮」的懼老、「戀貂裘」的難捨及「天寒耐九秋」的孤寂。子美寫景詩句，鍊字精巧乃其形式之末，詩中難以道盡的「獨苦」，是子美詩歌能「情融乎內而深且長，景耀乎外而遠且大」〔註160〕的關鍵，因此東坡能自其中讀出「味外之味」。

　　子美詩歌文句整練精工，然其工麗是以悲慨作為情感的基調，以震撼人心的麗句寫出心靈深處的悲悽，詩句飽含難以言喻的千般思緒。惜子美身處盛唐，一方面因為位卑言輕，其詩未得廣泛流傳；一方面因為與盛唐的審美主流有所不同，未獲時人激賞，子美不免有「獨苦」之感。迨至宋朝，杜詩廣泛地刊刻、傳鈔，其詩終鼎盛而風靡，然於此一尊杜的文學潮流中，宋人或重其「麗」而未解其「悲」，因此有如董傳之輩，以「更覺良工心獨苦」為「凡語」，東坡由此也更能深刻體會子美的「獨苦」。子美「用意深處，人罕能識」的「獨苦」，自唐延續至宋，只是「不識」的角度有所不同，故東坡言：「用意之妙，有舉世莫之知

〔註158〕杜甫〈倦夜〉：「竹涼侵臥內，野月滿庭隅。重露成涓滴，稀星乍有無。暗飛螢自照，水宿鳥相呼。萬事干戈裡，空悲清夜徂！」（參〔唐〕杜甫撰；〔宋〕郭知達集注：《九家集註杜詩》，卷24。）
〔註159〕杜甫〈月〉：「四更山吐月，殘夜水明樓。塵匣元開鏡，風簾自上鉤。兔應疑鶴髮，蟾亦戀貂裘。斟酌姮娥寡，天寒奈九秋。」（參〔唐〕杜甫撰；〔宋〕郭知達集注：《九家集註杜詩》，卷32。）
〔註160〕〔明〕謝榛：《四溟詩話》（北京市：中華書局，1985年），卷2。

者。此其所以獨苦也。」若僅評賞詩句的工麗卻無法體知詩人的悲苦，終難寫出如杜詩般震懾心靈的「偉麗」。

（二）詩史互證

人言杜詩，或以其為「正音之變」，如清人陳廷焯於《白雨齋詞話》曰：「詩至杜陵而變。顧其力量充滿，意境沉鬱。嗣後為詩者，舉不能出其範圍，而古調不復彈矣。」認為子美詩歌「變古」，從寫作技巧而言其「才力愈工，風雅愈遠」。〔註161〕朱熹則更清楚地指出子美詩歌之「變」，其云：「杜陵夔州以前詩佳；夔州以後，自出規模，不可學。」朱熹以子美入夔為界，認為子美入夔後的詩歌，其書寫筆法並非繼承古詩傳統，因此認為杜詩之「變」乃「不可學」。〔註162〕子美詩歌，不受前人創作之限，有「承」亦有「變」，朱熹就寫作筆法觀其「變」，以為子美入夔後的詩作「自出規模，不可學」。而《東坡詩話》相關著作所收錄的東坡觀杜之語，則從不同角度，掘發子美更崇高的創作精神。

1. 止於忠孝

宋朝蔡夢弼曾於《杜工部草堂詩話》中，載錄其時所見之《東坡詩話》，文曰：

> 太史公論詩，《國風》好色而不淫，《小雅》怨誹而不亂。以予觀之，是特識變風、變雅耳，烏睹詩之正乎？昔先王之澤衰，然後變風發乎情。雖衰而未竭，是以猶止於禮義，以為賢於無所止者而已。若夫發于性，止于忠孝者，其詩豈可同日而語哉！古今詩人眾矣，而子美獨為首者，豈非以其流落饑寒，終身不用，而一飯未嘗忘君也歟？〔註163〕

〔註161〕〔清〕陳廷焯：《白雨齋詞話》（北京：人民文學出版社，1959年），卷7。
〔註162〕〔宋〕朱熹：《清邃閣論詩》（參吳文治主編：《宋詩話全編》，頁6110）。
〔註163〕〔宋〕蔡夢弼：《杜工部草堂詩話》（上海市：上海古籍，1995年），頁1。

東坡就太史公評《國風》、《小雅》之言，提出自我觀點。東坡以為《國風》、《小雅》中，部分創作於周朝中衰以後的詩歌作品，僅是世衰時亂之際，文人「猶止於禮義」的「變風」、「變雅」，此非「詩之正」。就東坡的創作理念而言，「詩之正」當「發于性，止于忠孝」。子美能「流落饑寒，終身不用，而一飯未嘗忘君」，正是「詩之正」的代表，也因此成為東坡心中的「古今詩人之首」。

東坡不從外在形式論子美詩歌，而是自其詩作內涵，掘發子美內在的精神人格。子美己身雖貧苦饑寒，卻始終不改其志，「窮年憂黎元」〔註164〕的仁者之心，「竊比稷與契」〔註165〕的儒臣之志，時現於詩，詩中流露出的悲憫與忠義，正是東坡所言「發于性，止于忠孝」的「正音」。

東坡言杜，以「正」不以「變」，其所言之「正音」，乃是以《大雅》為「典刑」〔註166〕的「雅正之音」。《毛詩序》有云：「言天下之事，形四方之風，謂之雅。雅者，正也，言王政之所由廢興也。」〔註167〕《史記・司馬相如傳》則進一步曰：「《大雅》言王公大人，而德逮黎庶；《小雅》譏小己之得失，其流及上。」〔註168〕不同於《小雅》的述己抒懷，無懼個人順逆而始終能以天下國家為己任的忠孝篤敬，是《大雅》流傳下來的核心精神，也是東坡從子美「自出規模」的麗句中，掘發而出的「雅正之音」。

東坡除嘗藉「太史公論詩」而讚子美「一飯未嘗忘君」的「詩之正」外，《東坡詩話》亦載東坡曾以〈述古三首・其二〉：「舜舉十六相，

〔註164〕 〔唐〕杜甫〈自京赴奉先縣詠懷五百字〉（參〔唐〕杜甫撰；〔宋〕郭知達集注：《九家集註杜詩》，卷2。）
〔註165〕 〔唐〕杜甫〈自京赴奉先縣詠懷五百字〉（參〔唐〕杜甫撰；〔宋〕郭知達集注：《九家集註杜詩》，卷2。）
〔註166〕 〔唐〕杜甫〈秦州見敕目薛三璩授司議郎畢四曜除監察與二子有故遠喜遷官兼述索居凡三十韻〉：「大雅何寥闊，斯人尚典刑。」（參〔唐〕杜甫撰；〔宋〕郭知達集注：《九家集註杜詩》，卷20。）
〔註167〕 〔清〕阮元校刻：《十三經注疏》（北京：中華書局，1980年），頁272。
〔註168〕 〔漢〕司馬遷：《史記》（北京：中華書局，2011年），頁3073。

身尊道何高。秦時任商鞅，法令如牛毛」〔註169〕，肯定子美之言「自是契、稷輩人口中語」。〔註170〕東坡閱讀子美詩歌，不僅嘆賞其高妙詩藝，更能體知子美雖終身不遇，卻一生憂國愛民的忠義之心，這種「雅正」的創作精神，使子美雖「耽於佳句」，卻能跳脫形式上繁彩縟華的俗麗，以詩句敘寫心志，而終為「古今詩人之首」。

子美詩歌中的「雅正之音」是內在精神人格的外化，而東坡能解讀出子美無畏橫逆、不改其「正」的深刻內涵，實緣於東坡心志中本有的濟世情懷。子美曾言：「窮年憂黎元」〔註171〕，東坡亦云：「悲歌為黎元」〔註172〕；子美在「茅屋被秋風所破」後，仍祈願「安得廣廈千萬間，大庇天下寒士俱歡顏」〔註173〕；東坡在「薄田為風濤蕩盡」後，仍祝禱「雪晴江上麥千車，但令人飽我愁無」。〔註174〕無論禍福，終其一生不改其志，是東坡在子美詩歌中的自我投射，東坡雖言：「杜子美困阨中，一飲一食，未嘗忘君，詩人以來，一人而已。」〔註175〕然其己身亦是「少壯欲及物，老閒餘此心」〔註176〕的秉志不移。東坡以其「發于性，止于忠孝」的本心，掘發子美詩歌「終身不用，而一飯未嘗忘君」的「雅正」之意，在子美的認同歷程中，探索自我進而認同自我。

2.「麗」中見「偉」

東坡掘發子美詩歌「終身不用，而一飯未嘗忘君」的「忠孝」精神，高度肯定其詩歌之「音正」，其言：「古今詩人眾矣，而子美獨為

〔註169〕〔唐〕杜甫著；〔清〕楊倫箋注：《杜詩鏡銓》，頁544。
〔註170〕東坡相關評述之分析，參論文第二章第二節「二、三教兼容之慧」。
〔註171〕〔唐〕杜甫撰；〔宋〕郭知達集注：《九家集註杜詩》，卷2。
〔註172〕〔宋〕蘇軾：《蘇東坡全集·上》，頁165。
〔註173〕〔唐〕杜甫撰；〔宋〕郭知達集注：《九家集註杜詩》，卷10。
〔註174〕〔宋〕蘇軾撰；龍榆生箋：《東坡樂府箋》（臺北市：華正書局，1980年），頁130。
〔註175〕〔宋〕蘇軾：《蘇東坡全集·下》，頁361。
〔註176〕〔宋〕蘇軾撰；〔清〕王文誥、馮應榴輯註：《蘇軾詩集》（臺北市：學海，1983年），頁2118。

首」。子美追躡《詩經》雅正之風，執守「奉儒守官，未墜素業」〔註177〕的家族傳統，無論生活如何困頓，始終篤行忠義、心存社稷，如其所自言之「日夕思朝廷」〔註178〕。子美詩歌所流露出的忠義精神，情志純正而獲得東坡高度認同。東坡既認同子美「終身不用，而一飯未嘗忘君」的心志，評賞詩歌時，自不免擇錄此類詩作，解讀蘊含於子美詩中的真義。

（1）訓解〈憶昔二首·其一〉

《東坡詩話》錄有東坡評子美〈憶昔二首·其一〉之言，其所評之〈憶昔二首·其一〉，為子美於廣德二年（764年）所作〔註179〕，其時子美已遠離朝廷數年，在成都「居幕中，頗不樂」〔註180〕，卻能跳脫個人的得失喜悲，以詩筆關懷國家社稷，以詩歌婉轉諷諫國君。

子美於〈憶昔二首·其一〉中寫道：

> 憶昔先皇巡朔方，千乘萬騎入咸陽。陰山驕子汗血馬，長驅東胡胡走藏。鄴城反覆不足怪，關中小兒壞紀綱。張后不樂上為忙。至今今上猶撥亂，勞心焦思補四方。我昔近侍叨奉引，出兵整肅不可當。為留猛士守未央，致使岐雍防西羌。犬戎直來坐御床，百官跣足隨天王。願見北地傅介子，老儒不用尚書郎。〔註181〕

此詩不同於〈憶昔二首·其二〉憶寫開元盛世與安使亂後的強烈對比〔註182〕，〈憶昔二首·其一〉所書為肅宗與代宗二朝的盛衰轉變。寫肅

〔註177〕〔唐〕杜甫〈進鵰賦表〉（參〔唐〕杜甫著；〔清〕仇兆鰲註：《杜詩詳註》，卷24）。

〔註178〕〔唐〕杜甫著；〔清〕仇兆鰲註：《杜詩詳註》，卷19。

〔註179〕蔡志超：《杜詩繫年考論》（臺北：萬卷樓，2012年），頁284。

〔註180〕聞一多〈少陵先生年鑒會箋〉（參聞一多：《唐詩雜論》〔臺北：萬卷樓，2015年〕，頁177。）

〔註181〕〔唐〕杜甫著；〔清〕楊倫箋注：《杜詩鏡銓》，頁496～497。

〔註182〕〔唐〕杜甫〈憶昔二首·其二〉：「憶昔開元全盛日，小邑猶藏萬家室。稻米流脂粟米白，公私倉廩俱豐實。九州道路無豺虎，遠行不勞吉日出。齊紈魯縞車班班，男耕女桑不相失。宮中聖人奏雲門，天下朋友

宗，便言「憶昔先皇巡朔方」，從肅宗即位靈武、收復關中的壯闊氣勢起筆；寫代宗，則言其「出兵整肅不可當」，以時為廣平王的代宗，拜天下兵馬元帥，收復兩京銳不可當，開展後文。子美憶及兩位君王曾經有過的燦爛輝煌，卻也藉由盛衰轉折的分析，點出肅宗一朝衰敗的原因，並指出代宗不敵吐蕃入侵，致使長安二次陷落的關鍵。子美詩名「憶昔」，實欲借昔諷今，望代宗能以前事為鑒，恢復曾經的盛世榮景。

　　子美以昔日的所見所聞為基礎，剪輯出具有代表性的文化圖景，藉由文化圖景的盛衰對比，表達對榮景追憶的情懷，並流露詩人以昔為鑒的期許。然因子美〈憶昔二首・其一〉為詩歌作品，不免帶有含蓄蘊藉的詩歌意味，詩句的陳述中留有未予言明的歷史空白，淡化了詩人對奸佞的批判與國事的憂心。而東坡評述此詩，將子美詩中欲言而未言的空白，清楚言明，讓詩歌所述史事更加明確。扣合史實的場景再現，使子美「一飯未嘗忘君」的「儒臣之志」更能為世人所解。

　　東坡評述子美〈憶昔二首・其一〉，採「詩史互證」的方式為詩歌中的史事進行註解說明，然東坡並非僅是單純地摘句註解，其所摘之句，正是肅宗、代宗二朝政治衰敗的主要關鍵。東坡曰：「〈憶昔〉詩云：『關中小兒壞紀網』，謂李輔國也。『張后不樂上為忙』，謂肅宗張皇后也。『為留猛士守未央』，謂郭子儀奪兵柄入宿衛也。」東坡所言之李輔國，為肅宗、代宗二朝當權宦官，肅宗為太子時「勸遂即位」，深得肅宗信任，據《新唐書》所載：

> 宰相群臣欲不時見天子，皆因輔國以請，乃得可。常止銀臺
> 門決事。置察事聽兒數十人，吏雖有秋豪過，無不得，得輒
> 推訊。州縣獄訟，三司制劾，有所捕逮流降，皆私判臆處，

皆膠漆。百餘年間未災變，叔孫禮樂蕭何律。豈聞一絹直萬錢，有田種穀今流血。洛陽宮殿燒焚盡，宗廟新除狐兔穴。傷心不忍問耆舊，復恐初從亂離說。小臣魯鈍無所能，朝廷記識蒙祿秩。周宣中興望我皇，灑淚江漢身衰疾。」（參〔唐〕杜甫著；〔清〕仇兆鰲註：《杜詩詳註》，卷 13。）

　　因稱制敕，然未始聞上也。詔書下，輔國署已乃施行，群臣
　　無敢議。〔註183〕

李輔國於肅宗一朝，權傾朝野，群臣默不敢議。李輔國後，東坡繼言：
「肅宗張皇后」，張后初為良娣，於乾元元年（758年）封后，《舊唐書》
言其「與中官李輔國持權禁中，干預政事，請謁過當，帝頗不悅，無如
之何」。〔註184〕李輔國與張皇后內外勾結，殘害異己，肅宗束手無策，
致使朝綱無紀、國政衰亂。及至代宗，李輔國「以定策功，愈跋扈，至
謂帝曰：『大家弟坐宮中，外事聽老奴處決。』」代宗方「矍然翦除」。
〔註185〕然代宗並未因肅宗寵宦而致禍一事，引以為鑑，代宗仍聽信宦
官程元振的讒言，解除郭子儀兵權，令其「為肅宗山陵使」〔註186〕居
留長安。邊防兵力削弱，終導致子美詩中所言「犬戎直來坐御床，百官
跣足隨天王」。廣德元年（763年）吐蕃入侵，代宗倉皇出逃，長安二
次陷落，究此事主因，正是東坡自子美詩中摘錄評述所言：「『為留猛士
守未央』，謂郭子儀奪兵柄入宿衛也」。

　　子美雖遠離中央朝廷，仍心繫國政，以憶寫史事的方式，望代宗
引以為鑑。東坡體察子美為國之心，評述此詩，掌握關鍵詩句，詮解
子美未予言明的史實，指出朝政衰敗的禍首，將子美詩作與歷史紀實
相結合，子美以詩敘史的眼界，顯得更為清楚而精確。東坡評子美〈憶
昔二首・其一〉一文，使後世之人更清楚子美詩中所述史事，而能深
刻體會子美蘊涵於詩中的不盡之意。如錢謙益閱子美此詩即言：

　　〈憶昔〉之首章，刺代宗也。肅宗朝之禍亂，成於張后、輔
　　國，代宗在東朝，已身履其難。少屬亂離，長於軍旅，即位
　　以來，勞心焦思，禍猶未艾，亦可以少悟矣。乃復信任程元
　　振，解子儀兵柄，以召匈奴之禍。此不亦童昏之尤乎？公不

〔註183〕　〔宋〕歐陽脩，宋祁等奉敕撰：《新唐書》，頁4445。
〔註184〕　〔後晉〕劉昫等奉敕撰：《舊唐書》，頁1719。
〔註185〕　〔宋〕歐陽脩，宋祁等奉敕撰：《新唐書》，頁4447。
〔註186〕　〔宋〕歐陽脩，宋祁等奉敕撰：《新唐書》，頁3219。

敢斥言，而以憶昔為詞，其旨意婉而切矣。〔註187〕

錢謙益之評，依循東坡觀點而來，並進一步指出子美詩中「婉而切」的創作意旨。子美詩歌因東坡的詮解而更加明晰，後人對子美敘史詩作，不僅嘆賞其言辭典麗，更能自其中解讀出子美貫穿於一生的「忠孝之心」。

（2）詮解詩中人物

除《東坡詩話》錄有東坡評子美〈憶昔二首・其一〉之言，蔡夢弼於《杜工部草堂詩話》中亦錄有一則《東坡詩話》，文中東坡也是以訓釋史事的方式詮解子美詩歌，其文曰：

〈悲陳陶〉云：「四萬義軍同日死」，此房琯之敗也。《唐書》作「陳濤斜」，抑不知孰是。時琯臨敗，猶欲持重有所伺，而中人邢延恩促戰，遂大敗。故次篇〈悲青阪〉云：「焉得附書與我軍，留待明年莫倉卒。」又〈北征〉詩云：「桓桓陳將軍，仗鉞奮忠烈。」此謂陳元禮也。元禮佐玄宗平內難，又從幸蜀，首建誅楊國忠之策。〈洗兵馬行〉：「張公一生江海客，身長九尺鬚眉蒼。」此張鎬也。明皇雖誅蕭至忠，然常懷之。侯君集云「蹭蹬至此」，至忠亦蹭蹬者耶？故子美亦哀之云：「赫赫蕭京兆，今為時所憐。」及〈出塞〉云：「我本良家子，出師亦多門。將驅益愁思，身廢不足論。躍馬二十年，恐辜明主恩。坐見幽州騎，長驅河洛昏。中夜間道歸，故里但空村。惡名幸脫免，窮老無兒孫。」詳味此詩，蓋祿山反時，其將校有脫身歸國，而祿山盡殺其妻子者，不知其姓名，可恨也。

東坡此一詩評，集述子美詩史之作，以其「詩史」觀其「詩心」，藉史事闡釋的方式，展現子美敘史的憂國忠君。

東坡首言子美〈悲陳陶〉〔註188〕，此詩所悲乃憲宗至德元年（756

〔註187〕　〔清〕錢謙益：《錢注杜詩》（上海：上海古籍出版社，1979 年），頁156。

〔註188〕　〔唐〕杜甫〈悲陳陶〉：「孟冬十郡良家子，血作陳陶澤中水。野曠天

年）宰相房琯帥唐軍與安史叛軍戰於陳陶，四萬唐軍全軍覆沒的慘烈
戰事。房琯之敗，與子美由「右拾遺」遷為「華州司功參軍」有密切關
係，《舊唐書》云：「其年十月，琯兵敗於陳濤斜〔註189〕。明年春，琯
罷相。甫上疏言琯有才，不宜罷免。肅宗怒，貶琯為刺史，出甫為華州
司功參軍。」〔註190〕子美雖因故交，為房琯上疏，進諫唐肅宗的罷相
之舉，觸怒肅宗而遭疏遠，但當其面對房琯之敗，並未為其掩過，子美
筆下仍如實寫出房琯兵敗、血染陳陶的慘烈犧牲。東坡首列子美此詩，
並擇釋詩中最為沉重的詩句──「四萬義軍同日死」。來自西北一帶的
民間子弟，一日之間，因戰略錯誤而全軍覆沒，「義」字所蘊涵的無辜
犧牲，「同日死」所帶出的血淚滿澤，是東坡為子美的另類辯駁，言子
美在房琯戰敗一事上，除了故友交情外，仍懷抱著一貫的悲憫之心。因
此，東坡繼言了关於〈悲青阪〉〔註191〕中所流露的擔憂。因房琯「又
以南軍戰」〔註192〕，憂心的子美，以悲憫之心再書此詩。論者多以「青
是烽煙白人骨」一句最為慘烈驚心，而東坡所選評的詩句，是平白如話
的「焉得附書與我軍，留待明年莫倉卒」。詩句中所流露出的焦慮及展
現出的軍事眼光，是東坡以摘句的方式為子美的「聖哲」作出詮解。對
於房琯的再次戰敗，東坡也為其稍作說明，琯本「欲持重有所伺」，惜
「邢延恩促戰」，又再次戰敗。東坡言房琯的「欲持重有所伺」，也算略
與子美對故友的情義相和。

　　　　清無戰聲，四萬義軍同日死。群胡歸來血洗箭，仍唱胡歌飲都市。都
　　　　人回面向北啼，日夜更望官軍至。」（參〔唐〕杜甫撰；〔宋〕郭知達
　　　　集注：《九家集註杜詩》，卷2。）
〔註189〕「陳陶斜」《舊唐書》及《新唐書》均書作「陳濤斜」，故東坡云：「《唐
　　　　書》作『陳濤斜』，抑不知孰是。」
〔註190〕〔後晉〕劉昫等奉敕撰：《舊唐書》，頁4344。
〔註191〕〔唐〕杜甫〈悲青阪〉：「我軍青阪在東門，天寒飲馬太白窟。黃頭奚
　　　　兒日向西，數騎彎弓敢馳突。山雪河冰野蕭瑟，青是烽煙白人骨。焉
　　　　得附書與我軍，忍待明年莫倉卒。」（參〔唐〕杜甫撰；〔宋〕郭知達
　　　　集注：《九家集註杜詩》，卷2。）
〔註192〕〔宋〕歐陽脩，宋祁等奉敕撰：《新唐書》，頁120。

　　其後，東坡又引子美〈北征〉〔註193〕詩，加以闡釋。子美此詩記敘從當時朝廷所在之地——鳳翔，往北至鄜州探視家人，其於路途中及歸家後的所見、所聞與所思。詩中述及路途中的憂慮、歸家後的悲喜，以及反思後對中興的滿懷期許，字裡行間均表現出克盡左拾遺之諫職，陳情忠悃而合理守節，正是子美「別裁偽體」的「雅正」詩作。東坡評賞此詩，自子美多達 140 句、長達 700 字的詩文中，擇錄「桓桓陳將軍，仗鉞奮忠烈」加以闡釋，仍如其評〈憶昔二首‧其一〉般，精準掌握國政轉折的關鍵人物。子美北征途中，親眼所見的生民塗炭、滿目瘡痍，親身經歷的困頓寒病、妻兒饑瘦，觸處成憂，而探究其因，除安史叛亂所導致的山河破碎外，其肇因仍在玄宗的寵信奸佞，故東坡自子美長詩中，僅摘錄敘述陳玄禮的詩句，並釋曰：「此謂陳元禮也。元禮佐玄宗平內難，又從幸蜀，首建誅楊國忠之策。」東坡所言之陳元禮，即左龍武大將軍陳玄禮，據《新唐書》載：「左龍武大將軍陳玄禮殺楊國忠及御史大夫魏方進、太常卿楊暄。賜貴妃楊氏死。」〔註194〕陳玄禮是翦除引發安史之亂佞首的關鍵人物，東坡略去〈北征〉詩中子美狀寫艱難的麗句，將敘述陳玄禮的質樸簡句「桓桓陳將軍，仗鉞奮忠烈」自子美長詩中單獨摘錄而出，是東坡對史事關鍵的精準掌握，也是其體知子美身為左拾遺，蕩除奸佞、感佩忠義的一片儒臣苦心。

　　繼〈北征〉擇錄敘述陳玄禮的詩句後，東坡又從子美〈洗兵馬行〉〔註195〕中摘錄敘寫張鎬之句——「張公一生江海客，身長九尺鬚眉

〔註193〕〔唐〕杜甫〈北征〉寫陳玄禮之句為：「桓桓陳將軍，仗鉞奮忠烈。微爾人盡非，於今國猶活。」（參〔唐〕杜甫撰；〔宋〕郭知達集注：《九家集註杜詩》，卷4。）

〔註194〕〔宋〕歐陽脩，宋祁等奉敕撰：《新唐書》，頁 116。

〔註195〕〔唐〕杜甫〈洗兵馬行〉：「中興諸將收山東，捷書日報清晝同。河廣傳聞一葦過，胡危命在破竹中。祗殘鄴城不日得，獨任朔方無限功。京師皆騎汗血馬，回紇餧肉葡萄宮。已喜皇威清海岱，常思仙仗過崆峒。三年笛裏關山月，萬國兵前草木風。成王功大心轉小，郭相謀深古來少。司徒清鑒懸明鏡，尚書氣與秋天杳。二三豪俊為時出，整頓

蒼」，並言：「此張鎬也。」子美〈洗兵馬行〉作於乾元二年（759年）
〔註196〕，其時唐軍已收復兩京，平叛局勢大好，子美以富贍麗句寫出
頌讚中興的祝願，詩中述及多人，東坡僅擇敘張鎬之句，《舊唐書》言
張鎬「風儀魁岸，廓落有大志」〔註197〕，曾薦舉來瑱以其「可當方面
之寄」〔註198〕，來瑱後果成平定安史之亂的大將。而張鎬於安史之亂
時，亦運籌帷幄而戰績卓著，甚至於在史思明歸順朝廷後，密奏肅宗
曰：「思明兇豎，因逆竊位，兵強則眾附，勢奪則人離。包藏不測，禽
獸無異，可以計取，難以義招。伏望不以威權假之。」又諫：「滑州防
禦使許叔冀，性狡多謀，臨難必變，望追入宿衛。」肅宗未聽其言，又
「以鎬不切事機，遂罷相位」。〔註199〕子美書寫〈洗兵馬行〉時，張鎬
罷相已是去歲五月之事。東坡擇錄子美讚張鎬之言「張公一生江海客，
身長九尺鬚眉蒼」，以此表達子美為國留才的一片忠忱。東坡以後世的
全知視角綜觀唐朝歷史，子美〈洗兵馬行〉在盛讚張鎬的詩句中，向君
王傳達「幕下復用張子房」，傳達期能復用張鎬之意，有著子美獨到的
政治眼光，《舊唐書》即言：「後思明、叔冀之偽皆符鎬言。」〔註200〕
子美在〈洗兵馬行〉中書寫了許多嚴整華麗的頌讚詩句，東坡均不摘
取，僅擇錄讚賞張鎬的詩句，既是東坡以摘句訓解的方式肯定子美的

乾坤濟時了。東走無復憶鱸魚，南飛覺有安巢鳥。青春復隨冠冕入，
紫禁正耐煙花繞。鶴禁通霄鳳輦備，雞鳴問寢龍樓曉。攀龍附鳳勢莫
當，天下盡化為侯王。汝等豈知蒙帝力，時來不得誇身強。關中既留
蕭丞相，幕下復用張子房。張公一生江海客，身長九尺鬚眉蒼。征起
適遇風雲會，扶顛始知籌策良。青袍白馬更何有，後漢今周喜再昌。
寸地尺天皆入貢，奇祥異瑞爭來送。不知何國致白環，復道諸山得銀
甕。隱士休歌紫芝曲，詞人解撰河清頌。田家望望惜雨幹，布穀處處
催春種。淇上健兒歸莫懶，城南思婦愁多夢。安得壯士挽天河，淨洗
甲兵長不用。」（參〔唐〕杜甫撰；〔宋〕郭知達集注：《九家集註杜
詩》，卷4。）
〔註196〕 蔡志超：《杜詩舊注考據補證》（臺北：萬卷樓，2007年），頁60。
〔註197〕 〔後晉〕劉昫等奉敕撰：《舊唐書》，頁2759。
〔註198〕 〔後晉〕劉昫等奉敕撰：《舊唐書》，頁2760。
〔註199〕 〔後晉〕劉昫等奉敕撰：《舊唐書》，頁2760。
〔註200〕 〔後晉〕劉昫等奉敕撰：《舊唐書》，頁2760。

政治眼界，也是東坡在觀詩評史中流露出的知杜、解杜。東坡能從子美典麗的頌聖之語中，擇錄精要，體察其忠誠諫君的本心。

　　東坡言〈洗兵馬行〉中所述之「張公」為張鎬後，又曰：「明皇雖誅蕭至忠，然常懷之。侯君集云『蹭蹬至此』，至忠亦蹭蹬者耶？故子美亦哀之云：『赫赫蕭京兆，今為時所憐。』」東坡引子美〈遣興五首・其三〉〔註201〕之句，認為子美詩中哀憐之「蕭京兆」當為蕭至忠。蕭至忠因參與太平公主政變失敗而伏誅，玄宗曾在蕭至忠身殞後感嘆其「至忠誠國器」〔註202〕，東坡因此有「至忠亦蹭蹬者耶」的感慨。然東坡有此一嘆，當是借子美詩句抒發心中感懷，「至忠亦蹭蹬」正是東坡自己的寫照，蕭至忠伏誅後，玄宗方嘆其「至忠」而憐此人才身殞，如此境遇，讓東坡不禁心有所感而摘句評述。蕭至忠離世後，國君方惜才感嘆，觸動了東坡生命歷程中某些相合之處〔註203〕，因此，東坡對子美〈遣興五首・其一〉另有自己的詮解。

　　東坡雖言子美詩中之「赫赫蕭京兆」為蕭至忠，但就一般學者之見，子美所言之「蕭京兆」應是曾任京兆尹的蕭炅，如錢謙益於《讀杜二箋》云：「天寶八年，京兆尹蕭炅，坐贓左遷汝陰太守，史稱其為林甫所厚，為國忠誣奏譴逐，則所謂蕭京兆，蓋炅也。」〔註204〕子美此詩，當為遭誣奏而貶謫的蕭炅所寫。蕭炅雖為子美之友，然據史冊記載，「尹蕭炅內倚權，觖法殖私」〔註205〕，蕭炅與權臣李林甫交好，倚

〔註201〕　〔唐〕杜甫〈遣興五首・其三〉：「漆有用而割，膏以明自煎。蘭摧白露下，桂折秋風前。府中羅舊尹，沙道尚依然。赫赫蕭京兆，今為時所憐。」（參〔唐〕杜甫撰；〔宋〕郭知達集注：《九家集註杜詩》，卷5。）

〔註202〕　〔宋〕歐陽脩，宋祁等奉敕撰：《新唐書》，頁2997。

〔註203〕　《春渚紀聞》：「公在黃州，都下忽傳公病沒，裕陵以問蒲宗孟，宗孟奏曰：『日來外間似聞此語，亦未知的實。』裕陵將進食，因嘆息再三，曰：『才難。』遂輟飯而起，意甚不懌。」（參〔宋〕何薳：《春渚紀聞》〔北京市：中華書局，1985年〕，卷6。）此與蕭至忠身殞後，玄宗嘆稱「至忠誠國器」，略有相似。

〔註204〕　〔清〕錢謙益：《讀杜二箋》（上海：上海古籍出版社，2003年），頁52。

〔註205〕　〔宋〕歐陽脩，宋祁等奉敕撰：《新唐書》，頁4103。

仗權勢，徇私枉法，實與宋朝文士心目中的忠義標準不符，子美因蕭炅的遷謫而嘆惋，以宋朝文士的道德標準而言，較難接受。因此，當時注杜之書或有以「蕭京兆」為蕭至忠，而東坡以「雅正」的儒臣之志觀子美詩歌，略其友朋私情，取其國家大義，認為子美筆下「赫赫蕭京兆，今為時所憐」，其所憐者，當為蕭至忠，這樣的詩文詮解，也能展現東坡在閱讀接受上與宋人道德觀一致的思想取向。

東坡最後擇釋子美〈後出塞五首・其五〉，且不似前述諸詩僅摘錄數句，東坡將子美此詩全文抄錄後，再加以評論，東坡曰：

> 及〈出塞〉云：「我本良家子，出師亦多門。將驅益愁思，身廢不足論。躍馬二十年，恐辜明主恩。坐見幽州騎，長驅河洛昏。中夜間道歸，故里但空村。惡名幸脫免，窮老無兒孫。」詳味此詩，蓋祿山反時，其將校有脫身歸國，而祿山盡殺其妻子者，不知其姓名，可恨也。

〈後出塞五首〉是子美作於唐玄宗天寶十四載（755年）的組詩，其時安祿山已不斷壯大實力，圖謀叛亂。子美詩寫一征夫，因心懷「男兒生世間，及壯當封侯」〔註206〕的雄心壯志，而英勇參軍，豈料「主將位益崇，氣驕凌上都。邊人不敢議，議者死路衢」〔註207〕，主將的驕橫殘暴，氣凌國君，逆反之心已顯而易見。征夫本為「良家子」，「恐辜明主恩」而脫離叛將軍旅，然其歸家後，卻僅見「故里但空村」，昔日親友殆已身亡。征夫雖因逃離叛軍而倖免蒙受叛國惡名，但身處戰亂之中，最後也只能落得「窮老無兒孫」。子美雖述征夫之事，實則以清醒目光，洞燭安祿山的逆反之心，經由脫身歸來的征夫親述見聞，使詩文所言更具體可感，而飽含諷諫力道。

東坡閱讀子美此詩，將目光置於征夫身分的辨析，認為子美詩中

〔註206〕〔唐〕杜甫〈後出塞五首・其一〉（參〔唐〕杜甫撰；〔宋〕郭知達集注：《九家集註杜詩》，卷5。）

〔註207〕〔唐〕杜甫〈後出塞五首・其四〉（參〔唐〕杜甫撰；〔宋〕郭知達集注：《九家集註杜詩》，卷5。）

所言之征夫，當是因忠義而脫離叛軍歸國的軍官，其所以「窮老無兒孫」，蓋因「祿山盡殺其妻子」。東坡在閱讀子美〈後出塞五首〉的歷程中，將子美筆下的征夫，賦予更立體的形象，軍官一心為國的忠勇，與親友慘遭夷戮的哀痛，正反間形成強烈對比，在滿腔激憤中，子美書寫此詩的忠義之心，更加清晰可感。

　　東坡評述子美詩歌，自其代表性的詩史作品〈悲陳陶〉、〈悲青阪〉、〈北征〉、〈洗兵馬行〉及〈出塞〉中，以其解杜、知杜的深刻感知，摘錄文句，訓解文義，知人者則直指其名，不知者亦塑造立體形象，使子美敘史詩歌，不僅為嚴正典麗的敘事佳作，其中更飽含子美在時代苦難中，涵養而出的詩人之心與儒者之志。唐朝孟棨曰：「杜逢祿山之難，流離隴蜀，畢陳於詩，推見至隱，殆無遺事，故當時號為『詩史』。」〔註208〕子美「以詩存實事」，詩中記錄了他對時代的敏銳觀察與深刻感懷，也傳達了他洞察時局的睿智與遠見。然其作品因屬詩歌體裁，為了考量詩意，往往無法將史實清楚道盡。東坡能自子美詩文中，掌握史實轉折的關鍵，精要點出子美所言之人，釐清詩歌所謂何事，讓子美觀史評事的精準眼光，更易為人所解。東坡掌握關鍵文句以訓解子美詩文的評賞方式，使一般讀來僅見巧思雕琢的麗句，充滿子美的生命閱歷與社會關懷，而能自其麗句中讀出「使人凜然興起、肅然生敬」的精神人格，終能於讀杜、學杜時「麗」中見「偉」。

第三節　評賞子厚

　　柳子厚因參與王叔文永貞革新失敗，後世對其評論，褒貶不一。《舊唐書》言子厚「踣道不謹，曬比小人，自致流離，遂隳素業」。〔註209〕《新唐書》則認為子厚「橈節」而從王叔文，乃「僥幸一時，貪帝病昏，抑太子之明，規權遂私」。〔註210〕「群而不黨」的慎獨品

〔註208〕〔唐〕孟棨：《本事詩》（上海市：上海古籍出版，1991 年），頁 16。
〔註209〕〔後晉〕劉昫等奉敕撰：《舊唐書》，頁 3580。
〔註210〕〔宋〕歐陽脩、宋祁等奉敕撰：《新唐書》，頁 3747。

格，是宋朝文士對君子的道德標準，以此觀子厚生平，子厚從王叔文革新之舉，多遭非議。

東坡論及子厚生平，亦多傾向於此類觀點，如其閱讀子厚〈伊尹五就桀贊〉後云：

> 讀柳宗元〈五就桀贊〉，終篇皆言，伊尹往來兩國之間，豈其有意教誨桀而全其國耶？不然，湯之當王也久矣，伊尹何疑焉！桀能改過而免於誅，可庶幾也。能用伊尹而得志於天下，雖至愚知其不然矣，宗元意欲以此自解其從王叔文之罪也。〔註211〕

子厚認為伊尹因「欲速其功」，故夏桀雖「不仁」，但「朝吾從而暮及於天下可也」，因此曾「五就夏桀」。〔註212〕東坡卻認為子厚此說乃「意欲以此自解其從王叔文之罪也」，以「罪」字言子厚從王叔文之舉，且以子厚所言之「伊尹五就桀」僅是為開解己罪。東坡不贊同子厚參與永貞革新，其於〈續歐陽子朋黨論〉言：

> 小人者，亦無若是之眾也。凡才智之士，銳於功名，而嗜於進取者，隨所用耳。孔子曰：「仁者安仁，智者利仁。」未必皆君子也。冉有從夫子，則為門人之選，從季氏則為聚斂之臣。唐柳宗元、劉禹錫使不陷叔文之黨，其高才絕學，亦足以為唐名臣矣。〔註213〕

東坡對子厚陷於王叔文集團而成為世人眼中的小人，深感惋惜。就君子「黨而不群以自重」的角度而言，東坡對子厚從王叔文之舉，多持否定的角度予以批判。

除不贊同子厚的政治立場，東坡的哲學觀與子厚也有所不同。子厚以為「生植與災荒，皆天也；法制與悖亂，皆人也，二之而已。其事各行不相預」。〔註214〕東坡則認為子厚「以天人為不相知」的看法，是

〔註211〕〔宋〕蘇軾撰；孔凡禮點校：《蘇軾文集》，頁2036。
〔註212〕〔唐〕柳宗元：《柳河東集》（臺北市：臺灣商務，1965年），卷19。
〔註213〕〔宋〕蘇軾《蘇東坡全集·下》，頁245。
〔註214〕〔唐〕柳宗元：《柳河東集》，卷31。

「所謂小人無忌憚者」。〔註215〕東坡持傳統「天人感應」的觀點,反對子厚「天、人不相預」的哲學觀。

若捨政治立場不論,宋人論及子厚,多以其文章創作為主,如晏殊讚子厚曰:「其祖述墳、典,憲章騷、雅,上傅三古,下籠百氏,橫行闊視於綴述之場者,子厚一人而已矣。」〔註216〕王禹偁〈寄題陝府南溪兼孫何兄弟〉云:「篇章取李杜,古文閱韓柳。」〔註217〕穆修〈唐柳先生集後序〉則曰:「至韓、柳氏起,然後能大吐古人之風,其言與仁義相華實而不雜。」〔註218〕宋人論子厚作品,多推重其文,至於其詩,直至東坡方解其妙。范溫於《潛溪詩眼》即言:「子厚詩尤深遠難識,前賢亦未推重,自東坡發明其妙,學者方漸知之。」〔註219〕張戒《歲寒堂詩話》亦云:「柳子厚之詩,得東坡而後發明。」〔註220〕東坡既認為子厚陷於叔文之黨,實非君子之舉,且其哲學觀點又與子厚相違,卻能深刻體知子厚詩歌之妙,掘發其詩歌價值,以傳統「知人論世」的批評角度而言,東坡對子厚詩文的讚賞,似有其矛盾之處。

其實,東坡對子厚的認知,隨著生命經驗而所不同。因此,本節擬從東坡對子厚詩歌的評賞,逐步解析其自子厚詩歌中所體會到的獨特意蘊。《東坡詩話》錄有〈題柳子厚詩〉、〈評韓柳詩〉、〈書柳子厚詩後〉及〈書鄭谷詩〉等四則詩評言及子厚,《蘇軾詩話》亦載錄〈書柳子厚詩後〉、〈書子厚夢得造語〉、〈書柳子厚南澗詩〉等評論子厚之言。經由詩話所收錄的東坡詩評,或可了解東坡在知人論世的文學批評觀

〔註215〕〔宋〕蘇軾〈與江惇禮秀才五首・之二〉(參〔宋〕蘇軾著;孔凡禮點校:《蘇軾文集》,頁1703。)
〔註216〕〔宋〕陳善:《捫虱新話・下集》(上海:商務印書館,1937年),頁70。
〔註217〕傅璿琮、倪其心等編:《全宋詩》(北京:北京大學出版社,1991年),頁657。
〔註218〕曾棗莊、劉琳等編:《全宋文・第16冊》(上海:上海辭書出版社,2006年),頁31。
〔註219〕吳文治主編:《宋詩話全編》,頁1253。
〔註220〕〔宋〕張戒:《歲寒堂詩話》,卷1。

點下，何以轉變對子厚「不足觀」〔註221〕的論點，從而體知子厚詩歌的精妙之處。

一、陶柳同流

東坡之所以養成既出世灑脫又入世愛民的獨特性格，黃州、惠州、儋州的遠貶，具有關鍵性的影響。東坡仕途受阻而遠謫嶺南，困頓生活中，將精神投注於詩文評賞以寬慰己心，其曾言：「流轉海外，如逃深谷，既無與晤語者，又書籍舉無有，惟陶淵明一集、柳子厚詩文數冊，常置左右，目為二友。」〔註222〕東坡在嶺南無友、無書之際，以陶淵明及柳子厚二人詩作，排解貶謫後的紛亂思緒，故將陶、柳視作「二友」，在此「二友」的閱讀歷程中，東坡的無奈與慨嘆得以稍獲紓解。

陶、柳並提當始自東坡，晁說之曾言：「柳子厚詩與陶淵明同流，前乎東坡未有發之者。」〔註223〕東坡遠謫嶺海，貶謫的生命經驗，使其逐漸體知陶淵明及柳子厚的創作心境，從而將兩人詩作並列而觀。詩話收錄的詩評中，東坡便常並提陶、柳。陶、柳詩歌的相提並論，首見於東坡之言，東坡覺察兩人詩歌風格的相近，從而析理出兩人詩作特點，使後世評述柳子厚，往往易論及陶淵明。因此，欲解東坡評述柳詩之言，不免須與陶詩並觀，將東坡貶謫生涯中的「南遷二友」，先合而觀之再析其同異，方能理解東坡對子厚評賞觀點的轉變。

（一）詩似淵明

《東坡詩話·題柳子厚詩》載錄東坡評子厚詩云：「詩須要有為而作，用事當以故為新，以俗為雅。好奇務新，乃詩之病。」《東坡詩話補遺》亦錄有此則詩話，且其所錄之言較《東坡詩話》更為完整，東坡

〔註221〕 《蘇軾詩話·書柳文瓶賦後》曰：「子厚尤不足觀」。（參吳文治主編：《宋詩話全編》，頁82。）

〔註222〕 〔宋〕蘇軾〈答程全父推官六首·之三〉（參〔宋〕蘇軾：《蘇東坡全集·下》，頁217。）

〔註223〕 〔宋〕晁說之《嵩山集》（臺北市：臺灣商務，1971年），卷18。

於〈題柳子厚詩〉文後又言:「柳子厚晚年詩,極似淵明,知詩病者也。」
合觀二書所錄之言,能更清楚理解東坡對子厚詩歌的評論。

　　子厚創作多以巧思精構詩歌文字,賀裳《載酒園詩話》評其詩曰:
「柳極鍛煉之力」〔註224〕。反覆錘鍊後所呈現的精工,人或與謝靈運
相比,元好問即云:「柳子厚,唐之謝靈運。」〔註225〕閱讀子厚詩歌,
摹景狀物的富麗精工,屬於外在的文字形式,較易為人所注意。但東坡
評賞柳詩,不就「工致」、「精工」而觀其詩文構句,反從內在的審美感
受,覺察子厚與陶淵明相近的自然平淡,將子厚與淵明並列而觀,而有
柳詩似陶的評述觀點。

　　子厚詩歌或有近似淵明之處,然非其所作詩歌均似淵明,東坡認
為子厚「晚年詩」方「極似淵明」。淵明詩中所呈現的平淡之美,是審
美主體超越物我關係的直觀感受,創作者唯有擺脫外在利害關係之束
縛,超越現實物我之利欲,方能真正直觀物象之美,從而書寫出如淵明
般的沖澹之境。《蘇軾詩話‧書李簡夫詩集後》東坡有言云:「平生不呟
於聲利,不戚於窮約,安於所遇而樂之終身者,庶幾乎淵明之真也。」
〔註226〕陶淵明「出乎其外,故能觀之」〔註227〕,非功利性的田園書
寫,使其筆下的自然物象恬靜自得,詩文體現出喜悅舒暢的一派真率。

　　以此回觀子厚,「永貞革新」的改革失敗,使致力於「興堯舜孔子
之道,利安元元為務」〔註228〕的子厚,投荒置散於永州,「縱逢恩赦,
不在量移之限」〔註229〕的君王詔令,更使子厚深陷絕望谷底。初貶永

〔註224〕郭紹虞編選;富壽蓀校點:《清詩話續編》(上海:上海古籍出版社,
　　　　2016 年),頁 325。
〔註225〕〔金〕元好問著;〔清〕施國祁箋注:《新校元遺山詩集箋注》(臺北:
　　　　世界書局,1964 年),頁 530。
〔註226〕吳文治主編:《宋詩話全編》,頁 816。
〔註227〕王國維著、徐調孚校注:《人間詞話》,頁 35。
〔註228〕〔唐〕柳宗元〈寄許京兆孟容書〉(參〔唐〕柳宗元:《柳宗元集》〔北
　　　　京:中華書局,2000 年〕,頁 779)。
〔註229〕〔後晉〕劉煦等撰:《舊唐書》(臺北:臺灣商務印書館,2010 年),
　　　　頁 137。

州，重返長安的希冀、遠謫南荒的羈鎖，令子厚「賞心難久留，離念來相關」。〔註230〕故其於〈始得西山宴遊記〉云：「自余為僇人，居是州，恒惴慄。」〔註231〕生死難測的恐懼不安，憂憤鬱悶的精神愁苦，使永州山水在子厚眼中，僅是羈困身心的蠻荒野地，纏繞於心的僇人囚徒之念，致使子厚雖置身山水，卻未見山水之美，平素僅「施施而行，漫漫而遊」〔註232〕閒暇時僅能漫無目的地緩步枯行。對於自然山水，子厚既無法遺其利害關係，更不能「出乎其外」，此時的子厚實無法體知自然之美，縱於深林迴谿中親見「幽泉怪石」，亦渾然無所感，更遑論於詩歌中書寫出如陶淵明般的閒適淡然。

　　迨貶永州第四年，子厚漸能自惴慄抑鬱中超脫，心境有了不同的轉折，從而萌生「復起為人」〔註233〕之念。子厚放下個人的榮辱得失後，審美意識真正醒覺，突破昔日「信美非所安，羈心屢逡巡」〔註234〕的糾結愁苦，不再將永州視為「南荒繫囚」〔註235〕之地，開始嘗試消解物、我關係的對立性，試著以豁朗的心胸觀照萬物，方能於元和四年「九月二十八日，因坐法華寺西亭，望西山，始指異之。」〔註236〕「始指異之」的美感體驗，源自心靈羈囚的解縛，置身自然而能以單純遊賞的心境，靜觀萬物。當心靈不再掛懷自身的「無以利世」，思想自「有用」、「無用」的比較關係中超越，滌淨外務侵擾，自能化解「僇人」的「惴慄」之感，逍遙無礙地「與萬化冥合」〔註237〕，深入體會自然之美。

〔註230〕　〔唐〕柳宗元〈構法華寺西亭〉（參〔唐〕柳宗元：《柳宗元集》，頁1196）。

〔註231〕　〔唐〕柳宗元：《柳宗元集》，頁762。

〔註232〕　〔唐〕柳宗元：《柳宗元集》，頁762。

〔註233〕　〔唐〕柳宗元〈寄許京兆孟容書〉（參〔唐〕柳宗元：《柳宗元集》，頁779）。

〔註234〕　〔唐〕柳宗元〈登蒲州石磯望橫江口潭島深迴斜對香零山〉（參〔唐〕柳宗元：《柳宗元集》，頁1192）。

〔註235〕　孫武昌：《柳宗元評傳》（南京：南京大學出版社，1998年），頁86。

〔註236〕　〔唐〕柳宗元〈始得西山宴遊記〉（參〔唐〕柳宗元：《柳宗元集》，頁762）。

〔註237〕　〔唐〕柳宗元〈始得西山宴遊記〉（參〔唐〕柳宗元：《柳宗元集》，頁762）。

　　陶淵明描繪田園風光，能「以自然之眼觀物」〔註238〕，無懼貧賤、不念富貴，對於周遭物象，純然無欲地直觀，故能體知物象之美，書寫出澹泊寧靜的詩歌意境。當子厚初至永州時，以囚徒之心自陷於物我的利欲關係，雖身至山林，卻總於山林草木間「披草而坐，傾壺而醉」〔註239〕，對自然之美渾然未覺。迨其經過四年靜思沉澱，開始懂得暫忘平素愁苦，嘗試舒暢展懷於天地間，眼前所觀不再是狹隘的個人得失，始能感知永州的山水之美，至此，子厚不禁自嘆：「吾嚮之未始游，游於是乎始。」〔註240〕超越個人得失地遊賞於自然山水中，放下外在俗務的無端侵擾，捨棄個人競逐名位的功利之心，筆下景致方能反璞歸真，體知「以故為新，以俗為雅」的創作本質，不一味追求雕琢麗句，不一逕講求工致精刻，直抒胸臆而不假雕飾，雖書之以厚質樸拙的詩句，在真情流露中反見其妙。故東坡於〈題柳子厚詩〉言：「好奇務新，乃詩之病。柳子厚晚年詩，極似淵明，知詩病者也。」子厚似陶之作，已漸脫「過於精刻」〔註241〕、「工致過之」〔註242〕的刻畫雕琢。子厚開始覺察自然物象真正的美感，使筆下所書詩境，內蘊陶淵明式的澹然真醇。外在俗務的滌除，憂慮繁亂的澄淨，使審美主體「不知有一己之利害」〔註243〕，而終能「出乎其外」，是子厚晚年詩歌能漸似淵明的關鍵。

　　正因子厚開始調節身心，消解煩愁，嘗試將思緒從深重愁思中轉出，用心體知山水之美，逐漸能書寫出如陶淵明般的恬靜詩意。故東坡言：「柳子厚晚年詩，極似淵明，知詩病者也。」子厚覺察自己的「氣

〔註238〕王國維著，徐調孚校注：《人間詞話》，頁31。
〔註239〕〔唐〕柳宗元〈始得西山宴遊記〉（參〔唐〕柳宗元：《柳宗元集》，頁762）。
〔註240〕〔唐〕柳宗元〈始得西山宴遊記〉（參〔唐〕柳宗元：《柳宗元集》，頁763）。
〔註241〕〔明〕李東陽：《麓堂詩話》（北京市：中華書局，1985年），頁10。
〔註242〕〔明〕胡震亨：《唐音癸籤》（上海市：上海古籍出版，1981年），卷7。
〔註243〕王國維〈叔本華之哲學及其教育學說〉（參姚淦銘、王燕編：《王國維文集·第三卷》〔北京：中國文史出版社，1997年〕，頁321）。

煩慮亂」、「視壅志滯」，在自我開解的歷程中，嘗試漸去其「病」，而終能於詩歌創作中體現「閑依農圃鄰，偶似山林客」〔註244〕的淵明意境。

（二）飲酒讀書以譴日

東坡遠謫嶺南，將陶淵明及柳子厚「目為二友」而「常置左右」，且在陶、柳詩作的閱讀中，漸感「柳子厚晚年詩，極似淵明」。子厚於貶謫之初，以己為「纍囚」，滿溢於心的憤懣與愁苦，隨著時間的流轉及困頓境遇的難解，逐漸削減、妥協。而東坡在黃州、惠州、儋州的貶謫中，也藉由陶、柳詩歌的閱讀，開解遠謫的愁緒。鬱結於心的子厚，除藉山川游賞使紛亂之心「清寧平夷」外，還運用何種方式調節心靈，使詩歌創作能漸漸轉向淵明的閒適淡然，且其調適方式，如何引得東坡心有同感「日夕玩味」〔註245〕，而終能如東坡所自言：「時誦佳句，以解牢落」〔註246〕，觀詩話所錄之〈書柳子厚詩後〉，或能推知東坡如何在詩歌閱讀中「解牢落」以「善處窮」。

《蘇軾詩話·書柳子厚詩後》載東坡之言曰：

> 元符己卯閏九月，瓊士姜君來儋耳，日與予相從。到庚辰三月乃歸，無以贈行，書柳子厚〈飲酒〉、〈讀書〉二詩以見別意。子歸，吾無以遺，獨此二事，日相與往還耳。二十一日書。〔註247〕

「元符己卯」即宋哲宗元符二年（1099 年），東坡時貶儋州，瓊人姜唐佐〔註248〕來訪，東坡書子厚〈飲酒〉、〈讀書〉二詩以贈別。此舉既是

〔註244〕〔唐〕柳宗元：《柳河東集》，卷43。

〔註245〕《苕溪漁隱叢話》曰：「東坡在海外，方盛稱柳柳州詩。後嘗有人得罪過海，見黎子雲秀才，說海外絕無書，適其家有柳文，東坡日夕玩味。」（參〔宋〕胡仔：《苕溪漁隱叢話》，卷11。）

〔註246〕〔宋〕蘇軾〈答程全父推官六首·其一〉（參〔宋〕蘇軾：《蘇東坡全集·下》，頁216～217。）

〔註247〕吳文治主編：《宋詩話全編》，頁801。

〔註248〕〈書柳子厚詩後〉文中之「瓊士姜君」當為「瓊人姜唐佐」。據《萍洲可談》記載：「東坡儋耳，與瓊人姜唐佐遊，喜其好學。」（參〔宋〕朱彧：《萍洲可談》〔臺北市：臺灣商務，1975 年〕，卷3。）《冷齋夜

對子厚這兩首詩歌的創作肯定，在字裡行間也透露自己窮獨的遷謫生活中，有著與子厚相似的排遣方式。

　　子厚自貶謫永州後，未曾言己學陶，亦未有如東坡般的和陶詩作，然觀其所作詩歌，應有對陶詩的接受與學習。如就詩題而言，淵明曾以奄息、仲行、針虎三人殉葬穆公事，而書〈詠三良〉〔註249〕，子厚亦有〈詠三良〉〔註250〕之詩；淵明曾以荊軻刺秦王的壯舉，寫出〈詠荊軻〉〔註251〕一詩，而子厚亦曾以〈詠荊軻〉〔註252〕為詩題。除詠史擇

話》亦載：「東坡在儋耳，有姜唐佐者從乞詩。唐佐，朱崖人，亦書生。」（參〔宋〕釋惠洪：《冷齋夜話》〔鄭州市：大象，2006年〕，卷1。）

〔註249〕　〔晉〕陶淵明〈詠三良〉：「出仕為官居要職，只怕蹉跎好時光。一年到頭勤效力，常恐功績不輝煌。忠情偶爾得表現，於是得寵近君王。出門陪同在車邊，入宮服侍丹帷旁。規勸之言即聽取，建議從來不虛杠。。旦君王長逝後，願得一道把命亡。君王恩厚難相忘，君命怎能敢違抗。面臨墳墓不猶豫，獻身大義志所望。草叢籠罩高墳墓，黃鳥啼鳴聲悲傷。三良性命不可救，淚水沾濕我衣裳。」（參〔晉〕陶潛：《箋註陶淵明集》〔臺北市：中央圖書館，1991年〕，卷4。）

〔註250〕　〔唐〕柳宗元〈詠三良〉：「束帶值明後，顧盼流輝光。一心在陳力，鼎列誇四方。款款效忠信，恩義皎如霜。生時亮同體，死沒寧分張。壯軀閉幽隧，猛志填黃腸。殉死禮所非，況乃用其良。霸基弊不振，晉楚更張皇。疾病命固亂，魏氏言有章。從邪陷厥父，吾欲討彼狂。」（參〔唐〕柳宗元：《柳河東集》，卷43。）

〔註251〕　〔晉〕陶淵明〈詠荊軻〉：「燕丹善養士，志在報強嬴。招集百夫良，歲暮得荊卿。君子死知己，提劍出燕京。素驥鳴廣陌，慷慨送我行。雄髮指危冠，猛氣衝長纓。飲餞易水上，四座列羣英。漸離擊悲筑，宋意唱高聲。蕭蕭哀風逝，淡淡寒波生。商音更流涕，羽奏壯士驚。心知去不歸，且有後世名。登車何時顧，飛蓋入秦庭。凌厲越萬里，逶迤過千城。圖窮事自至，豪主正怔營。惜哉劍術疏，奇功遂不成。其人雖已沒，千載有餘情。」（參〔晉〕陶潛：《箋註陶淵明集》，卷4。）

〔註252〕　〔唐〕柳宗元〈詠荊軻〉：「燕秦不兩立，太子已為虞。千金奉短計，匕首荊卿趨。窮年徇所欲，兵勢且見屠。微言激幽憤，怒目辭燕都。朔風動易水，揮爵前長驅。函首致宿怨，獻田開版圖。炯然耀電光，掌握罔正夫。造端何其銳，臨事竟趑趄。長虹吐白日，倉卒反受誅。按劍赫憑怒，風雷助號呼。慈父斷子首，狂走無容軀。夷城芟七族，臺觀皆焚污。始期憂患弭，卒動災禍樞。秦皇本詐力，事與桓公殊。奈何效曹子，實謂勇且愚。世傳故多謬，太史徵無且。」（參〔唐〕柳宗元：《柳河東集》，卷43。）

取相同題材外，東坡書以贈別的〈飲酒〉、〈讀書〉二詩，子厚亦有相似詩作，且此二詩風格與淵明詩風相近，曾季貍便認為柳子厚〈讀書〉一詩「蕭散簡逸，穠纖合度，置之淵明集中，不復可辨」〔註253〕，而曾吉甫則認為子厚〈飲酒〉詩「絕似淵明」。〔註254〕詩話載錄東坡書此二詩以贈別，實有深刻涵義。

先觀〈讀書〉一詩，子厚書寫此詩，已謫居永州四年〔註255〕，其於詩中寫道：

> 幽沉謝世事，俯默窺唐虞。上下觀古今，起伏千萬途。遇欣或自笑，感戚亦以歔。縹帙各舒散，前後互相踰。瘴痾擾靈府，日與往昔殊。臨文乍了了，徹卷兀若無。竟夕誰與言，但與竹素俱。倦極便倒臥，熟寐乃一蘇。欠伸展肢體，吟詠心自愉。得意適其適，非願為世儒。道盡即閉口，蕭散捐囚拘。巧者為我拙，智者為我愚。書史足自悅，安用勤與劬。貴爾六尺軀，勿為名所驅。〔註256〕

子厚詩中自言，永州之遠貶，宛若沉淪幽谷，遠離朝政而不問世事，幽居生活而無人與言，僅能以書相伴。經由潛心閱讀各類書籍，子厚因貶謫所帶來的「幽沉」之感與「瘴痾」之鬱，逐漸獲得開解，在書籍吟詠中自愉、適意，其心漸漸趨近淵明，其詩亦有頗似陶明之作。沉浸於書籍之中，使子厚忘卻寂寥愁苦，而此一開解之法，亦可見於淵明〈讀山海經〉〔註257〕詩中。淵明寓居「窮巷隔深轍，頗迴故人車」的草廬中，

〔註253〕〔宋〕曾季貍：《艇齋詩話》（臺北市：廣文，1971年），頁33。

〔註254〕〔唐〕柳宗元著；王國安箋釋：《柳宗元詩箋釋》（上海：上海古籍出版社，1993年），頁256。

〔註255〕〈讀書〉一詩寫於元和四年（809年）。

〔註256〕〔唐〕柳宗元：《柳河東集》，卷43。

〔註257〕〔晉〕陶淵明〈讀山海經〉：「孟夏草木長，遶屋樹扶疏。眾鳥欣有託，吾亦愛吾廬。既耕亦已種，時還讀我書。窮巷隔深轍，頗迴故人車。歡然酌春酒，摘我園中蔬。微雨從東來，好風與之俱。泛覽周王傳，流觀山海圖。俯仰終宇宙，不樂復何如？」（參〔晉〕陶潛：《陶淵明集》，卷4。）

耕作之餘，適意漫讀，「泛覽周王傳，流觀山海圖」的自得愜意，使其不禁愉悅自問：「俯仰終宇宙，不樂復何如？」淵明以樸拙率真之筆書寫耕讀之樂，詩境曠達閒適，而子厚也借由讀書的樂趣，忘卻煩憂，使其詩文「蕭散簡逸」，流露出宛若淵明詩作的古樸真純。

　　再觀〈飲酒〉一詩，子厚〈飲酒〉詩亦作於謫居永州時，其於詩中寫道：

> 今夕少愉樂，起坐開清尊。舉觴酹先酒，為我驅憂煩。須臾
> 心自殊，頓覺天地暄。連山變幽晦，綠水函晏溫。藹藹南郭
> 門，樹木一何繁。清陰可自庇，竟夕聞佳言。盡醉無復辭，
> 偃臥有芳蓀。彼哉晉楚富，此道未必存。〔註258〕

子厚起筆即言「今夕少愉樂」，故其飲酒，也是為開解心中愁悶，待其舉杯自飲後，愁鬱盡掃，心境自殊，天地頓感喧鬧，山川頓覺晴暖，詩句也呈現淵明般的自然真摯。飲酒是子厚在遠謫生涯中，宣洩憂憤、止憂轉念的重要媒介，唯有忘卻世俗憂悶，方能書寫出如淵明般沖澹高遠的詩意。而淵明也曾以〈飲酒〉為題，書寫二十首的長篇組詩，以此表達自己安貧守拙、恬淡悠然的隱逸之志。對此，《東坡詩話》錄有東坡評述淵明〈飲酒・其十一〉之言，其文曰：

> 「顏生稱為仁，榮公言有道。屢空不獲年，長飢至于老。雖
> 留身後名，一生亦枯槁。死去何所知，稱心固為好。客養千
> 金軀，臨化消其寶。裸葬何必惡，人當解意表。」此淵明〈飲
> 酒〉詩也。正飲酒中，不知何緣記得此許多事。

淵明寫出飲酒中的諸多思緒，既思索生前窮苦、身後留名的真實意義，又感慨費心養身、死後不存的神魂滅寂，千般思緒，在醉飲中逐一湧現，又逐一滌淨。東坡觀淵明如此飲酒，也不禁嘆其「正飲酒中，不知何緣記得此許多事」。淵明身處亂世而勘破名利、絕意仕進的種種感懷，也是藉由飲酒開展思緒，待其將憂思層層消解後，漸能「逝將不復疑」，

〔註258〕〔唐〕柳宗元：《柳河東集》，卷43。

從而展現出「日夕歡相持」的歡心自在。〔註259〕

　　東坡以子厚〈飲酒〉、〈讀書〉二詩贈別，並言：「吾無以遣，獨此二事，日相與往還耳。」飲酒、讀書以驅憂，不僅是子厚遷謫後的自我寬慰、淵明隱逸時的自我開解，也是東坡遠謫嶺南，用以排遣寂寥、超脫困境的良方。東坡身處儋州，亦如子厚般「無以遣日」，心路歷程的相似，使東坡更能體知子厚書寫〈飲酒〉、〈讀書〉時，心中的種種感觸與領悟。加之熟稔陶詩的東坡，曾有〈和陶讀山海經〉及〈和陶飲酒二十首〉等和陶詩作，且其云：「至其得意，自謂不甚愧淵明」。〔註260〕東坡深解淵明寄情於讀書、飲酒所帶來的解憂忘愁與適意喜悅。當東坡自柳詩中擇書〈飲酒〉、〈讀書〉以贈別，且自言以此二事遣日時，已藉由子厚這兩首「蕭散簡逸」而「絕似淵明」的詩歌作品，肯定子厚在貶謫數年後，能以書、酒慰心，而暫得解憂忘愁的心境轉換。當子厚以書、酒解憂忘愁後，心境的坦然無憂，使其所書詩境能更接近於淵明的沖澹高遠。

二、似澹而實美

　　子厚詩歌經東坡品評與讚賞後，漸受宋人重視，然真能識其妙處者，為數不多。范溫於《潛溪詩眼》云：「余嘗問人：『柳詩何好？』答云：『大體皆好。』又問：『君愛何處？』答云：『無不愛者。』便知不曉矣。」〔註261〕宋人因東坡而讀柳詩、愛柳詩，但柳詩之好，卻以其「深遠難識」而「不曉」。東坡能自唐朝眾多詩人中，將關注視角投注於子厚，並「發明其妙」，對子厚其人、其詩當有深刻了解。欲解「柳詩何好」，自詩話收錄的東坡評柳之言，當可析理出子厚詩歌之妙。

〔註259〕〔晉〕陶淵明〈飲酒・其一〉：「衰榮無定在，彼此更共之。邵生瓜田中，寧似東陵時。寒暑有代謝，人道每如茲。達人解其會，逝將不復疑。忽與一觴酒，日夕歡相持。」（參〔晉〕陶潛：《陶淵明集》，卷3。）

〔註260〕〔宋〕蘇軾：《蘇東坡全集・下》，頁70。

〔註261〕郭紹虞輯：《宋詩話輯佚》（北京：中華書局，1983年），頁328。

（一）欲似陶而終難

《東坡詩話》載錄〈評韓柳詩〉一文，文中東坡言：

> 柳子厚詩在陶淵明下，韋蘇州上。退之豪放奇險則過之，而
> 溫麗靖深不及也。所貴乎枯澹者，謂其外枯而中膏，似澹而
> 實美，淵明、子厚之流是也。若中邊皆枯澹，亦何足道。佛
> 云：「如人食蜜，中邊皆甜。」人食五味，知其甘苦者皆是，
> 能分別其中邊者，百無一二也。

東坡將柳宗元與陶淵明、韋蘇州並舉，以「枯澹」統述此類詩歌風格，展現出宋朝文士不同於唐人的美學觀點。

　　不同於唐詩渾雅豐腴的華美，宋人言詩多以平淡自然為美，而陶淵明以淳厚質樸的詩歌風格備受宋人推崇，錢鍾書曾說：「淵明文名，至宋而極。」〔註262〕推崇陶淵明的宋朝文士中，東坡對陶詩內涵的發掘與作品的追和，使陶淵明灑脫出塵的詩歌意蘊及品格內涵，更深入地進入宋朝文士的心中，形塑出文學領域中澹泊閒逸的陶淵明，李澤厚便認為「超脫人世的陶潛是宋代蘇軾塑造出來的形象」。〔註263〕東坡知陶、學陶、和陶，陶淵明至東坡筆下，成為精神品格的理想，東坡甚至在詩中寫道：「淵明吾所師，夫子仍其後。」〔註264〕陶淵明衰榮不驚的寧靜澹泊，不僅是平淡詩風的代表，更是人格涵養的典範。在詩歌風格與人格品德的高度契合下，陶淵明已是東坡心中最為激賞的詩人，如其所自言：「吾于詩人，無所甚好，獨好淵明。」〔註265〕陶淵明詩歌所呈現的意境，是東坡推崇的詩歌境界。東坡在詩歌品賞上既「獨好淵明」，其將子厚置於「陶淵明下，韋蘇州上」，子厚詩歌對東坡而言，應具有獨特意義。

〔註262〕錢鍾書：《談藝錄》（上海：三聯書店，2010年），頁88。

〔註263〕李澤厚：《美的歷程》（上海：三聯書店，2014年），頁104。

〔註264〕〔宋〕蘇軾〈陶驥子駿佚老堂二首·其一〉（參〔宋〕蘇軾：《蘇東坡全集·上》，頁194。）

〔註265〕〔宋〕蘇軾：《蘇東坡全集·下》，頁70。

　　東坡仕途與子厚相近，忠而被謗，遠謫嶺外，因此東坡更能體會子厚詩歌中的種種情懷。《蘇軾詩話》載錄元豐八年（1085 年）東坡離開密州赴任登州途中，忽然憶起子厚〈與浩初上人同看山寄京華親故〉而言：「僕自東武適文登，並海行數日，道傍諸峰，真若劍鋩。誦柳子厚詩，知海山多爾耶？子柳子云：『海上尖峰若劍鋩，秋來處處割人腸。若為化作身千億，遍上峰頭望故鄉。』」〔註 266〕遠貶永州繼又改任柳州的子厚，與浩初上人登山遠望，念家思鄉的愁緒鬱結於心，壯麗海山甫一入眼，即化為割腸劍鋩，其開解愁緒的方式，僅能寄意於佛教的「千百億化身」以遙望故鄉。東坡於赴任途中，忽憶此詩，離別之情，當使東坡更能深刻了解子厚的思鄉愁緒。東坡於此時誦念此詩，既肯定子厚寫景狀物的形象生動，也能借柳詩抒發己意。及至紹聖四年（1097年），東坡貶居惠州時，更將此詩詩句化用入自己的作品中而寫道：「繫悶豈無羅帶水，割愁還有劍鋩山。中原北望無歸日，鄰火村舂自往還。」〔註 267〕北歸無望之際，東坡所憶起的仍是子厚詩歌中所流露出的歸思之情。仕途阻挫的同情共感，東坡閱子厚之詩宛如誦自我之情，子厚在詩歌中所展現的悲鬱愁懷，以及努力沉澱自己、開解愁緒後的學陶、似陶，東坡更能解知其中深意。

　　東坡眼中的陶淵明，是純然的傲岸高潔，是歸返自然的精神嚮往。陶淵明的歸居田園，帶著看透黑暗政治後的堅心隱逸，潔身守志，「縱浪大化中，不喜亦不懼」。〔註 268〕其筆下所述之田園生活，是順情適性地歸返山林後，以喜悅之心表現而出的簡樸平淡。這樣的精神境界，是自認「性剛才拙，與物多忤」〔註 269〕的東坡，心性修持的理想目標，因此東坡曾云：「平生出仕，以犯世患，此所以深服淵明，欲以晚節師

〔註 266〕吳文治主編：《宋詩話全編》，頁 794。
〔註 267〕〔宋〕蘇軾〈白鶴峰新居欲成夜過西鄰翟秀才二首・其一〉（參〔宋〕蘇軾：《蘇東坡全集・上》，頁 518。）
〔註 268〕〔晉〕陶淵明著；袁行霈箋注：《陶淵明集箋注》（北京：中華書局，2011 年），頁 47。
〔註 269〕〔宋〕蘇軾：《蘇東坡全集・下》，頁 70。

範其萬一也。」〔註270〕東坡雖欲「師範」淵明,甚至希望「我即淵明,淵明即我也」〔註271〕,然因其用世之心,終難捨仕途而得真正閒適,其弟子由便看得透徹而言:「嗟乎!淵明不肯為五斗米一束帶見鄉里小兒,而子瞻出仕三十餘年,為獄吏所折困,終不能悛,以陷於大難,乃欲以桑榆之末景自託於淵明,其誰肯信之?」〔註272〕東坡愛淵明的平淡自然,並以陶詩意境作為精神嚮往的歸趨,但終難做到陶淵明的出世離塵而棄官歸隱。

子厚詩中所呈現的平淡,並非如陶淵明般徹底拋開塵世物累的閒適澹泊,子厚曾以〈冉溪〉一詩表述自我心境的轉變,其於詩中寫道:「少時陳力希公侯,許國不復為身謀。風波一跌逝萬里,壯心瓦解空繆囚。繆囚終老無餘事,願卜湘西冉溪地。卻學壽張樊敬侯,種漆南園待成器。」〔註273〕年少時「輔時及物」的銳意進取,南貶後「崎嶇厄塞」的鬱憤不平,到「老無餘事」的漸趨平靜,子厚詩歌中的平淡,是在體知境遇難以改變後,自覺地嘗試擺脫愁苦,寄情於山水的心靈調適,因此,平淡的文字中不免內蘊不易覺察的起復企望或難以言說的孤寂寥落。如《東坡詩話‧書鄭谷詩》〔註274〕中,東坡舉子厚〈江雪〉詩而言:「人性有隔也哉,殆天所賦,不可及也已。」子厚筆下獨釣江雪的老人,在遼闊冷寂的雪天景致中,更顯清高孤傲,其詩境之孤絕高遠,實非鄭谷所書之「江上晚來堪畫處,漁人披得一蓑歸」能與比肩。

子厚在漫長的謫居生涯中,也曾以遊賞、讀書、飲酒等方式,排解困頓憂鬱的情緒,並自覺地書寫幽居田園的閒適生活,以寬慰己

〔註270〕 〔宋〕蘇軾:《蘇東坡全集‧下》,頁70。
〔註271〕 〔宋〕蘇軾〈書淵明東方有一士詩後〉(參吳文治主編:《宋詩話全編》,頁798。)
〔註272〕 〔宋〕蘇轍〈子瞻和陶淵明詩集引〉(參〔宋〕蘇轍著;陳宏天、高秀芳點校:《蘇轍集》〔北京:中華書局,1990年〕,頁1111。)
〔註273〕 〔唐〕柳宗元:《柳河東集》,卷43。
〔註274〕 《東坡詩話‧書鄭谷詩》:「鄭谷詩云:『江上晚來堪畫處,漁人披得一蓑歸。』此村學中詩也。柳子厚云:『千山鳥飛絕,萬徑人踪滅。扁舟蓑笠翁,獨釣寒江雪。』人性有隔也哉,殆天所賦,不可及也已。」

心，如〈溪居〉〔註275〕、〈夏初雨後尋愚溪〉〔註276〕、〈郊居歲暮〉〔註277〕、〈首春逢耕者〉〔註278〕、〈茆簷下始栽竹〉〔註279〕等詩，詩中述寫生活的平靜樸拙，便與陶淵明平淡的歌風相似。然不論詩文所敘如何幽靜美好，內容多易述及貶謫南夷、羈囚阻厄或心中難遣的寂寞蕭瑟，縱使子厚於詩中似坦然處之，但字裡行間不免流露出淡淡的愁緒。

　　子厚似陶之作，是心中鬱憤的強自排遣，並非真正的適意平淡，子厚秉性中帶著難以改易的用世之志，故其言：「嘻笑之怒，甚於裂眥，長歌之哀，過乎慟哭。庸詎知吾之浩浩非戚戚之尤者乎？」〔註280〕而境遇與子厚相似的東坡，心性中也帶著「人生不信常坎坷」〔註281〕的

〔註275〕　〔唐〕柳宗元〈溪居〉：「久為簪組累，幸此南夷謫。閑依農圃鄰，偶似山林客。曉耕翻露草，夜榜響溪石。來往不逢人，長歌楚天碧。」（參〔唐〕柳宗元：《柳河東集》，卷43。）

〔註276〕　〔唐〕柳宗元〈夏初雨後尋愚溪〉：「悠悠雨初霽，獨繞清溪曲。引杖試荒泉，解帶圍新竹。沉吟亦何事？寂寞固所欲。幸此息營營，嘯歌靜炎燠。」（參〔唐〕柳宗元：《柳河東集》，卷43。）

〔註277〕　〔唐〕柳宗元〈郊居歲暮〉：「屏居負山郭，歲暮驚離索。野迥樵唱來，庭空燒爐落。世紛因事遠，心賞隨年薄。默默諒何為，徒成今與昨。」（參〔唐〕柳宗元：《柳河東集》，卷43。）

〔註278〕　〔唐〕柳宗元〈首春逢耕者〉：「南楚春候早，餘寒已滋榮。土膏釋原野，百蟄競所營。綴景未及郊，穡人先偶耕。園林幽鳥囀，渚澤新泉清。農事誠素務，羈囚阻平生。故池想蕪沒，遺畝當榛荊。慕隱既有繫，圖功遂無成。聊從田父言，款曲陳此情。眷然撫耒耜，回首煙雲橫。」（參〔唐〕柳宗元：《柳河東集》，卷43。）

〔註279〕　〔唐〕柳宗元〈茆簷下始栽竹〉：「瘴茆茸為宇，溽暑恆侵肌。適有重腌疾，蒸鬱寧所宜？東鄰幸導我，樹竹邀涼飈。欣然愜吾志，荷鍤西巖垂。楚壤多怪石，墾鑿力已疲。江風忽雲暮，與曳還相追。蕭瑟過極浦，旖旎附幽墀。貞根期永固，貽爾寒泉滋。夜窗遂不掩，羽扇寧復持？清泠集濃露，枕簟淒已知。網蟲依密葉，曉禽棲迴枝。豈伊紛囂間，重以心慮怡？嘉爾亭亭質，自遠棄幽期。不見野蔓草，蓊蔚有華姿。諒無凌寒色，豈與青山辭？」（參〔唐〕柳宗元：《柳河東集》，卷43。）

〔註280〕　〔唐〕柳宗元：《柳河東集》，卷14。

〔註281〕　〔宋〕蘇軾著；〔清〕王文誥輯注；孔凡禮點校：《蘇軾詩集》（北京：中華書局，1982年），頁253。

積極奮進，也如子厚般無法捨下濟世之心，故其曾云：「我不如陶生，世事纏綿之」〔註282〕。在《蘇軾詩話・題陶靖節歸去來辭後》一文中，東坡也曾次韻淵明〈歸去來辭〉而言：「余久有陶彭澤賦〈歸去來辭〉之願而未能。茲復有嶺南之命，料此生難遂素志。舟中無事，依原韻，用魯公書法，為此長卷，不過暫舒胸中結滯，敢云與古人并駕寰區也耶！」〔註283〕東坡面對遠謫嶺南而素志難遂的生命低潮，也是以次韻淵明詩作的方式，暫舒鬱滯。如此之東坡，當能深刻體知子厚「激而發之欲其清」〔註284〕的創作思維。

　　子厚詩歌雖寫田園的幽居生活，似有淵明詩歌中的樸拙平淡，但其平淡並非如淵明般展現隱逸生活的悠然喜悅，反而是努力開解自我後的偶得悠閒，平淡中內蘊深意。而東坡能體知其意，解讀出子厚深蘊於沖澹閒逸中的執著如初，知曉其偶見的閒適是不願受摧折的強自開解。故〈評韓柳詩〉一文中，東坡雖以「外枯而中膏，似澹而實美」的「枯澹」評淵明、子厚之詩，然二人詩歌的膏腴豐美處，並不相同。淵明詩美在超然灑脫的真率，而子厚詩歌則美在執傲不屈的孤絕。因此〈評韓柳詩〉中，東坡清楚言道：「退之豪放奇險則過之，而溫麗靖深不及也。」溫婉平和的詩境是子厚似陶之處，而內蘊於詩境中，深沉靜穆的風骨，則是子厚終難似陶的峭拔冷峻。

（二）寄至味於澹泊

　　韓退之詩歌創作求奇求險，「避熟取生」〔註285〕的險怪拗折，與東坡〈題柳子厚詩〉所言之「以故為新，以俗為雅」相違，反與「好奇務新，乃詩之病」略有所似。故東坡於〈評韓柳詩〉中欲言柳詩的「枯澹」之美，先言：「退之豪放奇險則過之，而溫麗靖深不及也。」經由

〔註282〕〔宋〕蘇軾著；〔清〕王文誥輯注；孔凡禮點校：《蘇軾詩集》，頁1883。
〔註283〕吳文治主編：《宋詩話全編》，頁830。
〔註284〕〔唐〕柳宗元：《柳河東集》，卷34。
〔註285〕〔唐〕韓愈著；錢仲聯集釋：《韓昌黎詩繫年集釋》（上海市：上海古籍出版，1984年），頁946。

退之創作風格的對比，能更清楚掌握柳詩中「外枯而中膏，似澹而實美」的「枯澹」之境。

　　與「好奇務新」而造成的佶屈艱澀相較，流轉於詩歌中的「枯澹」意境，更能帶來閱讀的詩意與情味。東坡所言之「枯澹」，並非如同嚼蠟般的寡淡無味，而是具有層次內蘊的豐滿情韻，故其云：「若中邊皆枯澹，亦何足道」。而如何書寫出「外枯而中膏，似澹而實美」的「枯澹」詩作，在《蘇軾詩話・書黃子思詩後集》中東坡有言曰：「李、杜之後，詩人繼作，雖間有遠韻，而才不逮意，獨韋應物、柳宗元發纖穠於簡古，寄至味於澹泊。」〔註286〕詩之「枯澹」，是在簡古詩風中有著纖腴合度的優美文辭，在澹泊平和中含藏紆餘悠遠的情味。因此，詩人非一入手，即能書寫出「枯澹」之境，「枯澹」當是含納「大巧」的渾然無跡，而能如東坡〈書唐氏六家書後〉所言：「精能之至，反造疏淡」。〔註287〕詩歌欲造「疏淡」詩意，須先有純熟的「精能」詩筆。

　　子厚詩歌中的「枯澹」之美，奠基於長期積累的藝術經驗及高妙的創作技巧。《蘇軾詩話・書子厚夢得造語》載東坡評論子厚遣詞用語的高妙，其文曰：「子厚《記》云：『每風自四山而下，震動大木，掩冉眾草，紛紅駭綠，蓊葧薌氣。』柳子厚、劉夢得皆善造語，若此句，殆入妙矣。」〔註288〕東坡所評文字出自〈袁家渴記〉，子厚僅書以短短數字，便將山風駭動之態，刻劃得聲色動人，花葉搖曳間宛能親見水色山風，若非子厚具有「描神賦色」之「精能」，如何能「把水聲花氣樹響作一總束」，又能「從其中渲染出奇光異采」。〔註289〕東坡評賞〈袁家渴記〉中的敘景妙語，肯定子厚精絕的藝術底蘊。

　　此外，《蘇軾詩話・題柳子厚詩二首》亦載東坡讚子厚詩句之言：「柳子厚詩云：『鶴鳴楚山靜。』又云：『隱憂倦永夜。』東坡曰：『子

〔註286〕吳文治主編：《宋詩話全編》，頁803。
〔註287〕〔宋〕蘇軾著；孔凡禮點校：《蘇軾文集》，頁2206。
〔註288〕吳文治主編：《宋詩話全編》，頁795。
〔註289〕林紓：《韓柳文研究法》（臺北市：廣文，1969年），頁120。

厚此詩，遠出靈運上。』」〔註290〕謝靈運詩歌工整密麗，山川勝景描繪雄奇，鍾嶸言其「名章迥句，處處間起；曲麗新聲，絡繹奔發」〔註291〕，謝靈運可謂南朝山水詩之大家。如此大家，與子厚相較，東坡以為子厚詩句「遠出靈運上」，子厚不僅描摹物色巧似精當，窮情寫物更能盡展情景交融之妙，不論是〈與崔策登西山〉〔註292〕中「鶴鳴楚山靜」的高遠雄闊，抑或〈登蒲洲石磯望橫江口潭島深迴斜對香零山〉〔註293〕中「隱憂倦永夜」的憂思抒展，澹泊清夷的詩境，帶著子厚獨有的清峻，文字雖然簡淡，卻能綿延出無窮詩意。子厚筆下的枯澹，是「精能之至」後，歸返素樸的圓熟。

同樣是詩境的營造與詩藝的鍛鍊，韓退之詩歌往險怪拗峭處求新、求變，「好奇務新」地刻苦錘鍊，詩文富贍卻「格不近詩」〔註294〕，雖然開拓了詩歌的創作技巧，卻不免帶著刻意雕鏤的痕跡。子厚亦具有穠麗精妙的詩筆，但隨著仕宦之途的劇烈轉折以及謫居生活的悠遠漫長，子厚選擇重新調整自我，努力朝著心靈的平和靜適作改變。因此，他的詩歌收斂豐華、捨棄尖奇，以樸拙詩句書寫自然景致，以平淺近情之言表達生活悲喜，使其詩歌展現出圓融成熟的「枯澹」之美。東坡所

〔註290〕吳文治主編：《宋詩話全編》，頁794。

〔註291〕〔南朝〕鍾嶸著；楊祖聿校注：《詩品校注》（臺北市：文史哲，1961年），頁73。

〔註292〕〔唐〕柳宗元〈與崔策登西山〉：「鶴鳴楚山靜，露白秋江曉。連袂度危橋，縈迴出林杪。西岑極遠目，毫末皆可了。重疊九疑高，微茫洞庭小。迴窮兩儀際，高出萬象表。馳景泛頹波，遙風遞寒筱。謫居安所習，稍厭從紛擾。生同胥靡遺，壽比彭鏗夭。寒連困顛踣，愚蒙怯幽眇。非令親愛疏，誰使心神悄。偶茲遁山水，得以觀魚鳥。吾子幸淹留，緩我愁腸繞。」（參〔唐〕柳宗元：《柳河東集》，卷43。）

〔註293〕〔唐〕柳宗元〈登蒲洲石磯望橫江口潭島深迴斜對香零山〉：「隱憂倦永夜，凌霧臨江津。猿鳴稍已疏，登石娛清淪。日出洲渚靜，澄明晶無垠。浮暉翻高禽，沉景照文鱗。雙江匯西奔，詭怪潛坤珍。孤山乃北峙，森爽棲靈神。迴潭或動容，島嶼疑搖振。陶埴茲擇土，蒲魚相與鄰。信美非所安，羈心屢逡巡。糾結良可解，紆鬱亦已伸。高歌返故室，自罔非所欣。」（參〔唐〕柳宗元：《柳河東集》，卷43。）

〔註294〕〔宋〕釋惠洪：《冷齋夜話》，卷2。

言之「枯澹」乃「氣象崢嶸，五色絢爛，漸老漸熟，乃造平淡」〔註295〕
的藝術昇華，是以精湛詩藝轉化而出的妙造自然，而非僅以淡而無味
之語書寫平淡無奇之事。因此，東坡言子厚「發纖穠於簡古」，正是在
古澹閒遠的詩作中，尋得子厚卓然超邁的精純詩藝。

　　若「發纖穠於簡古」是就寫作藝術，言子厚詩歌的「枯澹」之美，
「寄至味於澹泊」便是從詩歌意蘊的品賞，論子厚「枯澹」詩作中的無
窮詩意。《蘇軾詩話・書柳子厚南澗詩》錄有東坡評子厚〈南澗中題〉
之言曰：

> 「秋氣集南澗，獨遊亭午時。回風一蕭索，林影久參差。始
> 至若有得，稍深遂忘疲。羈禽響幽谷，寒藻舞淪漪。去國魂
> 已游，懷人淚空垂。孤生易為感，末路少所宜。寂寞竟何事，
> 遲回只自知。誰歟後來者，當與此心期。」柳子厚南遷後詩，
> 清勁紆餘，大率類此。紹聖三年三月六日。

〈南澗中題〉作於憲宗元和七年（812年），此時子厚已貶永州7年。
其年秋日，子厚遊覽南澗，而有此作。詩寫漫遊南澗所見之景及所感之
情。縱使亭午時分，秋風依舊蕭瑟，清寂幽谷忽聞禽鳴，恍惚間，孤獨
消沉之感籠罩於子厚徬徨躑躅的身影中。簡樸平澹的文字，蘊含著綿
延不盡又難以言說的愁緒。東坡評賞此詩云：「柳子厚南遷後詩，清勁
紆餘，大率類此。」子厚以樸拙語言書寫出的深遂意蘊，品之不盡，細
讀有味，平澹中自有「至味」。詩歌既簡古又顯峭拔，正是「外枯而中
膏，似澹而實美」的「枯澹」意境。

　　對於藝術作品的評賞，東坡曾言：「初若散緩不收，反覆不已，乃
識其奇趣。」〔註296〕閱讀「枯澹」詩作，其美感體悟當是如此。詩歌
細品之後尋繹不盡的「奇趣」，使詩歌文字雖平淡，卻能耐咀嚼且滋味

〔註295〕〔宋〕周紫芝：《竹坡詩話》（參〔清〕吳景旭：《歷代詩話》〔臺北：
　　　　藝文，1974年〕，頁202。）
〔註296〕〔宋〕蘇軾〈書唐氏六家書後〉（參〔宋〕蘇軾著；孔凡禮點校：《蘇
　　　　軾文集》，頁2206。）

無窮。《蘇軾詩話・書柳子厚漁翁詩》文中，東坡便曾引子厚〈漁翁〉
〔註297〕詩而評曰：「熟味此詩，有奇趣。」〔註298〕子厚以淡逸筆墨，
勾勒置身於天地山水間的漁翁行蹤，「煙銷日出不見人，欸乃一聲山水
綠」，天色轉亮卻已不見人蹤，僅聞「欸乃一聲」劃破天地的寂靜。樸
拙文字間盈滿日出破曉的生機與能量，閒逸平淡中內隱清勁。「熟味」
後的「奇趣」，是品讀子厚「枯澹」詩作後，「澹而不澹」的豐腴情韻。

　　子厚曾於遠謫南荒時，茫然自問：「吾纍囚也。逃山林入江海無路，
其何以容吾軀乎？」〔註299〕在歷經數年謫居生活而確知起復無望、濟
世無路後，子厚終在詩文創作中尋得心靈平和的居所，褪去語言文字
的精飾雕鏤，轉書為順情適性的自然平淡，在平和閒遠的樸拙古意中，
嘗試消融滿腔的悲切激憤。東坡以其相似境遇，解讀出子厚在平和沖
澹的文字後，仍隱隱含蘊於詩歌中的無耐與愁緒。《苕溪漁隱叢話》錄
有東坡評〈南澗中題〉之言曰：「憂中有樂，樂中有憂，蓋絕妙古今矣。」
〔註300〕東坡在子厚書寫山水田園的悠遠閒適中，體知子厚性潔才高而
深於理想，在理想的堅持下淒楚寂寞，在寂寞憂傷中又須強自開解的
複雜心緒，因此能解讀出子厚詩歌中所含蘊的「奇趣」，在「澹泊」文
字中能品賞出「至味」。東坡雖於〈評韓柳詩〉曰：「人食五味，知其甘
苦者皆是，能分別其中邊者，百無一二也。」實則東坡正是「能分別其
中邊者」，也因東坡品賞出子厚「枯澹」詩歌中的「至味」，後世文人漸
能深入解讀子厚詩歌中的無窮韻味。

　　東坡因仕宦之途履歷起伏，在阻遏中逐漸能體知子厚詩歌的「枯
澹」意境。但因東坡與子厚性格終究不同，兩人雖同懷用世之心而遷謫
遠貶，東坡卻較能以心性的樂觀開朗翻轉生命困局，子厚卻不易將悲

〔註297〕〔唐〕柳宗元〈漁翁〉：「漁翁夜傍西巖宿，曉汲清湘燃楚竹。煙銷日
　　　　出不見人，欸乃一聲山水綠。回看天際下中流，巖上無心雲相逐。」
　　　　（參〔唐〕柳宗元：《柳河東集》，卷43。）
〔註298〕吳文治主編：《宋詩話全編》，頁831。
〔註299〕〔唐〕柳宗元：《柳河東集》，卷15。
〔註300〕〔宋〕胡仔：《苕溪漁隱叢話》（臺北市：臺灣商務，1968年），卷19。

慨愁緒自生命中抽離而出。因此，淵明與子厚雖均書寫「枯澹」詩作，詩作細讀均能品賞出「至味」，然而東坡心中企慕的是淵明「當憂則憂，遇喜則喜，忽然憂樂兩忘，則所遇而皆適」〔註301〕的境界，此為東坡心性修持的理想。而子厚「憂中有樂，樂中有憂」的紆餘婉轉，東坡雖曾有相同的深刻感受，卻終難以此做為生命的追尋，東坡與子厚相較，更具有解脫愁苦的智慧，也比子厚更接近於淵明的人生境界。因此東坡於〈評韓柳詩〉言：「柳子厚詩在陶淵明下」，如此分判，應是東坡在兩人詩作的「至味」中，體會出生命歷練後的不同境界。

《東坡詩話》所錄詩評，東坡不作空泛虛談，亦不言玄奧妙理，多著眼於現實生活，落實於真實生命，以儒家思想為主軸，踐行文士的政治責任與濟世理想，形塑出東坡的儒者意識與文士品格。因此，《東坡詩話》的詩評摘錄，承載著東坡面對真實人生的儒者精神，弱化了離世隱逸的逍遙，偏重現世生活的承擔與責任。如其評述淵明詩作，觀《東坡詩話》所錄，或如〈書淵明飲酒詩後〉般談飲酒而言「正飲酒中，不知何緣記得此許多事」，或如〈題淵明詩〉般論「非余之世農，亦不能識此語之妙」的親身體悟，詩話所錄較無東坡於和陶詩中所展現的避世情懷與隱逸嚮往。

綜觀《東坡詩話》載錄之東坡詩評，其對白樂天、杜子美及柳子厚的詩作評賞，不受前人眼界所限，亦不侷囿於既有詩論，東坡自有其擇錄標準與評述視角。言樂天，不取閒適名篇，東坡所論乃內蘊於〈九年十一月二十一日感事而作〉及〈題海圖屏風〉二詩中的儒者仁心。述子美，東坡則掘發子美詩中所含藏「人罕能識」的「獨苦詩心」，且自子美諸多詠史名篇中，擇錄歷史轉折的關鍵詩句，以詩文詮解印證子美洞燭時局的詩人炬眼。論子厚，東坡則結合自我屢遭遷謫的生命經驗，在相似的生命歷程中，評賞子厚「似澹而實美」的「枯澹」詩境。東坡融合自我視域及時代風尚後，轉化出屬於東坡的閱詩感悟，觀其

〔註301〕郭紹虞：《宋詩話輯佚‧下》（北京：中華書局，1980年），頁393。

評詩之言，不僅能領略出詩歌創作的藝術美感，更能深刻意識到詩人創作的時代意義與歷史價值。其評述視角，多非「羚羊掛角、無跡可尋」的抽象嘆賞，東坡論述唐人詩作，往往擴及社會歷史的廣大格局，導引出詩人創作對時代的價值意義。東坡對唐朝三位詩人的評述，能自唐人作品中翻轉出自我視域，展現宋朝詩人「登高能賦可以為大夫」〔註302〕的自我期許，引領宋詩邁向更樸實真切的現世關懷。

〔註302〕〔漢〕班固：《漢書》（湖南省：岳麓書社，1993年），卷30。

第六章　結　論

　　本文以《東坡詩話》為研究主軸，此類書籍是後人以「詩話」的形制為基礎，輯錄東坡論詩之言而成。歷朝古籍以「東坡詩話」為名而至今仍可見者有三：其一為收錄於元末明初陶宗儀編纂之《說郛》第81卷中的《東坡詩話》；其二為元朝陳秀民所編之《東坡詩話錄》；其三是清代無名氏之《東坡詩話》。因陳秀民所編之《東坡詩話錄》三卷「殊無體例」且「舛誤尤甚」，《四庫全書總目提要》疑其為「偽書」；而清朝無名氏之《東坡詩話》則為小說體裁，非本文研究方向。故本文以《說郛》所錄之《東坡詩話》作為主要的研究範疇，並參酌《東坡詩話補遺》、《宋詩話全編‧蘇軾詩話》及散見於宋朝古籍中的《東坡詩話》相關摘錄，嘗試從不同的角度析解《東坡詩話》。

　　《東坡詩話》所收錄的詩論，多為簡短的隨筆形式，或記敘創作經驗，或掘發詩歌藝術，或訓釋詩歌文字，在東坡靈動自由的文句中，既有「論詩及辭」的詩歌評論，也有「論詩及事」的敘事抒情，跨越諸多文化畛域，涵攝甚廣，以此為研究主題，可拓展出多元的研究視角。

　　本文嘗試從《東坡詩話》輯錄的成果中，對東坡的詩歌評述進行探討，期能解析《東坡詩話》的意義與價值。以下將相關研究，分從研究成果、研究侷限及未來展望三個面向，進行歸納闡述。

一、研究成果

　　《東坡詩話》載錄東坡對不同時期、不同作家的詩歌評賞，從中推導而出的概念，既能呈現當代的歷史文化，也蘊含著東坡的思維特質。東坡將評賞詩歌的美感知覺，融入靈動優美的詩境及自然通暢的語境中，以敏銳感知掘發詩歌的藝術價值。東坡通暢精巧的詩評，看似信手拈來，卻能從中探尋出東坡以生命實踐的文學理念與生活智慧，為理解東坡提供了不同的研究途徑。綜觀《東坡詩話》的價值意義，分從四點進行論述。

（一）摘錄之詩評投射東坡思想性格

　　《東坡詩話》中的詩歌評述，是東坡詩歌閱讀活動中所形成的心理體驗。東坡將自我的生命領會融入詩歌闡釋中，其對詩歌作品的欣賞與評論，體現的是以「自我」為主體，選擇、吸收、統整後的文本解讀。本文從《東坡詩話》載錄的東坡詩評，結合相關之詩話作品進行分析，推知東坡表述的詩評觀點，乃源於自身深刻的生命體驗，從中可投射出東坡自我的思想性格。

　　首先，是觀物視角的轉換呈顯東坡超曠的生命態度。東坡的生命境遇具有高度的反差性，因此本文第二章就〈書彭城觀月詩〉，析論東坡「吾生如寄」的生命感受。《東坡詩話》雖可見東坡「吾生如寄」之感，卻未見頹喪之志，東坡轉換觀物的角度，以詼諧妙喻轉化生命苦難，是東坡飽經滄桑卻不耽溺悲苦的關鍵。在〈書王梵志詩〉中，當面對如「城外土饅頭」且「每人喫一箇」的死亡終點，東坡轉思「預先著酒澆，圖教有滋味」，經由提高「生命濃度」的方式，樂觀積極地面對未知的死亡。〈書孟東野詩〉中，面對貶謫的窮困，東坡轉以「笑窮」，將「才高氣清，行古道」的東野，與「學道而能行」的原憲對列，雖狀似笑語，實則表達對夢得固窮守節的高度讚揚，也展現窮苦中能謹守高節的自我期許。因烏臺詩案而倉促被捕之際，東坡也轉由楊樸妻所言之「今日捉將官裏去，這回斷送老頭皮」，運用詼諧幽默的話語轉換

悲苦情境，既慰人又寬己。《東坡詩話》所錄之文，呈現東坡對人生通達透徹的觀照，藉由觀物視角的轉換來調整自我，積極找尋生命正向的意義，因此，顛簸的境遇反能淬礪出東坡不凡的生命境界。

　　其次，是東坡以務實精神統合各家思維。《東坡詩話》載錄著東坡思想的複雜性，因自身境遇的浮沉榮辱，使東坡雖常懷儒臣拯世濟時之志，卻不免有隱士高蹈遠塵之思，及禪僧空靈超脫之慧。但在詩話中，東坡的思維始終呈現統合的穩定狀態，既未流露出仕宦、隱逸的難以抉擇，也未表達對解脫生死的嚮往。細觀《東坡詩話》所錄之文，落實於真實生命的務實精神，是東坡統合儒、釋、道各家思維的關鍵。落實於真實生命的積極態度，是東坡統合複雜思維的主軸，而當東坡融會儒、釋、道三家思想以詮解詩歌時，其所擇詩人乃「一飯未嘗忘君」的杜子美。東坡徵引子美〈幽人〉之詩，暗寓自己既具儒者之志又懷道家之思；摘錄子美〈謁文公上方〉，更展現東坡不虛談玄奧妙理，回歸根本的心性修養。東坡言佛論道，不談玄理，結合實際的生活經驗，回歸初始本心，執守現實的用世之道，將思維落於實處。東坡與禪僧為友，但不為僧；和淵明詩歌，但不歸隱；僅是以「居士」之名，修現世之身，提升自我的生命層次。而自我提升後的東坡，仍以其無憂無懼的喜樂達觀，繼續在現實生活中，實踐安民濟世的理想。因此《東坡詩話》所錄之文，可見東坡心性的曠達，不見東坡思緒的空無，這正是東坡在真實的生活中參悟所得，使複雜思維統攝於務實的精神中，以真實的生命實踐，統合儒、釋、道各家思想，體現東坡苦難生命裡的思維堅韌。

　　最後，是東坡品詩能融入生命經驗以深化閱詩感受。東坡解讀詩歌情境及詩人生平時，會融入自我的生命經驗以進行思考與反芻，從而得出不同層次的閱詩感受。東坡因烏臺詩案而謫居黃州，艱困的謫居歲月，成為其重要的生命轉折，各種經歷與體驗，深化東坡的閱詩感知，其中，「躬耕東坡」的經驗，觸引東坡對詩歌中的農耕勞作有更深刻的體會。在〈題淵明詩〉一文中，東坡閱讀淵明「平疇返遠風，良苗

亦懷新」，認為「余之世農」及「偶耕植杖」的體會，對解讀詩句妙意
的重要。躬耕的經驗，也使東坡更能理解農民之苦，本文第四章便論述
當東坡貶知英州，途經盧陵，見農民拔秧、插秧，深諳其苦，在感同身
受下，忽憶起謫居黃州時，曾親見「秧馬」，便嘗試創作詩文，對秧馬
形制進行清楚的描述，期能推廣秧馬，以減緩農民的勞累。此外，對柳
子厚的詩歌評述，亦是歷經生命阻挫後，反思而得的認同。東坡曾以
「黨而不群以自重」的角度批評子厚，也曾持傳統「天人感應」的觀
點，反對子厚「天、人不相預」的哲學觀。但歷經貶謫後，東坡融入自
身經歷，重讀子厚，在〈評韓柳詩〉中解知子厚詩歌蘊含退之所不及的
「溫麗靖深」，流露與淵明近似的「枯澹之美」，並在〈書鄭谷詩〉中讚
賞子厚具有凡人「不可及」的「天賦」。生命經驗的融入，催化出東坡
更具深度的詩歌評賞，曾經的生活體驗，孕育出更深層的生命意義，閱
歷的豐富，讓東坡的閱詩與評詩，成為持續性的自我探索與人生領悟。

（二）藝術共鳴照應當代文化

　　《東坡詩話》所錄之詩評，形成於文士交流的語境中，詩歌品賞
後所產生的藝術共鳴，可照應當朝文士普遍的文化素養，是一種以詩
歌為媒介所進行的文化互動。《東坡詩話》載錄的詩評，體式自由簡練，
東坡多於詩歌評述時，便已預設文士先備的文化認知，循其透顯的隻
字片語，往往能析探當代豐富的文化內涵。

　　首先，從東坡的詩評中可推知文士精細雅致的生活藝術。《東坡詩
話》雖僅載錄東坡的詩歌評述，然經由東坡融入生活的隨性點評，可推
知宋朝文士雅致的文化生活。東坡詩評實為反映文化生活的載體，其
中融會了怡情悅性的生活元素，品酒、飲茶、美食、繪畫、音樂等，優
雅適意的藝術性生活融入詩歌評述中，展現細膩雅致的美感追求。本
文第二章論東坡在〈書薛能茶詩〉一文中，以茶言詩，將澹泊寧靜寄懷
於啜茶清韻，蘊藏著文士閒澹致靜的品格涵養；在〈書淵明詩〉一文
中，東坡以酒言詩，或如孔文舉般「坐上客常滿」，或如陶淵明般「顧

影獨盡」；在〈記退之拋青春詩〉中，韓退之則以「酒名入詩」。文士於杯觴暢飲間開啟文學創作、批評的靈感泉源，展現詩酒風流的生命情態。在〈書參寥論杜詩〉、〈書黃魯直詩後〉等文中，東坡則以美食言詩，將蝤蛑、江瑤柱、盤游飯、穀董羹等美味意象，與詩歌意蘊進行結合，使詩歌論述帶著膳食聯覺的鮮美滋味。本文第五章則論述東坡在〈書參寥論杜詩〉中，以畫言詩，運用畫境美感，嘆賞子美的寫景佳句；也藉用畫境難解，感懷子美於〈題李尊師松樹障子歌〉詩中所抒發的「詩心獨苦」。此外，東坡也以樂音琴棋譬擬詩心，〈題孟郊詩〉中，東坡聞〈曉角〉之樂而始覺〈曉鶴〉之妙；〈書彭城觀月詩〉中，東坡以〈陽關〉之曲歌〈中秋月〉；評賞子美〈題李尊師松樹障子歌〉一詩時，東坡則藉聽論琴棋之語而解知子美論畫深意。東坡聯結文士本身的生活，融用生活中優美細膩的元素，譬擬詩歌閱讀的語感，雖僅微現宋朝文化的一角，卻以極富文化意蘊的美感經驗，展現宋朝文化雅致的特質。文士生活的記錄是宋朝歷史文化的見證，東坡以自己的視角，捕捉生活中的細膩美好，詩話所錄，蘊含詩歌與宋朝文化觸碰後所展現的精細雅致。

其次，是宋朝文化所流露的禪悅意境。《東坡詩話》記述東坡與僧人的交游往來，詩僧仲殊、定慧禪師、思聰法師等北宋僧人，均可見於詩話之中，而東坡與參寥的詩歌評賞，更在一來一往間，展現因機致教而不假雕琢的禪家本色。禪宗論道多不「直心直說」，而詩歌閱讀後的感知，正如禪宗超越邏輯理智的「飲水既自知」，因此東坡論詩、評詩喜涉禪法禪語，其論詩妙喻往往可見禪意融會其中，如以「食蜜」比喻詩歌的平淡無味，便是仕士僧往來中，攝禪入詩的生動評述。此外，宋人喜言「意境之美」，東坡亦曾有「境與意會」、「取其意氣所到」、「寓意於物而不滯於物」等觀點，東坡能於詩歌文字中，體察出深蘊於詩歌的「意境」、「意氣」與「味外之味」，解知詩歌的「遠韻」，正與禪宗「見象而離相」的思維方式相近。東坡品讀詩歌渾然無跡的絕妙意境，其直觀尚意的詩歌評賞方式，蘊含著濡染禪風

的自在靈活。《東坡詩話》載錄的東坡詩評，帶著禪語的靈動與韻味，一如禪宗的超然玄悟，從中可體察宋朝文士「以詩頌為禪悅之樂」的高遠詩意，在禪悅的滲透與啟發中，經由無所拘執的感悟，使東坡的詩歌評述靈動鮮活而蘊含禪意。

此外，《東坡詩話》還展現出宋朝雅俗兼融的文化特質。文士之「雅」與庶民之「俗」，在宋朝因科舉取士，而逐漸消弭了階層之間的差距，雅、俗文化彼此交融，使宋朝展現出新鮮蓬勃的文化生命力。《東坡詩話》便錄有東坡「以俗為雅」的論點，東坡靈活運用民間通俗淺易的生活素材，將尋常物象、通俗口語融入詩歌的創作與評賞，使其詩文評述活潑生動且新穎有趣。觀《東坡詩話》所錄詩評，東坡不僅評賞筆端案頭的典雅詩作，淺易通俗的詩歌作品，亦為東坡所喜。〈記關右壁間詩〉一文載東坡曾於壁間見「買得黃牛教子孫」而愛之，〈記西邸詩〉則記東坡因喜愛而錄下「人間有酒仙兀兀三杯醉，世上無眼禪昏昏一枕睡」等詩句。〈書王梵志詩〉一文中，東坡更因喜愛，而將王梵志通俗平易的〈城外土饅頭〉一詩進行改作，以此寄寓自我理念。此外，東坡因烏臺詩案遭押解入京，離家前，憶及楊樸妻所言之「今日捉將官裏去，這回斷送老頭皮」，期望藉由通俗諧謔的詩句，沖淡生死未卜的憂懼。東坡以文士的鑑賞眼光，欣賞淺顯俚俗的通俗作品，雅俗結合的審美觀點，使其詩評帶著歡暢明快的爽朗之氣，展現宋朝多元文化相融後的雅俗共賞。

（三）批評用語展現似澹實美的語言藝術

東坡擇用話語以評賞詩文，其批評用語蘊含著自我的感知架構，其遣詞用字細觀後實多有「對常規語言的超越」，或創設佳句，或巧用妙喻，頗富東坡慧黠靈動的語言魅力。本文第三章就《東坡詩話》的批評用語進行分析，由字及詞、由詞及句，由淺而深、由小而大，逐層依序探討語言文字的構造及功能的特點。此外，也針對詩話在語言運用上的交際及傳播特質，進行文體樣貌的「語用」分析。從批評用語的語

言藝術而觀，《東坡詩話》在文體特質及語言運用上，展現出東坡「似
澹而實美」的語言藝術。

　　首先，是東坡評詩能精準掌握漢字形、音、義的特質。漢字獨體
單音，一字一音即可蘊含一情一意，東坡善用漢字「意蘊於聲」而「聲
隨意轉」的藝術美感，將所欲傳達的情感與聲音的聽覺感知緊密結合，
使讀者於字音誦讀時，能以本能直覺，感受到創作者的悲喜。當東坡欲
勸陳季常「殺戒」，便運用入聲「汁」韻的迫促之調，觸動其「淒然」
之感，引發其「自警」之思。語音也是東坡詩文判讀的重要線索，如子
美〈杜鵑〉起首四句，句末連用四個「杜鵑」，人或疑此為序，東坡則
在「重字」與「重韻」的迴環往復中，讀出樸拙古調的一唱三嘆。此外，
漢字具有「意象的自足性」，一字即能完整表意，東坡評詩便注意到單
字在詩歌中的重要作用。觀《東坡詩話》的批評用語，東坡會將單字從
詩歌整體的語言結構裡抽離而出，進行「一字之評」。探討陶淵明〈飲
酒・其五〉中，「悠然見南山」的「見」字時，東坡本於「境與會意」
的虛靜超脫，貶「望」而採「見」，單字的改異，能使全詩由神氣索然
變為妙意紛呈。析辨子美〈聰馬行〉中「肉駿碨礧連錢動」的「駿」字
時，東坡以「駸」易「駿」，使馬匹頸部的糾結筋肉及斑斕毛色能立體
呈顯。分析謝瞻〈張子房詩〉中「苛虐暴三殤」的「殤」字時，東坡對
字義的正確解讀，使讀者更易體知張良「扶興王」、「護儲皇」的一片苦
心。東坡評詩，不僅綜觀全詩，也能掌握漢語單音獨體的特質，以此作
為詩歌評賞的對象，進行音義比較及文體效果的分析。經東坡析探音、
義後可深刻覺知，詩歌的「一字之改」，便可能「妍媸異體」。

　　其次，是東坡的批評用語中，以精巧的構詞造句營構美感與強化
重點。在《東坡詩話》批評用語的結構要素中，短語與句子的精妙設
計，使詩話語錄式的隨筆，帶有詩意的美感。就短語而言，把兩個短語
聯合組成「句中對」的駢偶形式，結構平衡勻稱，意義凝鍊而音律諧
暢，展現詩話語境下的獨特美感。其中，將形容詞短語並列的駢偶結
構，因為訓義的複合疊加、詞意的靈活互動，能組構出工麗精美的詩性

語言，如〈書子美黃四娘詩〉寫子美的「清狂野逸」，〈評韓柳詩〉評退之的「豪放奇險」及論子厚的「溫麗靖深」等，以「並列關係」組成之形容詞短語，兩相聯合後，能營構出詩話靈動的藝術語境。此外，兩組動賓短語聯合而成的「句中對」，因動詞的動態感及賓語的變化性，能精采呈現詩論重點，如〈題柳子厚詩〉以「好奇務新」兩動賓短語之聯合，點出用典之病；〈書黃魯直詩後〉一則中，以「發風動氣」戲言魯直詩文「格韻高絕」而「不可多讀」的審美疲勞。動詞與賓語的結合，能融入敘事的動態感，提高了短語的表達功能，增強詩話用語的表現力。就句子而論，《東坡詩話》具評述意蘊的單句，主要用以尋章摘句而嘆賞其妙。動態的敘事句，將複雜的閱詩思路，收束於簡潔的單句之中，文句雖簡卻飽含韻致，如在〈題孟郊詩〉一文裡，東坡用以評賞東野詩句的「始覺此詩之妙」，即以動態的敘事句，將閱詩思路歸結於啟發式的醒悟動作中。表態句式則表達出論詩者的主觀評價，是詩話語境下常見的單句結構，如東坡在〈書曹希蘊詩〉裡，用以評賞〈墨竹〉詩的單句——「此語甚工」，東坡以此作為詩評結語，藉由語言感知的聚焦，放大其「工」之特質，使詩話論述的基調獲得強化。有無句在詩話中的運用，會因動詞「有」為句式常備的共同性而使動詞弱化，賓語則成為詩評的重點，如〈題淵明飲酒詩後〉中，東坡用以評賞淵明詩作的「此句正有妙處」即為有無句，動詞「有」因句式常備而弱化，賓語「妙處」反成為此句詩評的重點，運用此一句型能使接受者聚焦於探尋詩句「有何『妙處』」。此外，判斷簡句是以「繫詞」後加「斷語」的形式，用以申辨、解釋或說明，而《東坡詩話》中，其評詩之斷語多擇用生活中常見的通俗事物，如東坡於〈跋黔安居士漁父詞〉中言「此乃真正漁父家風也」，於〈書鄭谷詩〉中評鄭谷詩歌「此村學中詩也」，通俗性的物類歸屬，使接受者能清楚掌握論詩者所言之詩歌特質。《東坡詩話》結合兩個簡句以上所組成的複句結構，則以「條件關係複句」及「容認關係複句」較具鮮明的文體效果。「條件關係複句」前面的分句表「條件」，後面的分句表「結果」，如〈題淵明詩〉：「非古之偶耕植杖

者，不能道此語，非余之世農，亦不能識此語之妙也」，及〈書子美雲安詩〉：「非親到其處，不知此詩之工」等，前面的「條件分句」對後面的「結果分句」而言是必要的，以此種複句結構說明詩歌創作的條件，可強化條件分句對創作結果的重要性，產生語意集中的向心力。「容認關係複句」主要以「雖」作為「推托上文以開啟下文的關係詞」，先以前分句承認事實，再以後分句轉入正意，如〈書子美黃四娘詩〉中，東坡評杜甫〈江畔獨步尋花・其六〉所言之「此詩雖不甚佳，可以見子美清狂野逸之態」，及〈書曹希蘊詩〉中東坡言曹希蘊詩歌之「雖格韻不高，然時有巧語」等，運用此一複句，東坡將批評置於表示事實容認的偏句中，弱化批評之意，將贊許放入轉折表意的正句之中，強化欣賞之感，經由兩個分句的容認轉折，展現出東坡對詩歌的正向肯定。《東坡詩話》的批評用語，精巧的構詞、造句帶著東坡恣縱暢達的筆力與圓暢流麗的句式，形成「讀之似不甚用力，而力已透十分」的東坡風格。

此外，《東坡詩話》還展現出靈活的語用藝術。本文分析《東坡詩話》批評用語的語用藝術。《東坡詩話》運用「前景化」技巧突顯敘事焦點，以「平行」中的「重複」，讓焦點迅速獲得接受者的高度關注，並在誦念有節的獨特語感中，使接受者迅速把握詩論重點，訊息的提取具有極高的效率，呈現簡勁明朗的語言藝術。東坡也會藉由「隱喻」拓展而來的想像聯結，表達心中對於詩歌的抽象感悟，且其用以隱喻的事物，多與食物相關，經由味覺直接性的感受，激發接受者生活中深刻的感官體驗，使閱詩的抽象感受更為立體而逼真。人際方面，東坡虛設對話般的語境，妙用隱伏於「交流」中「說」與「聽」的不同感知，將詩歌的接受歷程，先藉由作者之口吟誦詩歌，再轉至評述者，表達對詩歌的種種感知，詩歌評述在宛若跨越時空的對話架構中，跳脫純粹的理論闡述，使詩話雖書以主觀性的詩歌評述，卻能於閱讀時帶出親切的生活氣息。此外，東坡也會以自我獨語的方式舒展閱讀思緒，讓讀者隨著思維的開展，體會東坡如何將自我視域融入作者的詩境中，並在視域融合裡自省、自問，進而對詩歌意涵有更深刻的解析。語文篇章

方面，東坡善用正反辯證的思維方式，將彼此對立的概念融入詩歌的批評用語中，運用詞彙間跳躍、離合的語感，彌合兩組詞語意義上的斷裂，在相互對立又相反相成的變化中，避免了思想概念的片面性或絕對化，使詩歌的解讀在辯證中不斷地突破與超越。東坡的批評用語也會因文士在認知經驗上的同理共感，於表達時預設彼此間共有的文化背景與先備知識，採用彼此認可的語言，減省各種默契於心的繁冗解說，使批評用語精簡扼要，而減省後的文字，反能生出含藏不盡的詩情內蘊。

（四）評詩掘發創作精神並深化詩歌價值

《東坡詩話》為後人輯錄東坡詩評而成，以東坡的詩歌評賞為主軸，跨攝評騭、考據、闡釋等諸多範疇，內蘊東坡的閱讀接受與審美意識，也含藏著東坡的理想人格與價值觀點。東坡以自我思想為核心，重新審視詩人與詩作，其評述觀點有承繼亦有新變，雄健開闊的宏觀視域反映爽朗豪宕的精神氣度，為詩歌的創作與批評，注入一股矯拔時俗的剛健之力。東坡所掘發的創作精神與詩歌價值，反覆稱述於後世的詩文評賞中，啟迪後人的創作方向與詩評視角，東坡認同而讚許的詩人，也多獲得文士的肯定與頌揚。東坡的詩歌接受，帶著主體自覺性的道德涵養與美感素養，觀人、評詩展現出道德意識與雅正精神。東坡以自在坦蕩的生命情懷評賞諸多詩文佳作，經其評述，往往能掘發詩人正向積極的創作精神並深化詩歌的創作價值。

首先，是東坡闡述己作，以深化詩歌意境。東坡評詩，不僅評述他人詩作，也會言及自己的作品，傳達創作意念，使詩歌評述成為詩歌創作的延續。東坡重新觀照自己的詩歌作品，將創作時的情感進行延伸，體現創作深意。東坡對詩意的闡述，使讀者能更深刻而具體地解讀東坡融會於詩歌中的思想情感，體知東坡精心建構的詩文意境。創作理念及情感的深刻體會，賦予詩歌更深厚的情感意蘊與評賞價值。《東坡詩話》載錄東坡評述己作，或述及書寫〈秧馬歌〉的憫農之心，或言

及次韻〈岐亭五首〉的戒殺之意，或嘆賞〈端午遍游諸寺得禪字〉的親見之景，也曾於十八年後傷懷〈中秋月〉中的無常之感。詩歌以凝練的藝術形式，抒發創作時的思想情感，寥寥數語往往寄寓了「言外之意」、「味外之旨」，東坡對自己詩作的闡述，使讀者在閱讀的歷程中，體會東坡的創作理念及思想情感，體知東坡多舛人生所涵養的生命智慧，而東坡其人、其詩也隨著自我的闡釋，更為後人所知、所解、所敬。

其次，是東坡以訓釋考證，探求詩文真意。東坡在詩歌接受與評賞的歷程中，重新審視詩歌文字，考辨詩文原意，通過詩文考辨的方式詮解詩歌，以此明晰詩文難解之處。東坡於此類詩評中，沒有繁瑣的文史釋證，亦不作複雜的文字考據，僅於詩歌關鍵處，援引資料進行簡要訓釋以梳理其義，還原作者的詩文真意。東坡閱讀柳子厚〈行路難三首‧其三〉訓解「桃笙」之疑，並連結子美〈桃竹杖引贈章留後〉，將「桃竹」的價值進行高度提升。杜子美〈自平〉起首「自平宮中呂太一」，時人或以「自平宮」為唐朝宮殿之名而曲解子美詩意，東坡採「以史證詩」的方式，將「宮中」改為「中官」，使詩意豁然通暢。東坡評述子美〈憶昔二首‧其一〉，採「詩史互證」的方式，為詩歌中的史事進行註解說明，且其所摘之句，正是肅宗、代宗二朝政治衰敗的主要關鍵，使子美以詩敘史的眼界，顯得更為清楚而精確。此外，東坡還集述子美詩史之作，自其代表性的詩史作品〈悲陳陶〉、〈悲青阪〉、〈北征〉、〈洗兵馬行〉及〈出塞〉中，以解杜、知杜的深刻感知，摘錄文句，訓解文義，使子美的敘史詩歌，不僅為敘事佳作，更飽含子美憂國忠君的詩人之心與儒者之志。詩歌記錄了詩人的敏銳觀察與深刻感懷，然囚考量詩歌體式，往往無法以凝練詩文清楚道盡繁複詩意，東坡考辨詩文詞語，旁徵博引，且依據資料層層推衍，訓釋考證詩文原意，讓詩人創作的本心能得到正確的解讀，深化詩歌的創作價值。

最後，是東坡以意逆志，呈顯自我理想。東坡融用自我的學養與生命感知，深入探索詩人的創作心志，再轉化為簡練的詩歌評述，還原

創作本意。東坡將自我的闡釋思路與作者的創作心志，進行接軌時，是以自我生命的感悟，追溯揣摩詩人的創作原意，其所逆追探求的詩人之「志」，是詩人融合自我的思想、情感及種種的生命體驗，所做出的綜合性表達。因此，獲得東坡認同，評賞其詩以逆追其志的詩人，也多能呈顯出東坡的理想。東坡自韓退之〈記夢〉詩中，歸結出退之「倔強」的觀點，實源於東坡與退之在際遇及性格上的部分相近。兩人均遠謫嶺南仍不隱不退且忠心不改，退之成為東坡的「形象比照和精神支持」，故東坡「以意逆志」而能體知退之的「倔強」並非卑委戀闕，理解退之的隱忍乃為有用於天下國家，「倔強」既是退之的心志，也是東坡的堅持。此外，人或以樂天〈九年十一月二十一日感事而作〉詩中有「幸災」之感，東坡在「我甚似樂天」的意念中，以自己的本心逆追樂天心志，從詩歌裡解讀出樂天「蓋悲之也」的悲憫之意。東坡於樂天〈題海圖屏風〉詩中，推知樂天於吳元濟叛亂時「似欲置之」的觀點，對此東坡不言「戰」與「不戰」的戰略優劣，而是以儒者仁心解讀樂天反對征討的本意，體察樂天審慎用兵以護生愛民的仁者之心。東坡以自我心性的良善，知人推心而能「以意逆志」，領會詩人於詩中蘊含的君子品格，流露出正向的人性本質，東坡從詩中所感知的詩人性格，正是東坡理想中的自我品格。

二、侷限與開展

《東坡詩話》以東坡論詩語言為載體，含納東坡的創作經驗、人生理念及思想情感，是東坡詩歌理論的實踐，也是東坡文藝思維的展現。詩話內容雖為後人輯錄東坡詩評而成，卻也因鮮活生動的評詩話語，帶著東坡曠達諧趣的獨特魅力，成為研究東坡的另一途徑。《東坡詩話》以飽含生活氣息的語言，化用蘊藏於各個領域的概念，內容雖以言詩為主，卻能因不同的研究視角而有不同方向的東坡解讀，對東坡的研究頗具價值與意義。本文對《東坡詩話》進行研究，因詩話之體式與輯錄的形式，而有所侷限，但也因詩話簡短的隨筆形式與涵攝諸多

詩學領域的批評方式，而開展出不同的研究視域，由此推展而來，或許能開拓更多不同的析探方向。

　　《東坡詩話》的輯錄與流傳，展現東坡詩論對時人及後世的影響，然此書非東坡親撰，就現存資料而觀，最早於宋朝阮閱所輯錄的《詩話總龜》，已可見《東坡詩話》之目。依晁公武《郡齋讀書志》之見，《東坡詩話》最晚至南宋前期已輯錄成書，但是從南宋到明朝，《東坡詩話》傳世者有一卷本及二卷本，現今已無法確知原書的版本流衍及原始內容。因此，本文以《東坡詩話》作為研究對象，僅能就現今所傳之《東坡詩話》進行研究。而研究的文本，是以收錄於元末明初陶宗儀編纂之《說郛》第 81 卷中的《東坡詩話》為主軸，但因《說郛》本《東坡詩話》僅錄有 32 則詩話，因此須參酌其他與《東坡詩話》相涉之書，包括日人近藤元粹所輯之《東坡詩話補遺》、吳文治主編的《宋詩話全編·蘇軾詩話》以及散見於宋朝古籍中的《東坡詩話》相關摘錄。

　　因本文所研究的《東坡詩話》，是以《說郛》本《東坡詩話》為主，並參酌其他與《東坡詩話》相關的詩評摘錄，雖所錄詩評均輯自東坡之作，然輯錄者並不相同。而東坡因其一生閱歷豐富，積澱深厚的學識涵養與生命哲思，且依生命歷程的轉變，而有不同的人生體悟與詩論歸結。因此，東坡的文化思維、詩人評價與詩歌論述，當隨生命階段而有所不同。因《東坡詩話》多輯錄點悟式的詩評，每則詩話均是互不相涉的獨立條目，編輯者的創作理念便會對詩話的輯錄內容產生極大的影響，詩話所錄，可能不僅是東坡思維，更是編輯者所認同的論詩視域。如《說郛》本《東坡詩話》中，陶宗儀只載錄「論詩及辭」的詩歌評述，「以資閒談」的詩人故實或異事傳說，則未見於書中，近藤元粹所輯之《東坡詩話補遺》反錄有多則與東坡相涉的詩文趣事。而散見於宋朝古籍中的《東坡詩話》有詩讖般的玄妙記述，吳文治主編的《宋詩話全編·蘇軾詩話》則收錄諸多東坡長篇的詩文理論及詩歌作品，更是極大地擴充了「詩話」的範疇。

　　不同的輯錄者對《東坡詩話》自有不同的摘錄標準，書中所錄，
較傾向於輯錄者對「詩話」所認定的指涉範圍與其所喜好認同的東坡
理念。如就東坡對白樂天的詩歌接受而言，東坡對樂天的閒適詩作多
有讚許與學習，甚至從中而有「東坡」之自號。然無論陶宗儀，抑或近
藤元粹，輯錄東坡詩評時，都僅就積極用世的角度，擇錄與之相符的論
述，至於東坡對閒適詩作的讚賞，則略而未錄，如此擇錄，當有輯錄者
的自我視域關涉其中。因此，研究《東坡詩話》所錄詩評，或許也無法
避免受輯錄者思維傾向的影響。

　　不同的輯錄者有不同的自我視域，由此而生成的《東坡詩話》可
能無法全面涵涉完整的東坡。且因受詩話的體制形式所限，其所輯錄
之簡要詩評，也無法與東坡階段性的生命歷程作確切連結。因此，本文
所析探之東坡思想、文化與詩論，僅能以東坡其人為核心，以東坡詩論
為內容，進行綜合性的研究，而無法將詩論與東坡不同的生命階段作
扣合，進行更細致的探究。

　　此外，東坡凝聚於詩論中的思想，其背後當涵攝諸多不同的文化
現象與複雜的心理層次。但進行研究時，為了將詩話內容作系統性的
歸納彙整，以求用層次井然的簡要概念，分析東坡詩評中的複雜因果
與繁複變化。因此，析探每則詩話時，不免會從中提取一個總括性的主
導概念，以此一概念為主軸，再進行相關資料的彙整與分析。如此，可
使詩話內容在某一個主軸概念上獲得深化，但也可能將含孕於東坡詩
論中錯綜複雜的思想、文化予以簡化。然為求對隨筆散錄的詩話，進行
系統性的研究，仍須從詩話中提取主軸概念作為析探方向，以避免諸
多概念輻射而出，造成研究視點的歧出而一無所獲。

　　「歷時性」的研究，是本文析探《東坡詩話》的主要侷限。現已
無法確知自宋迄明《東坡詩話》的版本流衍，且因詩話隨機點悟式的詩
評體制，也無法明確地將《東坡詩話》載錄的東坡詩評與東坡不同階段
的生命歷程做緊密連結。職是之故，本文僅能以《東坡詩話》為主軸，
以東坡其人為核心，由此開展東坡在思想、文化、語藝及詩評等範疇的

相關研究，而無法從承衍變化的角度，進行《東坡詩話》「歷時性」的研究。

　　《東坡詩話》載錄東坡評詩之言，看似簡要的詩歌論述中，儲備著東坡豐富的史學、哲學、政治、藝術等不同領域的知識，東坡在詮解詩歌的歷程中，展現出獨特的思維與豐沛的學識涵養。本文雖已就《東坡詩話》的文化意蘊、批評用語、闡釋方式及唐詩評述等不同方面進行析探，然《東坡詩話》實涵攝多端，仍有許多面向可做為未來努力的方向。

　　東坡以厚實的學術涵養構築出自我的創作理念與詩學理論，相較於抽象理論的嚴謹闡釋，《東坡詩話》摘錄東坡鮮活生動的批評用語，有詩論，有詩證，並營構出對話式的交流語境，使詩歌批評具有靈活的動態性，也賦予詩話研究更寬廣的探尋空間。本文所論，多以東坡的詩歌評述為主，然《東坡詩話》除詩歌評述外，與東坡對話的人物考究，東坡何以對此人言此詩、述此論，與東坡對話的宋朝時人，是否有相關詩作或詩論的比較等，從詩話的獨特語境中延展而來的諸多詩歌、詩論、詩人與時人間的議題探討，提供了未來可再繼續努力的空間。

　　本文對《東坡詩話》的析探，主要針對每則詩話進行分析，以求對詩話內容有深刻了解。然《東坡詩話》置於文學整體脈絡中，當有其承前啟後的重要性與啟發性，對前朝詩人、詩論有何承繼，對後世詩論或明、清詩話有何啟發，若將研究視野放寬至歷朝歷代的文學網絡，或許也能有不同的研究所得。

　　此外，不同於嚴謹、封閉性的詩論專著，《東坡詩話》是喜愛東坡之人所輯錄的東坡之言，輯錄者以東坡詩論，聚合、形塑出心中理想的東坡。因此《東坡詩話》具有一定的開放性，不同的時代背景、不同的思維特質，所輯錄的《東坡詩話》也會有所不同，雖均為東坡之言，但詩話統合後所凝塑出的東坡仍會略有差異。解讀《東坡詩話》中所呈顯的視域差異，探討不同的《東坡詩話》背後的思維特質，也是對《東坡詩話》的另一種不同探索。

　　本文析探《東坡詩話》，以東坡的詩論及所舉詩例作為研究重點，析理詩話所言，探詢蘊含其中的文學意涵，將每則詩話的內容作為單一主題進行獨立性的探索。未來，待學力有所增長，或許能將研究視角做更大的開展，進行如上所言之相關研究，將《東坡詩話》置入更寬廣的時、空脈絡中，深入掘發《東坡詩話》在文學脈絡中的起承流衍，以期能探索《東坡詩話》更深層的歷史意蘊。

徵引書目

一、**古籍**（依朝代先後順序）

1. 〔漢〕司馬遷撰；〔劉宋〕裴駰集解；〔唐〕司馬貞補並索隱：《史記》，北京市：人民出版社，2008 年。

2. 〔漢〕司馬遷撰；瀧川龜太郎考證：《史記會注考證》，臺北市：宏業，1994 年。

3. 〔漢〕班固：《漢書》，臺北市：錦繡出版社，1992 年。

4. 〔漢〕班固：《漢書》，湖南省：岳麓書社，1993 年。

5. 〔漢〕許慎著；〔清〕段玉裁注：《說文解字注》，臺北縣：藝文印書館，1966 年。

6. 〔漢〕鄭玄注；〔唐〕孔穎達疏：《禮記註疏》，臺北：藝文印書館，1979 年。

7. 〔晉〕郭璞注；〔宋〕邢昺疏：《爾雅注疏》，北京市：北京大學，2000 年。

8. 〔晉〕陶潛撰；龔斌校箋：《陶淵明集校箋》，上海市：上海古籍，1996 年。

9. 〔晉〕陶潛：《箋註陶淵明集》，臺北市：中央圖書館，1991 年。

10. 〔晉〕陶淵明著；袁行霈箋注：《陶淵明集箋注》，北京：中華書局，2011 年。

11. 〔南朝〕范曄撰；周天游輯注：《八家後漢書輯注》，上海：上海古籍出版社，1986 年。

12. 〔南朝〕劉義慶：《世說新語》，西安：陝西旅游出版社，2002 年。

13. 〔南朝〕劉勰作；王更生注釋：《文心雕龍讀本》，臺北市：文史哲出版社，1985 年。

14. 〔南朝〕鍾嶸著；楊祖聿校注：《詩品校注》，臺北市：文史哲，1961 年。

15. 〔南朝〕蕭綱著；肖占鵬、董志廣校注：《梁簡文帝集校注》，天津：南開大學出版社，2015 年。

16. 〔唐〕房玄齡等著：《晉書》，上海市：漢語大詞典出版社，2004 年。

17. 〔唐〕魏徵等奉敕撰：《隋書》，臺北市：臺灣中華，1971 年。

18. 〔唐〕王梵志著；項楚校注：《王梵志詩校注》，上海市：上海古籍出版，1991 年。

19. 〔唐〕王維撰；〔清〕趙殿成箋注：《王右丞集箋注》，北京：中華書局，2007 年。

20. 〔唐〕李白撰；瞿蛻園校注：《李白集校注》，臺北：里仁書局，1981 年。

21. 〔唐〕杜甫著；〔清〕楊倫箋注：《杜詩鏡銓》，臺北市：華正書局，1981 年。

22. 〔唐〕杜甫著；〔清〕仇兆鰲注：《杜詩詳注》，北京市：中華書局，1979 年。

23. 〔唐〕韓愈撰；馬通伯校注：《韓昌黎文集校注》，臺北：華正書局，1986 年。

24. 〔唐〕韓愈撰；劉真倫、嶽珍校注：《韓愈文集匯校箋注》，北京：中華書局，2010 年。

25. 〔唐〕韓愈：《昌黎先生文集》，上海：上海古籍出版社，1994 年。

26. 〔唐〕韓愈撰;〔宋〕朱熹考異:《朱文公校昌黎先生集》,臺北市:
臺灣商務,1967 年。

27. 〔唐〕韓愈著;錢仲聯集釋:《韓昌黎詩繫年集釋》,上海市:上海
古籍出版,1984 年。

28. 〔唐〕白居易:《白氏長慶集》,臺北市:藝文印書館,1981 年。

29. 〔唐〕白居易撰;〔清〕汪立名編:《白香山詩集》,臺北市:世界
書局,1963 年。

30. 〔唐〕白居易撰;朱金城箋校:《白居易集箋校》,上海市:上海古
籍出版,1988 年。

31. 〔唐〕白居易:《文苑詩格》,《格致叢書》本,明朝萬曆年間刻。

32. 〔唐〕柳宗元撰;楊家駱主編:《柳河東全集》,臺北:世界書局,
1988 年。

33. 〔唐〕柳宗元撰;吳文治點校:《柳河東集》,北京:中華書局,2000
年。

34. 〔唐〕柳宗元:《柳宗元集》,臺北:頂淵文化,2002 年。

35. 〔唐〕柳宗元著;王國安箋釋:《柳宗元詩箋釋》,上海:上海古籍
出版社,1993 年。

36. 〔唐〕封演:《封氏聞見記》,北京:學苑出版社,2001 年。

37. 〔唐〕段成式;方南生點校:《酉陽雜俎》,臺北:漢京文化,1983
年。

38. 〔唐〕孟棨:《本事詩》,上海市:上海古籍出版,1991 年。

39. 〔唐〕劉恂撰;魯迅輯校:《嶺表錄異》,北京:人民文學,1999
年。

40. 〔唐〕皮日休著;蕭滌非整理:《皮子方藪》,北京市:中華書局,
1959 年。

41. 〔五代〕劉昫等奉敕撰:《舊唐書》,北京:中華書局,1979 年。

42. 〔宋〕李昉:《太平廣記》,北京:中國計量出版社,2005 年。

43.〔宋〕晁逈:《法藏碎金錄》,臺北市:漢珍數位圖書,2005 年。

44.〔宋〕范仲淹:《范文正公集》,上海:上海古籍出版社,1995 年。

45.〔宋〕梅堯臣撰;朱東潤校注:《梅堯臣集編年校注》,上海:上海古籍出版社,1980 年。

46.〔宋〕歐陽脩、宋祁:《新唐書》,臺北市:中華書局,1972 年。

47.〔宋〕歐陽脩著;李逸安點校:《歐陽脩全集》,北京:中華書局,2001 年。

48.〔宋〕司馬光:《資治通鑑》,北京:輝煌前程圖書,2004 年。

49.〔宋〕徐積:《節孝先生文集》清刻本,北京:北京圖書館出版社,2006 年。

50.〔宋〕蘇軾:《蘇東坡全集》,北京:中國書店,1986 年。

51.〔宋〕蘇軾:《蘇東坡全集·續集》,北京市:中國書店,1986 年。

52.〔宋〕蘇軾撰;〔清〕王文誥輯註;孔凡禮點校:《蘇軾詩集》,北京:中華書局,1987 年。

53.〔宋〕蘇軾著;孔凡禮點校:《蘇軾文集》,北京:中華書局,1986 年。

54.〔宋〕蘇軾著;龍沐勛校箋:《東坡樂府箋》,臺北市:臺灣商務,1970 年。

55.〔宋〕蘇軾著;張志烈、馬德富、周裕鍇校注:《蘇軾全集校注》〔石家莊:河北人民出版社,2010 年。

56.〔宋〕蘇軾:《經進東坡文集事略》,臺北市:世界書局,1960 年。

57.〔宋〕蘇軾:《東坡先生易傳》,臺北市:成文,1976 年。

58.〔宋〕蘇軾著;〔明〕徐長孺輯:《東坡禪喜集》,南京市:鳳凰出版社,2010 年。

59.〔宋〕蘇軾撰;〔清〕王文誥輯注:《蘇詩總案》,上海市:上海古籍,1995 年。

60.〔宋〕蘇軾:《東坡志林》,鄭州市:大象,2003 年。

61. 〔宋〕蘇軾撰；〔清〕紀昀評：《蘇文忠公詩集》，清道光刻本。

62. 〔宋〕蘇轍：《欒城集》，上海：上海古籍出版社，1987 年。

63. 〔宋〕蘇轍著；陳宏天、高秀芳點校：《蘇轍集》，北京：中華書局，
　　1990 年。

64. 〔宋〕范祖禹：《範太史集》，臺北市：臺灣商務，1970 年。

65. 〔宋〕黃庭堅著；任淵、史容、史季溫注：《山谷詩集注》，上海：
　　上海古籍出版社，2003 年。

66. 〔宋〕黃庭堅：《豫章黃先生文集》，上海：上海書店，1989 年。

67. 〔宋〕黃庭堅：《山谷集》，上海市：上海古籍，1987 年。

68. 〔宋〕黃庭堅著；劉琳、李勇先、王蓉貴校點：《黃庭堅全集》，成
　　都：四川大學，2001 年。

69. 〔宋〕黃庭堅撰；劉琳、李勇先等校點：《宋黃文節公全集》，成都：
　　四川大學出版社，2001 年。

70. 〔宋〕沈括著；胡道靜校注：《新校正夢溪筆談》，北京：中華書
　　局，1957 年。

71. 〔宋〕李之儀：《姑溪居士全集》，北京：中華書局，1985 年。

72. 〔宋〕釋惠洪：《冷齋夜話》，臺北：臺灣商務印書館，1986 年。

73. 〔宋〕晁說之《嵩山集》，臺北市：臺灣商務，1971 年。

74. 〔宋〕唐庚：《唐子西文錄》，上海市：上海古籍出版社，1995 年。

75. 〔宋〕蔡襄：《茶錄》，北京：中華書局，1985 年。

76. 〔宋〕蔡襄著；吳以寧點校：《蔡襄集》，上海：上海古籍，1996
　　年。

77. 〔宋〕楊時：《龜山集》，臺北市：臺灣商務，1973 年。

78. 〔宋〕趙令畤：《侯鯖錄》，北京市：中華書局，1985 年。

79. 〔宋〕張表臣：《珊瑚鉤詩話》，臺北市：漢珍數位圖書，2005 年。

80. 〔宋〕阮一閱：《詩話總龜》，臺北市：廣文書局，1973 年。

81. 〔宋〕吳曾：《能改齋漫錄》，北京：中華書局，1985 年。

82.〔宋〕葉夢得:《避暑錄話》,北京:中華書局,1985 年。

83.〔宋〕葉夢得:《石林燕語》,西安:三秦出版社,2004 年。

84.〔宋〕蔡夢弼:《杜工部草堂詩話》,上海市:上海古籍,1995 年。

85.〔宋〕黃震:《黃氏日鈔》,臺北市:臺灣商務,1971 年。

86.〔宋〕何薳:《春渚紀聞》,北京市:中華書局,1985 年。

87.〔宋〕孟元老:《東京夢華錄》,臺北:漢京文化,1984 年。

88.〔宋〕陳善:《捫虱新話》,上海:商務印書館,1937 年。

89.〔宋〕周必大:《二老堂詩話》,臺北:藝文,1966 年。

90.〔宋〕呂祖謙:《歷代制度詳說》,江蘇:江蘇廣陵古籍刻印社,
1990 年。

91.〔宋〕陳亮:《龍川文集》,北京:中華書局,1985 年。

92.〔宋〕真德秀編:《文章正宗》,上海市:上海古籍,1987 年。

93.〔宋〕郭知達集註:《九家集註杜詩》,臺北市:大通書局,1974
年。

94.〔宋〕羅大經:《鶴林玉露》,北京:中華書局,1985 年。

95.〔宋〕曾敏行:《獨醒雜志》,北京:中華書局,1985 年。

96.〔宋〕黃希原注;黃鶴補注:《補注杜詩》,臺灣:臺灣商務印書
館,1986 年。

97.〔宋〕張戒:《歲寒堂詩話》,北京市:中華書局,1985 年。

98.〔宋〕胡仔纂集:《苕溪漁隱叢話前後集》,臺北市:長安出版社,
1978 年。

99.〔宋〕洪邁:《容齋隨筆》,北京:中華書局,2005 年。

100.〔宋〕魏慶之:《詩人玉屑》,臺北市:臺灣商務,1972 年。

101.〔宋〕劉克莊撰;王秀梅點校:《後村詩話》,北京:中華書局,
1983 年。

102.〔宋〕朱熹:《四書章句集注》,臺北市:國立臺灣大學出版中心,
2016 年。

103. 〔宋〕朱熹著；〔宋〕黎靖德編；王星賢點校：《朱子語類》，北京市：中華書局，1986 年。

104. 〔宋〕楊萬里：《誠齋詩話》，北京：商務印書館，2006 年。

105. 〔宋〕嚴羽：《滄浪詩話》，北京：中華書局，1981 年。

106. 〔宋〕嚴羽著；郭紹虞校釋：《滄浪詩話校釋》，北京：人民文學出版社，1983 年。

107. 〔宋〕葛立芳：《韻語陽秋》，北京市：中華書局，1985 年。

108. 〔宋〕李燾：《續資治通鑑長編》，臺北市：錦繡，1992 年。

109. 〔宋〕劉克莊：《後村集》，上海：上海古籍出版社，1987 年。

110. 〔宋〕蔡正孫：《詩林廣記》，北京：中華書局，1982 年。

111. 〔金〕王若虛：《滹南詩話》，《知不足齋叢書》本，清朝乾隆嘉慶年間刊刻。

112. 〔金〕元好問著；〔清〕施國祁箋注：《新校元遺山詩集箋注》，臺北：世界書局，1964 年。

113. 〔元〕脫脫等撰：《宋史》，臺北市：漢語大辭典出版社，2004 年。

114. 〔元〕方回：《桐江集》，臺北市：臺灣商務，1981 年。

115. 〔元〕方回：《桐江續集》，臺北市：臺灣商務，1970 年。

116. 〔元〕趙汸：《東山存稿》，上海：上海古籍出版社，1987 年。

117. 〔明〕陶宗儀編：《說郛》，上海市：上海古籍出版社，1987 年，據臺灣商務印書館「景印文淵閣四庫全書」重印。

118. 〔明〕高棅：《唐詩品匯》，上海市：上海古籍出版，1988 年。

119. 〔明〕輝真空：《新編篇韻貫珠集》，臺南：莊嚴文化事業公司，1997 年。

120. 〔明〕李東陽：《麓堂詩話》，北京市：中華書局，1985 年。

121. 〔明〕謝榛撰；朱其鎧等校點：《謝榛全集》，山東：齊魯書社，2000 年。

122. 〔明〕李日華：《六研齋三筆》，臺北：國立故宮博物院，1997 年。

123. 〔明〕王嗣奭:《杜臆》,上海:上海古籍出版社出版,1983 年。

124. 〔明〕胡應麟:《詩藪》,臺北市:廣文書局,1973 年。

125. 〔清〕吳景旭:《歷代詩話》,臺北:藝文,1974 年。

126. 〔清〕錢謙益:《錢注杜詩》,上海:上海古籍出版社,1979 年。

127. 〔清〕錢謙益:《讀杜二箋》,上海:上海古籍出版社,2003 年。

128. 〔清〕高翔麟:《說文字通》,上海市:上海古籍出版社,1995 年。

129. 〔清〕何焯著;崔高維點校:《義門讀書記》,北京市:中華書局出版,1987 年。

130. 〔清〕阮元校刻:《十三經注疏》,北京:中華書局,1980 年。

131. 〔清〕高宗御選:《唐宋詩醇》,臺北:臺灣中華,1971 年。

132. 〔清〕乾隆敕編:《御選唐宋詩醇》,臺北:臺灣商務印書館,1983 年。

133. 〔清〕董誥等編:《全唐文》,上海市:上海古籍出版,1990 年。

134. 〔清〕趙翼:《廿二史箚記》,北京:中華書局,2008 年。

135. 〔清〕翁方綱:《復初齋文集》,臺北:文海出版社,影印光緒丁丑年李彥章重校本,1967 年。

136. 〔清〕翁方綱:《復初齋詩集》,上海:上海古籍出版社,1995 年。

137. 〔清〕翁方綱:《蘇齋筆記》,京都:古典刊行會,1933 年。

138. 〔清〕翁方綱:《石洲詩話》,北京:人民文學出版社,1981 年。

139. 〔清〕沈德潛:《唐詩別裁集》,上海:上海古籍出版社,1979 年。

140. 〔清〕查慎行著;周劭標點:《敬業堂詩集》,上海:上海古籍出版社,1986 年。

141. 〔清〕浦起龍:《讀杜心解》,北京:中華書局,1961 年。

142. 〔清〕陳廷焯:《白雨齋詞話》,北京:人民文學出版社,1959 年。

143. 〔清〕仇兆鰲:《杜詩詳注》,北京:中華書局,2007 年。

144. 〔清〕蔣士銓著;邵海清校;李夢生箋:《忠雅堂集校箋》,上海:上海古籍出版社,1993 年。

145.〔清〕葉燮：《原詩》，北京：人民文學出版社，1979 年。

146.〔清〕郭慶藩編；王孝魚整理：《莊子集釋》，臺北市：萬卷樓，1993 年。

147.〔清〕何文煥輯：《歷代詩話》，臺北市：藝文印書館，1971 年。

148.〔清〕金武祥：《粟香隨筆》，上海：上海古籍，1995 年。

149.〔清〕邵長蘅：《施注蘇詩》，上海：上海古籍出版社，1987 年。

150.〔清〕王士禎：《帶經堂詩話》，北京：人民文學出版社，1963 年。

151.〔清〕王夫之等撰：《清詩話》，上海：上海古籍出版社，1978 年。

152.〔清〕袁枚：《小倉山房文集》，上海：上海古籍出版社，1988 年。

153.〔清〕潘德輿：《養一齋詩話》，上海市：上海古籍出版社，1995 年。

154.〔清〕沈翼機：《浙江通志》，臺北市：漢珍數位圖書，2005 年。

二、近人論著（依照出版先後）

（一）詩話

1. 近藤元粹編：《東坡詩話補遺》，東京市：清木嵩山堂，1895 年。

2. 丁福保編：《清詩話》，臺北市：明倫出版社，1971 年。

3. 郭紹虞校輯：《宋詩話輯佚》，臺北市：哈佛燕京學社，1972 年。

4. 何文煥輯：《歷代詩話》，北京：中華書局，1980 年。

5. 郭紹虞編：《清詩話續編》，北京：人民文學出版社，1983 年。

6. 丁福保輯：《歷代詩話續編》，北京：中華書局，1983 年。

7. 蔡鎮楚：《詩話學》，湖南省：教育出版，1990 年。

8. 吳文治主編：《宋詩話全編》，南京：江蘇古籍出版社，1998 年。

9. 王國維著、徐調孚校注：《校注人間詞話》，臺北：頂淵文化，2007 年。

（二）詩學

1. 黃永武：《中國詩學‧鑑賞篇》，臺北市：巨流圖書，1979 年。

2. 奚密：《現代漢詩：一九一七年以來的理論與實現》，上海：上海三聯書店，2008 年。

3. 楊松冀：《精神家園的詩學探尋：蘇軾『和陶詩』與陶淵明詩歌之比較研究》，北京：人民出版社，2012 年。

4. 鄭毓瑜：《姿與言：詩國革命新論》，臺北：麥田出版，2017 年。

（三）語言學

1. 謝雲飛：《文學與音律》，臺北市：東大書局，1978 年。

2. 張靜：《新編現代漢語》，上海：上海教育出版社，1984。

3. 霍凱特（Charles Francis Hockett）：《現代語言學教程》，北京：北京大學，1986 年。

4. 索緒爾（Ferdinand de Saussure）：《普通語言學教程》，北京：商務印書館，1986 年。

5. 申小龍：《中國句型文化》，長春市：東北師大，1988 年。

6. 沈步洲：《言語學概論》，上海：上海書店，1989 年。

7. 呂淑湘：《中國文法要略》，北京：商務印書館，1990 年。

8. 何淑貞：《古漢語語法與修辭研究》，臺北市：華正書局，1995 年。

9. 丁聲樹：《現代漢語語法講話》，北京：商務印書館，1999 年。

10. 蘭賓漢：《漢語語法分析的理論與實踐》，北京：中國社會科學，2002 年。

11. 許世瑛：《中國文法講話》，臺北市：臺灣開明書店，2002 年。

12. 劉虹：《會話結構分析》，北京：北京大學出版社，2004 年。

13. 劉世生、朱瑞青編著：《文體學概論》，北京市：北京大學出版社，2006 年。

14. 旺熹主編：《漢語語法的認知與功能探索》，北京：世界圖書出版公司，2007 年。

15. 尤雅姿：《文學探索》，臺北：學生書局，2016 年。

（四）蘇東坡相關著作

1. 陳香：《蘇東坡別傳》，臺北市：國家書局，1980 年。

2. 王水照編：《宋人所撰三蘇年譜彙刊》，上海市：上海古籍出版，1989 年。

3. 朱靖華：《東坡新評》，北京市：中國文學出版社，1993 年。

4. 王水照：《蘇軾論稿》，臺北市：萬卷樓，1994 年。

5. 孔凡禮：《蘇軾年譜》，北京：中華書局，1998 年。

6. 王水照：《蘇軾選集》，臺北市：萬卷樓，2000 年。

7. 王靜芝等著：《千古風流：東坡逝世九百年學術研討會》，臺北市：洪葉文化，2001 年。

8. 王水照、朱剛：《蘇軾評傳》，南京市：南京大學出版社，2004 年。

9. 林語堂著；張振玉譯：《蘇東坡傳》，西安市：陝西師範大學出版社，2010 年。

10. 李賡揚：《融通三教師法自然：蘇軾自然觀》，深圳：海天出版社，2014 年。

（五）其他

1. 錢鍾書：《宋詩選注》，北京：人民文學出版社，1958 年。

2. 劉師培：《劉申叔先生遺書》，臺北縣：大新書局，1965 年。

3. 林紓：《韓柳文研究法》，臺北市：廣文，1969 年。

4. 程光裕：《宋代茶書考略》，臺北：中華叢書編審委員會，1976 年。

5. 傅樂成：《漢唐史論集》，臺北市：聯經，1977 年。

6. 王昆：《詞曲史》，臺北：廣文書局，1979 年。

7. 王國維：《靜庵文集續編》，上海：上海古籍出版社，1983 年。

8. 屈萬里：《詩經詮釋》，臺北市：聯經，1983 年。

9. 劉國珺：《蘇軾文藝理論研究》，天津市：南開大學，1984 年。

10. 錢鍾書：《談藝錄》，臺北：藍燈文化，1987 年。

11. 葛兆光：《漢字的魔方》，香港：中華書局，1989 年。

12. 陳紹：《食的情趣》，臺北市：臺灣商務印書館，1991 年。

13. 加達默爾：《真理與方法Ⅰ》，臺北：時報文化，1993 年。

14. 倪志僩：《論孟虛字集釋》，臺北市：臺灣商務，1993 年。

15. 王雲五主編：《叢書集成初編》，上海：商務印書館，1936 年。

16. 赫魯伯（Robert C. Holub）著；董之林譯：《接受美學理論》（臺北：
    駱駝出版社，1994 年。

17. 王立：《中國古代文學十大主題──文學與流變》，臺北：文史哲
    出版社，1994 年。

18. Zimbardo. P. G 著；游恆山編譯：《心理學》，臺北：五南圖書，1995
    年。

19. 孫昌武《韓愈選集》，上海：上海古籍出版社，1996 年

20. 姚淦銘、王燕編：《王國維文集》，北京：中國文史出版社，1997
    年。

21. 朱自清：《朱自清全集》，南京：教育出版社，1998 年。

22. 傅璇琮、倪其心等編：《全宋詩》，北京：北京大學出版社，1998
    年。

23. 袁行霈：《中國文學史》，北京：高等教育出版社，1999 年。

24. 姚瀛艇等編著：《宋代文化史》，臺北市：昭明出版社，1999 年。

25. 陳新雄：《古音研究》，臺北市：五南圖書，2000 年。

26. 南懷瑾、徐芹庭註譯：《周易今註今譯》，臺北市：臺灣商務印書
    館，2000 年。

27. 呂國康、楊金磚：《柳宗元永州詩歌賞析》，長沙：湖南文藝出版
    社，2002 年。

28. 丁福保編：《歷代文話》，北京：北京圖書館出版社，2003 年。

29. 王國維著；徐調孚校注：《校注人間詞話》，北京市：中華書局，
    2003 年。

30. 王叔岷：《鍾嶸詩品箋證稿》，臺北：中央研究院中國文哲研究所，2004 年。

31. 王水照：《王水照自選集》，上海：上海教育出版社，2005 年。

32. 曾棗莊、劉琳等編：《全宋文·第 16 冊》，上海：上海辭書出版社，2006 年。

33. 蔡志超：《杜詩舊注考據補證》，臺北：萬卷樓，2007 年。

34. 梁漱溟：《梁漱溟先生講孔孟》，上海：上海三聯書店，2008 年。

35. 繆鉞：《詩詞散論》，西安市：陝西師範大學出版社，2008 年。

36. 楊伯峻：《論語譯注》，北京：中華書局，2009 年。

37. 蔡志超：《杜詩繫年考論》，臺北：萬卷樓，2012 年。

38. 楊子怡：《中國古典詩歌的文化解讀》，北京：人民出版社，2013 年。

39. 李澤厚：《美的歷程》，上海：三聯書店，2014 年。

40. 劉利生：《健康生活常識——日常飲食宜忌》，臺北：元華文創，2015 年。

41. 聞一多：《唐詩雜論》，臺北：萬卷樓，2015 年。

42. 竺家寧：《語音學之旅》，臺北市：新學林，2016 年。

43. 張高評：《唐宋題畫詩及其流韻》，臺北：萬卷樓，2016 年。

三、期刊論文

1. 傅樂成：〈唐型文化與宋型文化〉，《國立編譯館館刊》第 4 期，1972 年 12 月，頁 1～22。

2. 林明德：〈臺灣的飲食文化〉，《臺灣風物》44 卷 01 期，1993 年，頁 153～186。

3. 呂有祥：〈佛教辯證思維略析〉，《中華佛學學報》第 12 期，1999 年 7 月，頁 24～33。

4. 駱小所、謝學敏：〈論單句、複句的結構機制及二者所負載的資訊差異〉，《雲南師範大學學報》第 33 卷第 4 期，2001 年 7 月，頁 21～25。

5. 馮黎明：〈論文學話語與語境的關係〉，《文藝研究》2002 卷 6 期，2002 年 11 月，頁 25～31。

6. 李櫻：〈語意與語用的互動〉，《臺灣語文研究》1 期，2003 年 1 月，頁 169～183。

7. 張麗華：〈論蘇軾的俳諧詞〉，《阜陽師範學院學報（社會科學版）》2004 年第 3 期，2004 年 3 月，頁 17～19。

8. 溫世明：〈論辯證思維方式的意義〉，《集寧師專學報》第 27 卷第 2 期，2005 年 6 月，頁 59～61。

9. 陳瑋：〈語境中的語義轉變〉，《廣東藥學院學報》21 卷 4 期，2005 年 8 月，頁 433～434。

10. 王軍：〈古代漢語「有」字句研究綜述〉，《安順師範高等專科學校學報》2006 年第 1 期，2006 年 3 月，頁 20～23。

11. 孫熙春：〈淺論漢魏六朝詩歌的時間與生命意識〉，《瀋陽教育學院學報》8 卷 1 期，2006 年 3 月，頁 15～18。

12. 張蜀蕙：〈北宋文人飲食書寫的南方經驗〉，《淡江中文學報》第 14 期，2006 年 6 月，頁 133～175。

13. 張高評：〈北宋讀詩詩與宋代詩學——從傳播與接受之視角切入〉，《漢學研究》第 24 卷第 2 期，2006 年 12 月，頁 191～223。

14. 余運偉：〈從前景化理論看相同框架下謂詞的選擇〉，《信陽師範學院學報（哲學社會科學版）》27 卷 1 期，2007 年 2 月，頁 96～98。

15. 李維倫、林耀盛、余德慧：〈文化的生成性與個人的生成性：一個非實體化的文化心理學論述〉，《應用心理研究》第 34 期，2007 年 6 月，頁 145～194。

16. 姚思陟：〈論宋代話語共同體與市民文化的形成〉，《船山學刊》第 66 期，2007 年 7 月），頁 101～103。

17. 林鴻信：〈敘事情節當中的自我與他者——從利科觀點看自我與他者〉，《臺灣東亞文明研究學刊》4 卷 2 期，2007 年 12 月，頁 1～26。

18. 劉方:〈「閒話」與「獨語」:宋代詩話的兩種敘述話語類型——以《六一詩話》和《滄浪詩話》為例〉,《文藝理論研究》2008 年第 1 期,2008 年 1 月,頁 125～128。

19. 彭愛民:〈從句法修辭角度看《簡·愛》的語言美〉,《平原大學學報》25 卷 1 期,2008 年 2 月,頁 84～85。

20. 田玉軍:〈文化現象傳播的本質與方式〉,《學術交流》2008 年 06 期,2008 年 6 月,頁 176～178。

21. 林湘華:〈宋代詩話與詩話學——一套「以言行事」的規範詩學〉,《淡江中文學報》19 期,2008 年 12 月,頁 95～133。

22. 何豔麗:〈再談語素〉,《現代語文》,2009 卷 3 期,2009 年 1 月,頁 12～13。

23. 南世鋒:〈淺談喬姆斯基的轉換生成語法〉,《湖北廣播電視大學學報》29 卷 3 期,2009 年 3 月,頁 106～107。

24. 趙雪、紀莉:〈電視廣告語言的前景化〉,《現代傳播——中國傳媒大學學報》2009 年 2 期,2009 年 4 月,頁 68～69。

25. 邱賢、劉正光:〈中古漢語判斷句研究〉,《外語學刊》2009 年第 6 期,2009 年 11 月,頁 38～43。

26. 莊舒卉:〈淺談蘇軾食之藝術〉,《崇仁學報》第 3 期,2009 年 12 月,頁 103～119。

27. 王域鋮、徐金蘭、郭辛茹、張慧玲:〈從蘇軾對白居易詩歌的受容與警惕看蘇軾的詩風〉,《延安職業技術學院學報》第 23 卷第 6 期,2009 年 12 月,頁 50～53。

28. 陳文鵬:〈「言意之辯」到「能指」與「所指」〉,《齊齊哈爾師範高等專科學校學報》2010 卷 2 期,2010 年 3 月,頁 33～39。

29. 張琳:〈雙重否定相關問題探析〉,《廣西師范大學學報(哲學社會科學版)》2010 年 04 期,2010 年 8 月,頁 83～86。

30. 王新芳：〈中國古典詩文中悲情意識及體驗之探討〉，《長沙民政職業技術學院學報》17 卷 4 期，2010 年 12 月，頁 128～130。

31. 蔣遐：〈漢語條件複句的邏輯語義分析〉，《現代語文》2011 卷 3 期，2011 年 1 月，頁 43～44。

32. 張國榮：〈蘇軾詩文「戲謔」風格特徵、成因及文學史意義〉，《樂山師範學院學報》2011 年 09 期，2011 年 9 月，頁 6～12。

33. 鄺永輝：〈韓愈治潮：宋儒樹立的一個典型〉，《鹽城師範學院學報（人文社會科學版）》2014 年 06 期，2014 年 12 月，頁 53～57。

34. 王立鶴：〈通感、隱喻與多模態隱喻〉，《語文與國際研究》13 期，2015 年 6 月，頁 91～103。

35. 徐彬、張秋月：〈論教學的歷時性與共時性〉，《教學與管理》2016 年 03 期，2016 年 1 月 20 日，頁 1～4。

36. 楊勝寬：〈從蘇軾、郭沫若對杜甫評價的異同看其接受的差異性〉，《杜甫研究學刊》2016 年 04 期，2016 年 12 月，頁 41～50。

四、學位論文

1. 楊文榜：《柳宗元及其詩歌研究》，江蘇：南京師范大學博士論文，2007 年。

2. 解植永：《中古漢語判斷句研究》，四川：四川大學博士學位論文，2007 年。

3. 劉樸兵：《唐宋飲食文化比較研究——以中原地區為考察中心》，湖北：華中師範大學博士論文，2007 年

4. 任敏：《現代漢語非受事動賓式雙音複合詞研究》，河北：河北師範大學博士論文，2011 年。

5. 韓啟振：《現代漢語讓步條件句認知研究》，湖北：華中科技大學博士論文，2012 年。

6. 許永福：《宋元時期救治江西詩派文病的文學探尋》，上海：上海大學博士論文，2014 年。

附錄一 《說郛》本《東坡詩話》
作家及詩評彙整

朝代	評述作家	評述詩話
東晉	陶淵明（365 年～427 年）	**書淵明飲酒詩後** 「顏生稱為仁，榮公言有道。屢空不獲年，長飢至于老。雖留身後名，一生亦枯槁。死去何所知，稱心固為好。客養千金軀，臨化消其寶。裸葬何必惡，人當解意表。」此淵明《飲酒》詩也。正飲酒中，不知何緣記得此許多事。
		題淵明詩 陶靖節云：「平疇返遠風，良苗亦懷新。」非古之偶耕植杖者，不能道此語，非余之世農，亦不能識此語之妙也。
		題淵明飲酒詩後 「採菊東籬下，悠然見南山。」因採菊而見山，境與意會，此句正有妙處。近歲俗本皆作「望南山」，則此一篇神氣都索然矣。古人用意深微，而俗士率然妄以意改，此最可疾。
		評韓柳詩 柳子厚詩在陶淵明下，韋蘇州上。退之豪放奇險則過之，而溫麗靖深不及也。所貴乎枯

		澹者,謂其外枯而中膏,似澹而實美,淵明、子厚之流是也。若中邊皆枯澹,亦何足道。佛云:「如人食蜜,中邊皆甜。」人食五味,知其甘苦者皆是,能分別其中邊者,百無一二也。
		書淵明詩 孔文舉云:「坐上客常滿,樽中酒不空。吾無事矣。」此語甚得酒中趣。及見淵明云:「偶有佳酒,無夕不傾,顧影獨盡,悠然復醉。」便覺文舉多事矣。
南朝宋	鮑明遠（約415～470）	**題鮑明遠詩** 舟中,讀鮑明遠詩,有字謎三首。飛泉仰流者,舊說是井字。一云乾之一九,隻立無耦,坤之六二,宛然雙宿,是三字。一云頭如刀,尾如鈎,中間橫廣,四角六抽,右畔負兩刃,左邊屬雙牛,當是龜字也。
唐	王梵志（?～約670年）	**書王梵志詩** 王梵志詩云:「城外土饅頭,餡草在城裏。每人喫一箇,莫嫌無滋味。」已且為餡草,當使誰食之?為易其後兩句云:「預先著酒澆,圖教有滋味。」
唐	李太白（701年～762年）	**書韓李詩** 李太白詩云:「遺我鳥跡書,飄然落巖間。其字乃上古,讀之了不閑。」戲謂柳生,李白尚氣,乃自招不識字,可發大笑。不如韓愈倔強,云:「我寧屈曲自世間,安能隨汝巢神仙」也。
唐	杜子美（712年～770年）	**書子美雲安詩** 「兩邊山木合,終日子規啼。」此老杜雲安縣詩也。非親到其處,不知此詩之工。
		書子美驄馬行 余在岐下,見秦州一馬,驤如牛,額下垂胡側立,傾倒毛生肉端。番人云:「此肉驤馬也。」乃知〈鄧公驄馬行〉云:「肉駿碨礧連錢動。」當作驤。
		書子美黃四娘詩 子美詩云:「黃四娘家花滿蹊,千朵萬朵壓

		枝低。留連戲蝶時時舞,白在嬌鶯恰恰啼。」此詩雖不甚佳,可以見子美清狂野逸之態,故僕喜書之。昔齊魯有大臣,史失其名,黃四娘獨何人哉,而託此詩以不朽,可以使覽者一笑。
		評子美詩 子美自比稷與契,人未必許也。然其詩云:「舜舉十六相,身尊道益高。秦時用商鞅,法令如牛毛。」此自是契、稷輩人口中語也。又云:「知名未足稱,局促商山芝。」又云:「王侯與螻蟻,同盡隨丘墟。願聞第一義,回向心地初。」乃知子美詩外尚有事在也。
		書子美憶昔詩 〈憶昔〉詩云:「關中小兒壞紀網」,謂李輔國也。「張后不樂上為忙」,謂肅宗張皇后也。「為留猛士守未央」,謂郭子儀奪兵柄入宿衛也。
		書參寥論杜詩 參寥子言:「老杜詩云:『楚江巫峽半雲雨,清簟疎簾看奕棊。』此句可畫,但恐畫不就爾。」僕言:「公禪人,亦復愛此綺語耶。」寥云:「譬如不事口腹人,見江瑤柱,豈免一朵頤哉!」
唐	孟東野(751年～814年)	**書孟東野詩** 元豐四年,與馬夢得飲酒黃州東禪。醉後,誦孟東野詩云:「我亦不笑原憲貧。」不覺失笑。東野何緣笑得原憲?遂書此以贈夢得。只夢得亦未必笑得東野也。
		題孟郊詩 孟東野作〈聞角〉詩云:「似開孤月口,能說落星心。」今夜聞崔誠老彈《曉角》,始覺此詩之妙。
唐	韓退之(768年～824年)	**記退之拋青春詩** 韓退之詩曰:「百年未滿不得死,且可勤買拋青春。」《國史補》云:「酒有郢之富春,烏程之若下春,滎陽之土窟春,富平之石凍春,劍南之燒春。」杜子美亦云:「聞道雲

		安麴米春，纔傾一盞便醺人。」近世裴鉶作《傳奇》，記裴航事，亦有酒名松醪春。乃知唐人名酒多以春，則「拋青春」亦必酒名也。
		評韓柳詩 柳子厚詩在陶淵明下，韋蘇州上。退之豪放奇險則過之，而溫麗靖深不及也。所貴乎枯澹者，謂其外枯而中膏，似澹而實美，淵明、子厚之流是也。若中邊皆枯澹，亦何足道。佛云：「如人食蜜，中邊皆甜。」人食五味，知其甘苦者皆是，能分別其中邊者，百無一二也。
		書韓李詩 李太白詩云：「遺我鳥跡書，飄然落巖間。其字乃上古，讀之了不閑。」戲謂柳生，李白尚氣，乃自招不識字，可發大笑。不如韓愈倔強，云：「我寧屈曲自世間，安能隨汝巢神仙」也。
唐	白樂天（772 年～846 年）	**書樂天香山寺詩** 白樂天為王涯所讒，謫江州司馬。甘露之禍，樂天在洛，適遊香山寺，有詩云：「當今白首同歸日，是我青山獨往時。」不知者，以樂天為幸之，樂天豈幸人之禍者哉，蓋悲之也！
唐	柳子厚（773 年～819 年）	**題柳子厚詩** 詩須要有為而作，用事當以故為新，以俗為雅。好奇務新，乃詩之病。
		評韓柳詩 柳子厚詩在陶淵明下，韋蘇州上。退之豪放奇險則過之，而溫麗靖深不及也。所貴乎枯澹者，謂其外枯而中膏，似澹而實美，淵明、子厚之流是也。若中邊皆枯澹，亦何足道。佛云：「如人食蜜，中邊皆甜。」人食五味，知其甘苦者皆是，能分別其中邊者，百無一二也。
		書子厚詩 柳子厚詩云：「盛時一失貴反賤，桃笙葵扇

		安敢當。」不知桃笙為何物。偶閱《方言》：「簟，宋、魏之間謂之笙。」乃悟桃笙以竹為簟也。梁簡文〈答南王餉書〉云：「五離九折，出桃枝之翠笋。」乃謂桃枝竹簟也。桃竹出巴、渝間，杜子美有〈桃竹歌〉。
		書鄭谷詩 鄭谷詩云：「江上晚來堪畫處，漁人披得一蓑歸。」此村學中詩也。柳子厚云：「千山鳥飛絕，萬徑人踪滅。扁舟蓑笠翁，獨釣寒江雪。」人性有隔也哉，殆天所賦，不可及也已。
唐	薛能（817 年～880 年）	**書薛能茶詩** 唐人煎茶用薑。故薛能詩云：「鹽損添常戒，薑宜著更誇。」據此，則又有用鹽者矣。近世有用此二物者，輒大笑之。然茶之中等者，用薑煎信佳也，鹽則不可。
唐	鄭谷（849 年～911 年）	**書鄭谷詩** 鄭谷詩云：「江上晚來堪畫處，漁人披得一蓑歸。」此村學中詩也。柳子厚云：「千山鳥飛絕，萬徑人踪滅。扁舟蓑笠翁，獨釣寒江雪。」人性有隔也哉，殆天所賦，不可及也已。
宋	曹希蘊	**書曹希蘊詩** 近世有婦人曹希蘊者，頗能詩，雖格韻不高，然時有巧語。嘗作〈墨竹〉詩云：「記得小軒岑寂夜，月移疎影上東牆。」此語甚工。
宋	姚嗣宗	**記關右壁間詩** 「欲掛衣冠神武門，先尋水竹渭南村。卻將舊斬樓蘭劍，買得黃牛教子孫。」余舊見此詩於關右壁間，愛之，不知何人詩也。
宋	蘇東坡（1037 年～1101 年）	**自記吳興詩** 僕為吳興，有〈游飛英寺〉詩云：「微雨止還作，小窗幽更妍。盆山不見日，草木自蒼然。」非至吳越，不見此景也。
		書贈陳季常詩 余謫黃州，與陳慥季常往來，每過之，輒作

		「汁」字韻詩一篇。季常不禁殺，故以此諷之。季常既不復殺，而里中皆化之，至有不食肉者。皆云：「未死神已泣」，此語使人淒然也。
		書彭城觀月詩 「暮雲收盡溢清寒，銀漢無聲轉玉盤。此生此夜不長好，明月明年何處看。」余十八年前中秋夜，與子由觀月彭城，作此詩，以〈陽關〉歌之。今復此夜宿於贛上，方遷嶺表，獨歌此曲，聊復書之，以識一時之事，殊未覺有今夕之悲，懸知有他日之喜也。
		題秧馬歌後 吾嘗在湖北，見農夫用秧馬行泥中，極便。頃來江西作〈秧馬歌〉以教人，罕有從者。近讀《唐書·回鶻部族黠戛斯傳》，其人以木馬行水上，以板薦之，以曲木支腋下，一蹴輒百餘步，意殆與秧馬類歟？聊復記之，異日詳問其狀，以告江南人也。
宋	黃魯直（1045年～1105年）	**書黃魯直詩後** 讀魯直詩，如見魯仲連、李太白，不敢復論鄙事，雖若不入用，亦不無補於世也。
		又 魯直詩文，如蝤蛑、江瑤柱，格韻高絕，盤飧盡廢，然不可多食，多食則發風動氣。
		跋黔安居士漁父詞 魯直作此詞，清新婉麗。問其得意處。自言以水光山色，替卻玉肌花貌。此乃真正漁父家風也。然才出新婦磯，又入女兒浦，此漁父無乃大瀾浪乎？
	佚名	**記西邸詩** 余奉使西邸見書此數句，愛而錄之。云：「人間有酒仙兀兀三杯醉。世上無眼禪昏昏一枕睡。雖然沒交涉其奈暑相似。相似尚如此，何況真箇是。」

附錄二　宋朝書籍載錄之《東坡詩話》內容及其所評述詩文

	宋朝書籍		載錄之「東坡詩話」	書籍所評述之詩文
1	阮閲《詩話總龜·前集》	卷8·評論門	吾詩云:「日日出東門,步步東城遊。城門拖關卒,怪我此何求。我亦無所求,駕言寫我憂。」章子厚謂參寥曰:「前步而後駕,何其上下紛紛也?」僕問之曰:「吾以氣為輪,以神為馬,何曾上下乎?」參寥曰:「東坡文過有理,似孫了荊曰:『枕流欲洗其耳』。」〔《東坡詩話》〕〔註1〕	宋·蘇軾〈日日出東門〉:日日出東門,步尋東城游。城門抱關卒,怪我此何求。我亦無所求,駕言寫我憂。意適忽忘返,路窮乃歸休。懸知百歲後,父老說故侯。古來賢達人,此路誰不由。百年寓華屋,千載歸山丘。何事羊公子,不肯過西州。〔註2〕
2		卷35·	僕在黃州,參寥自武陵來訪,館之東坡,一日夢參寥誦作	寒食清明都過了,石泉榴火一時新。〔註3〕

〔註1〕〔宋〕阮一閲:《詩話總龜·前集》(臺北市:廣文書局,1973年),頁208。

〔註2〕〔宋〕蘇軾:《蘇東坡全集·上冊》(北京:燕山出版社,1998年),卷13,頁150。

〔註3〕《苕溪漁隱叢話》載有相類詩話,其文曰:「東坡云:『昨夜夢參寥師攜軸詩見過,覺而記其飲茶兩句云:「寒食清明都過了,石泉槐火一時新。」夢中問:「火固新矣,泉何故新?」答曰:「俗以清明淘井。」當續成詩,以記其事。』」(參〔宋〕胡仔纂集:《苕溪漁隱叢話·前集》〔臺北:長安出版社,1978年〕,頁313。)

		記夢門上	新詩，覺而記兩句云：「寒食清明都過了，石泉榴火一時新。」後七年，出守錢塘，而參寥始卜居湖上智果院。院有泉出石縫間，其冷宜作茶。寒食之明日，僕與客泛舟自孤山來謁參寥，汲泉鑽火，烹黃蘗茶，忽悟所夢詩兆於七年之前，眾客驚嘆，知傳記所載蓋不妄也。〔《東坡詩話》〕〔註4〕	
3	卷36‧記夢門下	僕嘗夢有客攜詩文見過者，覺而記其一詩云：「道惡賊其身，忠先愛厥親。誰知畏九折，亦自是忠臣。」又有數句若銘贊者云：「道之所以成，不以害其畔；德之所以修，不以賊其生。」〔《東坡詩話》〕〔註5〕	道惡賊其身，忠先愛厥親。誰知畏九折，亦自是忠臣。
4	卷41‧詼諧門	石曼卿登第，有人訟科場，覆考落者數人，曼卿在焉。方興國寺期集，符至，追所賜敕牒，餘人皆泣而起，獨曼卿解靴還使人，露體戴襆頭，笑語終席。次日放黜者例受三班借職，曼卿作詩曰：「無才且作三班借，請俸爭如錄事參。從此免稱鄉貢進，且須走馬東西南。」並同上王梵志詩曰：「城外土饅頭，餡草在城里。每人吃一個，莫嫌沒滋味。」且為餡草，當使誰食之？為易其後兩句云：「預先著酒澆，圖教有滋味。」〔《東坡詩話》〕〔註6〕	唐‧王梵志〈城外土饅頭〉：城外土饅頭，餡草在城裡。一人喫一箇，莫嫌沒滋味。〔註7〕

〔註4〕〔宋〕阮一閱：《詩話總龜‧前集》，頁699。
〔註5〕〔宋〕阮一閱：《詩話總龜‧前集》，頁709。
〔註6〕〔宋〕阮一閱：《詩話總龜‧前集》，頁794。
〔註7〕〔唐〕王梵志著；項楚校注：《王梵志詩校注》，卷6，頁758。

5	卷47・神仙門下	有道人過沈東老飲酒，用石榴皮寫絕句壁上稱回山人。東老送出門，渡橋不知所往。或曰此呂洞賓也。僕見東老子偕道其事，為和此詩。後復與偕遇錢塘，更為書之。回山人詩云：「西鄰已富憂不足，東老雖貧樂有餘。白酒釀來緣好客，黃金散盡為收書。」東坡和曰：「世俗那知貧是病，神仙可學道之餘。但知白酒留佳客，不問黃公覓《素書》。」「符離道士晨興際，華岳先生詩解餘。忽見《黃庭》丹篆字，罔傳青紙小朱書。」「淒涼雨露三年後，仿佛塵埃數字餘。至用榴皮緣底事，中書君豈不中書？」〔《東坡詩話》〕〔註8〕	「西鄰已富憂不足，東老雖貧樂有餘。白酒釀來緣好客，黃金散盡為收書。」「世俗那知貧是病，神仙可學道之餘。但知白酒留佳客，不問黃公覓《素書》。」「符離道士晨興際，華岳先生詩解餘。忽見《黃庭》丹篆字，罔傳青紙小朱書。」「淒涼雨露三年後，仿佛塵埃數字餘。至用榴皮緣底事，中書君豈不中書？」
6	卷50・鬼神門	秦太虛言寶應民有嫁娶會客者，有客徑起出門，若醉甚將赴水者，人急持之。客曰：「有婦人以詩招我，其詞云：『長橋直下有蘭舟，破月衝烟任意遊。金玉滿堂何所用，爭如年少去來休。』倉皇就之，不知其為水也。」然客亦無他。夜會說鬼與參寥，參寥舉此，聊為記之。〔《東坡詩話》〕〔註9〕	長橋直下有蘭舟，破月衝烟任意遊。金玉滿堂何所用，爭如年少去來休。
7	阮閱《詩話總龜・	卷28・詠物門	「驛使前時走馬回，北人初識越人梅。清香莫把酴醾比，只欠溪邊月下杯。」此梅二又〈京師逢賣梅花〉絕句，吾雖後輩，猶及與之周旋。覽其親書，如見其抵掌談笑也。〔《東	宋・梅堯臣〈京師逢賣梅花五首・其二〉：驛使前時走馬迴，北人初識越人梅。清香莫把酴醾比，只欠溪頭月下杯。〔註10〕

〔註8〕〔宋〕阮一閱：《詩話總龜・前集》，頁921～922。
〔註9〕〔宋〕阮一閱：《詩話總龜・前集》，頁970。
〔註10〕〔宋〕梅堯臣著；朱東潤校注：《梅堯臣集編年校注》（臺北市：源流文化公司，1983年），頁663。

	後集》		坡詩話》，同上〕〔註11〕	
8		卷32·樂府門	李後主詞云：「三十餘年家國，數千里地山河。……幾曾慣〔見〕干戈？一旦歸為臣虜。沈腰潘鬢消磨。最是蒼黃辭廟日，教坊猶奏別離歌。揮淚對宮娥。」後主既為樊若水所賣，舉國與人，故當慟哭於九廟之外，謝其民而後行。顧乃揮淚宮娥，聽教坊離曲哉！〔《東坡詩話》，同上〕〔註12〕	南唐·李煜〈破陣子〉：四十年來家國，三千里地山河。鳳閣龍樓連霄漢，玉樹瓊枝作煙蘿，幾曾識干戈。一旦歸為臣虜，沈腰潘鬢銷磨。最是倉皇辭廟日，教坊猶奏別離歌，揮淚對宮娥。〔註13〕
9	葉寘《愛日齋叢抄》	卷3	陸務觀詩：「鴨綠桑乾盡漢天，傳烽自合過祁連。功名在子何殊我，惟恨無人快着鞭。」用此視世間事，稍恢廓矣。文公答陳同父逢時報主之說有云：「就其不遇，獨善其身，以明大義於天下，使天下之學者皆知吾道之正，而守之以待上之使令，是乃所以報不報之恩者，亦豈必進焉而撫世哉？」佛者之言曰：「將此身心奉塵剎，是則名為報佛恩。」而杜子美亦云：「四隣未耕出，何必吾家操？」此言皆有味也。今觀陸詩用意不大相遠，《書》曰：「人之有技，若已有之。」推此心庶幾焉。「功名在子，何異我躬？」《東坡詩話》亦有此語。〔註14〕	宋·陸游〈書事四首·其三〉：鴨綠桑乾盡漢天，傳烽自合過祁連。功名在子何殊我，惟恨無人快著鞭。〔註15〕

〔註11〕 〔宋〕阮一閱：《詩話總龜·後集》，頁1367。
〔註12〕 〔宋〕阮一閱：《詩話總龜·後集》，頁1443。
〔註13〕 〔南唐〕李璟、李煜：《南唐二主詞》（臺北：天工書局，1991年），頁118。
〔註14〕 〔宋〕葉寘：《愛日齋叢抄》（遼寧：遼寧電子圖書有限責任公司，2000年），頁41～42。
〔註15〕 〔宋〕陸游：《陸放翁全集》（臺北市：世界書局，1963年），卷58，頁830。

10	蔡正孫《詩林廣記·後集》	卷1	《東坡詩話》云：「『萬馬不嘶聽號令，諸蕃無事樂耕耘。』此七言中之偉麗者也。」〔註16〕	宋·歐陽脩〈寄秦州田元均〉：由來邊將用儒臣，坐以威名撫漢軍。萬馬不嘶聽號令，諸蕃無事著耕耘。夢回夜帳聞羌笛，詩就高樓對隴雲。莫忘鎮陽遺愛在，北潭桃李正氛氳。〔註17〕
11		卷3	《東坡詩話》云：「僕在徐州，王子立、子敏皆館於官舍。蜀人張師厚來過，二王方年少，吹洞簫飲酒杏花下，予作此詩。明年，予謫黃州，對月獨飲，嘗有詩云：『去年花落在徐州，對月酣歌美清夜。今年黃州見花發，小院閉門風露下。』蓋憶與二王飲時也。張師厚久已死，今年子立復為古人，哀哉！」〔註18〕	宋·蘇軾〈次韻前篇〉：去年花落在徐州，對月酣歌美清夜。今年黃州見花發，小院閉門風露下。萬事如花不可期，餘年似酒那禁瀉。憶昔還鄉溯巴峽，落帆樊口高檣亞。長江袞袞空自流，白髮紛紛寧少借。竟無五畝繼沮溺，空有千篇淩鮑謝。至今歸計負雲山，未免孤衾眠客舍。少年辛苦真食蓼，老景清閒如啖蔗。饑寒未至且安居，憂患已空猶夢怕。穿花踏月飲村酒，免使醉歸官長罵。
12	陳元靚《歲時廣記》	卷17	《東坡詩話》：「僕在黃州，參寥師自從武陵來訪，館之。後東坡一日，夢參寥誦所作新詩，覺而記兩句云：『寒食清明都過了，石泉槐火一時新。』夢中問：『火固新矣，泉何故新？』答曰：『俗以清明日淘井。』後七年，出守錢塘，而參寥始卜居湖上智果院，有泉出石縫間，清冷宜作茶。寒食之明口，僕與客泛舟白孤山來謁，參寥汲泉鑽火，烹黃蘗茶，忽悟所夢詩，兆於七年之前。	寒食清明都過了，石泉槐火一時新。

〔註16〕〔宋〕蔡正孫：《詩林廣記·後集》（臺北市：廣文書局，1973年），頁387。

〔註17〕〔宋〕歐陽脩：《歐陽脩全集》（河北：中國書店，1986年），卷11，頁76。

〔註18〕〔宋〕蔡正孫：《詩林廣記·後集》，頁477。

		眾客驚歎，知傳記所載，蓋不妄也。」〔註19〕	
13	真德秀《文章正宗》	卷24	《東坡詩話》曰：「關中小兒，謂李輔國也。張后，謂肅宗張皇后也。為留猛士守未央，謂郭子儀奪兵柄入宿衛也。上為忙指肅宗。」〔註20〕	唐‧杜甫〈憶昔二首‧其一〉：憶昔先皇巡朔方，千乘萬騎入咸陽。陰山驕子汗血馬，長驅東胡胡走藏。鄴城反覆不足怪，關中小兒壞紀綱。張后不樂上為忙。至令今上猶撥亂，勞心焦思補四方。我昔近侍叨奉引，出兵整肅不可當。為留猛士守未央，致使岐雍防西羌。犬戎直來坐禦床，百官跣足隨天王。願見北地傅介子，老儒不用尚書郎。〔註21〕
14	郭知達《九家集註杜詩》	卷7	《東坡詩話》云：「故人董傳善論詩，余嘗云：『子美詩不免有凡語，「已知仙客意相親，更覺良工心獨苦」此豈非凡語耶？』傳笑曰：『此句殆為君發，凡人用意深處，人罕能識，此所以為獨苦豈獨畫哉？』」〔註22〕	唐‧杜甫〈題李尊師松樹障子歌〉：老夫清晨梳白頭，玄都道士來相訪。握髮呼兒延入戶，手提新畫青松障。障子松林靜杳冥，憑軒忽若無丹青。陰崖卻承霜雪幹，偃蓋反走虬龍形。老夫平生好奇古，對此興與精靈聚。已知仙客意相親，更覺良工心獨苦。松下丈人巾屨同，偶坐似是商山翁。恨望聊歌紫芝曲，時危慘澹來悲風。〔註23〕
15		卷8	《東坡詩話》曰：「關中小兒，謂李輔國也。張后，謂肅宗張皇后也。為留猛士守未央，謂郭子儀奪兵柄入宿衛也。」〔註24〕	唐‧杜甫〈憶昔二首‧其一〉：憶昔先皇巡朔方，千乘萬騎入咸陽。陰山驕子汗血馬，長驅東胡胡走藏。鄴城反覆不足

〔註19〕 〔宋〕陳元靚：《歲時廣記》（北京市：中華書局，1985年），頁182。
〔註20〕 〔宋〕真德秀編：《文章正宗》（上海市：上海古籍，1987年），頁761。
〔註21〕 〔唐〕杜甫著；〔清〕楊倫箋注：《杜詩鏡銓》，頁496～497。
〔註22〕 〔宋〕郭知達集註：《九家集註杜詩》（臺北市：大通書局，1974年），頁495。
〔註23〕 〔唐〕杜甫著；〔清〕楊倫箋注：《杜詩鏡銓》，頁187。
〔註24〕 〔宋〕郭知達集註：《九家集註杜詩》，頁531。

			怪，關中小兒壞紀綱。張后不樂上為忙。至令今上猶撥亂，勞心焦思補四方。我昔近侍叨奉引，出兵整肅不可當。為留猛士守未央，致使岐雍防西羌。犬戎直來坐禦床，百官跣足隨天王。願見北地傅介子，老儒不用尚書郎。〔註 25〕
16	卷11	《東坡詩話》：「『自平宮中呂太一』，世莫曉其義，妄者以唐有自平宮。偶讀《玄宗實錄》，有中官呂太一叛於廣南，詩蓋云自平中官呂太一，故下文有『南海收珠』之句。見書不廣，輕改文字，鮮不為笑。」〔註 26〕	唐・杜甫〈自平〉： 自平宮中呂太一，收珠南海千餘日。近供生犀翡翠稀，復恐徵戎干戈密。蠻溪豪族小動搖，世封刺史非時朝。蓬萊殿前諸主將，才如伏波不得驕。〔註 27〕

〔註 25〕　〔唐〕杜甫著；〔清〕楊倫箋注：《杜詩鏡銓》，頁 496～497。
〔註 26〕　〔宋〕郭知達集註：《九家集註杜詩》，頁 679。
〔註 27〕　〔唐〕杜甫著；〔清〕楊倫箋注：《杜詩鏡銓》，頁 875。

附錄三　秧馬圖^{〔註1〕}

〔註 1〕〔元〕王禎:《農書・農器圖譜二・耒耜門》(臺北市:臺灣商務,1975
年),卷 12。